山丹

故事

山丹民俗文化丛书

SHANDANGUSHI

周多星 主编

敦煌文艺出版社

图书在版编目（ＣＩＰ）数据

山丹故事 / 周多星主编. -- 兰州 ： 敦煌文艺出版社，2015.10（2022.1重印）
ISBN 978-7-5468-1019-5

Ⅰ．①山… Ⅱ．①周… Ⅲ．①民间故事－作品集－山丹县 Ⅳ．①I227.3

中国版本图书馆CIP数据核字 (2015) 第241754号

山丹故事

周多星　主编

责任编辑：曾　红
装帧设计：蔡志文

敦煌文艺出版社出版、发行
地址：（730030）兰州市城关区曹家巷1号
邮箱：dunhuangwenyi1958@163.com
0931-8121390（编辑部）
0931-8773112　0931-8120135（发行部）

天津海德伟业印务有限公司印刷
开本 889 毫米 ×1194 毫米 1/32　印张 10.375 插页 2 字数 300 千
2016 年 9 月第 1 版　2022 年 1 月第 2 次印刷
印数　1 001～3 000册

ISBN 978-7-5468-1019-5
定价：42.00 元

山丹民俗文化丛书编委会

总 策 划　刘晓云　陆思东

编　　委　李仲文　马德胜　李德宏　周得玮

　　　　　杨　城　杨友楠　周文云　徐明涛

　　　　　周祖国　唐克宽　周多星　李积成

　　　　　陈东明　吴金照　段猷远　韩建成

　　　　　葛　勤　张　霭　吴多彬　张　乐

　　　　　樊　孝

主　　编　周多星

副 主 编　段猷远

执行主编　杨桂平

编　　辑　陈学斌　张兴荣

绘　　图　陈学斌

山丹老庄子 （王好林摄影）

《山丹民俗文化丛书》总序

>>>>>>

　　山丹地处河西走廊蜂腰地带，是古丝绸之路上的重镇，其地理位置特殊，历史文化悠久，民俗风情独特。近年来，县委县政府顺势而为，着力打造西部文化旅游名县，并已取得了显著成效。我们知道山丹之所以闻名遐尔，是因为山丹的文化。山丹要进一步发展，必然要更加重视文化建设，特别是传统文化。

　　早在三千多年前，地处西部的山丹就有先民生活，著名的四坝文化便是佐证。风光迷人的山丹马场自汉代就是皇家马场，雄厚壮美的焉支山因隋炀帝西巡接见27国使节而蜚声中外，逶迤并行的汉明长城纵贯全境。炒拨拉、垫卷子等特色小吃，美誉天下，罐罐席、穗子拳等筵席和酒令折射出山丹历史上的繁华。山丹传统文化灿烂而独特，可以说源远流长，精彩纷呈，但现今山丹传统文化受到社会现代化的严峻挑战，面临着消亡的危险，亟须保护和发展。

近年来，山丹县加大了文化建设的力度，而且传承非物质文化遗产的意识逐渐深入人心。2013年，县上专门成立了地方文化创研室，选纳了一些热心山丹传统文化的同志专门对山丹地域文化进行研究、挖掘、整理，历时三年，辛勤编写，形成了《山丹美食》《山丹民俗》《山丹影像》《山丹故事》《山丹民歌》等书籍，其精神可谓感人至深，值得表彰。

《山丹民俗文化丛书》视角独特、立意新颖、图文并茂、文笔简约，对山丹厚重的历史底蕴、独特的文化内涵、丰富的古迹遗存、淳厚的民俗风情，以及山丹历代沿革、文化遗产、民间艺术、传统美食、名优特产、古景新姿、故事传说等等如数家珍，娓娓道来，反映了山丹多民族和谐共处、多元文化相互交流融合中形成的独具地域特色的人文环境和民俗文化，多角度展现了山丹的物华天宝、人杰地灵。这套丛书，家乡人读着亲切而自豪，外地客人读后必能较全面、系统、真实、客观地了解山丹的风土人情及历史文化。

县上将《山丹民俗文化丛书》的编写作为山丹文化建设的一项重要工作，可谓高度重视。丛书即成，值得欣慰，相信这套丛书的出版发行将对我县文化保护和建设起到重要作用。在此非常感谢社会各界对《山丹民俗文化丛书》的大力支持，尤其是时任县委书记、现任张掖市副市长赵学忠不仅十分关心丛书的编写，还亲自为出版的第一本书题写了序言。在《山丹民俗文化丛书》即将付梓之际，我们也十分乐意应邀为丛书作序，以示支持和感谢，愿各方一如既往地支持山丹文化建设，传承和发展山丹传统文化！

是为序。

中共山丹县委书记：

山丹县人民政府县长：

二〇一六年五月二十七日

目录

CONTENTS

幽默故事

传统故事

娘老子的心在儿女上　儿女的心在石头上

>>>>>>

从前有老两口，生了三个儿子，一个女儿。大女儿嫁给了一个穷秀才，三个儿子也都结婚自立起门户，只剩下父母亲在家中，一大家子就这样分成了一个个小家。

不久母亲去世了，父亲便和三儿子住在一起。时间长了，三媳妇嫌公公老了，光吃不干活。大儿子知道后，便和两个弟弟商量如何养活老爹，可媳妇们谁也不愿赡养。儿子们没办法，只好让老爹到姑娘家暂住。

时间一长，姑娘也嫌老爹脏，说他清鼻涕流到半胸腔。女婿是个文人，怕别人笑话，就和媳妇想了个主意。他到三个小舅子家去说："你们不要怕老爹没人养活。话说在前头，老爹现在正做生意，挣上的钱可就是我的,到时候谁也别说不好听的话。"

一年过去了,三个儿子到姐夫家看老爹的生意做得咋样,姐夫神气地拿过一个纸包,放到桌上说:"老爹的生意很好,挣了四十个元宝。"说完把元宝放到箱子里,得意地望着三个小舅子笑了。

弟兄三个回到自己的家,给各自的媳妇把老爹的情况一说,媳妇们后悔了。第二天,都一起到了姐夫家,都争着叫老爹到自家享福去呢,妯娌三个争得脸红脖子粗。最后姐夫说:"都别争了,以后谁把老爹侍奉得好,谁多分;谁侍奉得不好,谁就别分。四十个元宝就放在我这,等老爹下世,我根据情况给你们分。"

三个儿子把老爹接回去,今天你请,明天他请,天天好吃好喝伺候着。

过了几年,老爹死了,他们红红火火把老爹埋了。刚把老爹埋掉,三个儿子和三个妯娌到姐夫家来分元宝。姐夫把箱子摆到桌上,三个儿子围上去,打开箱子取出纸包一看,全愣住了,原来纸包里全是石头。三妯娌气得号啕大哭,旁边看热闹的老人们便说:"娘老子的心在儿女上,儿女的心在石头上。"

覃 平 整理

白宝宝和黑宝宝

>>>>>>

有老两口子,生下个娃子取名白宝宝。不久,白宝宝的妈死了,爹又办了个后妈,后妈也带着一个娃子叫黑宝宝。后妈对白宝宝不攒劲,经常打他骂他,说白宝宝不中用,不愿给他吃,不愿给他穿。可对黑宝宝另一个样样儿,总说她的黑宝宝多好多好。爹很着(生)气地想:"我办上了老婆子后倒让娃子遭罪,干脆娃子不了在屋里蹲,我领上犁地走吧。"到了地里,爹甩鞭子打牛呢,没防住打在白宝宝身上,棉袄打烂了,里面装的树花,一阵风刮了个啥没啥。爹回去把黑宝宝的棉衣扯开,见里面尽是上好的棉花,气得直骂老婆子是后妖精,说白宝宝在她手里不能活,干脆给上些银两了叫他外头自己闯生活去吧。后妈不行,说是要走的话就给两个娃子都给上些银两,让一起闯世面去。爹说是可以,一人给上三十两银子,一搭里走一搭里回。后妈蒸了些馍馍,给黑宝宝和白宝宝各装了各的。

白宝宝黑宝宝上了路,走得累了乏了,白宝宝说:"兄弟,我们哥儿俩蹲到大树下面吃些了再走,那棵树下正好有水流过呢。"哥俩一搭里吃馍喝水呢,黑宝宝就把自己的馍馍拿出让哥吃,白宝宝不吃,说自己也有呢。黑宝宝说:"哥的馍馍决不要吃。""因啥不能吃?""妈安顿下你的馍馍决不要吃。"白宝宝掰了些自己的馍扔到地上,树上的黑老鸹飞下来吃了,刚一会会儿,黑老鸹不能动弹了。白宝宝说:"兄弟,不管咋样我俩还从没有红过脸,今个你的心意我领了。"说完,两人吃了些黑宝宝的馍,喝了树下的水,又继续赶路。

他们走到一座庙跟前,兄弟俩分手了,黑宝宝走李家村,白宝宝走王家村。并商定明年的这个月这一天兄弟俩原到庙前头见面,一同回家看望爹妈。

白宝宝到王家村后,被王员外收留下了。王员外问他能干啥活,他回答可以干打扫庭院一类的活。王员外想让他看铺子,白宝宝怕记不好账,他还从没摸过算盘呢!王员外便拿过一把算盘来教白宝宝,三教两教,白宝宝啥都会了,就给王员外看开铺子了。他一年看下来,很赚下了些银子,王员外着实欢喜。

一转眼白宝宝到了和兄弟会面同去看望爹妈的时间。他给王员外一说,王员外很是舍不得让他走,安顿他说:"你走的节儿,给我说一声,我给你装些吃头带上,给你爹妈缝上件衣裳,我一定把你款待得好好的。"白宝宝说:"行了,我和兄弟约下时间着呢,明早就走吧。我把铺子里的账全给你算清楚。"王员外心高得很,忙忙把他和老婆子的新衣裳拿出来包上,拉出两匹马,一匹让白宝宝骑,一匹驮粮食衣物。王员外问白宝宝行不行,王员外的三丫头跑上来说:"爹,你准备这些东西不好拿,你把那个麻皮葫芦子叫拿上嘛。"王员外连忙说:"对,我们这个家当,你拿啥都行,马骑上麻皮葫芦子也拿上。"三丫头不住地给白宝宝使眼色,白宝宝就都拿上了。

白宝宝第二天早上告别了王员外家,骑马往那个庙宇去了。走到半路,他觉得又渴又饿,就下马休息,取上干粮吃呢,可干焦焦地咽不下去,他索性抱上头睡着了。一觉醒来,他旁边放着三碗饭一碟菜,看看四周围没人,他便不管三七二十一端起来吃了。吃完一转身,碗碟一下子没了,他觉得好生奇怪,是啥人送下的,又是啥人拿走的呢?看看天色不早,顾不上再想,就上马往那个庙宇走。

快到庙跟前,他看见庙门上有一个破破烂烂的叫花子绕达一阵子进去了。他想:"这是不是兄弟黑宝宝?"赶快走进庙一看,叫花子已经吊起来了。他将吊绳扯下,把人扶起来一看,正是兄弟黑宝宝。白宝宝叫道:"兄弟,你干这个事有啥意思?我和你一同出门一同进门嘛!爹说下的话你忘了吗?不想爹妈吗?"黑宝宝说:"哥,我不光彩呀!"原来,黑宝宝刚到李家村就遇着一伙坏人,把黑宝宝的银两抢得光光的了。黑宝宝原先从没做过啥活,在李家村找不上个主儿,谁要光吃不会做的闲人呢?黑宝宝也就成了讨吃鬼叫花子了,好不容易耐活到今个,他想这样回去,哪里有光彩呢?脸往哪里搁呢?就上吊了。白宝宝说:"兄弟,我挣下的也是你挣下的,我光彩你也就光彩,咱哥俩一人骑一匹马,我背粮食你拿衣,都是一模一样的,咱们走吧。"黑宝宝说:"那我们喝些水了走吧,我口渴得很,那里有口井。"白宝宝就随上他去井边。这口井可深了,白宝宝用绳子把黑宝宝吊下去喝,喝罢原吊上来。黑宝宝让哥也下去喝,他把白宝宝吊下去,刚吊到半中腰就撒手跑掉了。黑宝宝把白宝宝挣下的马匹粮食衣物全拿上,独自儿回了家。

　　井水没过白宝宝肚子,他无法出去,又后悔又恼恨,没想到黑宝宝的心这么毒啊!没治,他就站在冰冷的井水中过夜。到了三更的节儿,土地爷爷和山神喧开了,喧的是这儿张员外的丫头病下了,啥医生都治不好,只有这井下"西天不出的白蘑菇"让丫头吃了,才能治好病。还说张员外的屋后墙下有两缸银子,有贵人把银子取出,下面可就有水呢!这些话都让白宝宝听着去了,他找到了"西天不出的白蘑菇"揣到怀中。等到天亮,有人来打水。白宝宝就钻到桶里让人家拉了上去。打水的人一清早从井底拉上个人来,着实吓给了一跳,问他究竟是人还是神。他说:"我是专门给张员外的丫头瞧病来的神医。"这人就领着白宝宝到了张员外家。

　　张员外正愁丫头的病,请了多少医生都治不好,既是神医到来,赶快喊丫头过来让瞧。瞧罢,白宝宝拿出"西天不出的白蘑菇",吩咐炖上给丫头吃掉。果然丫头的病好了。张员外高兴地对白宝宝说:"我咋么感谢你呢?我有四个丫头,你挑上哪个,哪个给你做媳妇。"白宝宝说啥也不挑,他说:"谢谢,相好的姑娘我有了,就在王家村。员外爷,你们咋不在这儿取水而要跑到很远的庙里取水呢?"张员外说:"我几辈人的手里都没取出水,到我这辈子还是没有,以后也没有,没治。"白宝宝让张员外叫些人来,在他屋后墙下挖井取水,张员外不知是真是假,问挖不出水咋办?白宝宝说:"挖出水来,那后墙下挖出的东西是我的;挖不出水了,我赔你的所有损失。"张员外就喊了些家人来挖,一挖挖出两缸银子,下头有一块石板,一揭,泉水哗哗冒了上来。这下人有了吃的,地也有浇的,人们高兴得不得了,都说这个医生太神,又治人又治水,真了不得!白宝宝看事情已经办完,让张员外套了一挂车,把两缸银子拉上回家去了。

　　白宝宝回到家,爹和妈一看高兴得很,黑宝宝一看钻掉了。妈找到黑宝宝说:"娃,你来的节儿也马了粮了衣服了带了不少东西。他来带些东西也是应该的,你因啥躲掉呢?"黑宝宝说:"妈,我拿的那些东西都是哥的嘛!""因啥是他的呢?""这会子我不说。"这后妈心里又犯病了,她醋惺惺地说:"呔呀老汉!你这一下高兴了?"爹说:"我儿子拿多少东西来我也不夸奖,儿女这个东西夸不成。"后妈又问白宝宝:"娃,这些子银子是哪里来的?"白宝宝说:"妈,你的黑宝宝把我撇到一个井里,银钱嘛都是打那里来的。"

　　后妈一听,赶紧去找黑宝宝,娘母俩悄悄到那个井里取银钱去了,一去无还。

　　白宝宝看屋里只剩下老爹一人了,就将爹接到王家村王员外家里去了。

孙秀华　整理

害人终害己

>>>>>>

很早以前,龙首山下住着兄弟二人。老大贪财奸诈,老二老实忠厚。

父母死后,老大提出分家,老二无奈,只得依从。老大两口子只给老二分了两升谷种,还暗中使坏,把谷种炒熟了。老二哪知老大两口子的用心,也没在意就把两升谷种全种上了。

过了一段时间,老大地里的谷子苗全都出齐了,老二地里却光秃秃的。又过了一段时间,老大地里的谷子都拔节了,老二地里却只冒出一棵谷苗,而且又小又黄。这时天遇大旱,久不见雨,老大地里的谷苗都枯死了。老二见天这么旱再种什么也不行,就天天给那棵独苗浇水、施肥,那株苗一天天长壮了,长高了。

入秋后,那株谷子长得根深叶茂秆又壮,谷穗子像狼的尾巴一样粗、一样长,风一吹,直向老二点头呢。老二想到来年就会有上好的谷种了,心里乐滋滋的。为了防止意外,老二在地里搭了个窝棚,天天守着那株谷子。

日月交替,谷穗由青见黄,由淡黄变为金黄,眼看就要成熟了。一天,老二正守着那谷穗出神,猛地从空中扎下一只老鹰,把谷穗给叼走了。这分明是叼走了老二的心,他急忙朝着老鹰远去的方向追去,一追追到龙首山深处。天黑了,老二又饿又累,就爬上一棵大树睡着了。

半夜醒来,听到树下有说话声:"虎大哥,狼二哥,咱们一天没吃东西了。现在半夜,没人发现,咱们也该向宝贝要点吃的了。"借着夜光,老二向树下一看,下边有一只老虎、一只狼和一只狐狸,刚才说话的就是狐狸。只听老虎说:"狐三弟,那你快把树洞中藏的宝贝拿出来要肉吧。"老二躲在树上一动也不敢动。只见狐狸把头伸进树根洞中,叼出一口锅来,在盖上拍了三下,说:"肉来。"揭开盖来,立即有满满的一锅肉,三个家伙大咬大吃起来。过了半个时辰都吃饱了,狐狸在锅沿上又拍了三爪,说声:"够了。"锅里便什么也没有了。狐狸又把锅子叼起,放进洞中,用些树皮草根把洞封了,它三个就在树下睡着了。后半夜,老二在树上吓得大气都不敢出,好不容易熬到了天亮,三个家伙都走了,老二才悄悄下树。他扒开树洞,取出那口锅来,在盖上拍了三下,小声说:"肉来。"锅盖一揭也是尖尖一锅肉。老二看看四下无人,悄悄吃罢,拍了三下锅沿,那锅中便什么也不见了。老二心想:"我是来寻我那谷穗的,我试试能不能向这宝贝要啊?"他又将锅盖好,拍了三下说:"我要我的谷穗。"说完揭开锅盖,自己种的谷穗就在锅中,他拿了谷穗又想:"我是个种田的,现在一无农具,二无耕牛,既然遇上这宝贝,就再要点金银也好回去添置了种庄稼。"于是又拍了三下说:

"宝锅啊，你要是肯帮忙就再给我一点点金银，我回去好添置点东西种庄稼。"说完揭开锅盖一看，尖尖一锅金银在闪闪发光。老二伸手拿了一小块金，一小块银，说道："这些就足够了。"说完那锅中的金银就不见了。老二把那宝贝原放回洞中封好了洞口，向那树拜了三拜，说也奇怪，那大树就不见了。老二顺原路回到家中。

过了不久，老二置了农具、牲畜，修了房屋，娶了妻子，日子过得一天比一天好。

老大知道了老二的事，第二年也只种了一棵谷子，熟后也被老鹰叼走了，老大同样追进山遇上了那棵树。不过老大知道那树洞中宝贝的秘密，他可不等那虎大、狼二、狐三再来，他要在前半夜就得到宝贝。于是天一黑，老大便找到了树洞，取出了宝锅，让那宝锅给他了无数的金银珠宝。末了他想："这么好的宝贝只有像我弟弟那样的大傻瓜才不想要呢，我要连它一起带走，想啥向它要啥，还种什么地呀！"想到这儿，他就把金银珠宝和宝锅一并装进带来的口袋中，背着往家走。由于他贪心，变的东西太多，一样也舍不得扔掉，天快亮了还没走出山。结果那虎、狼、狐三个家伙追上了他，老大成了他们的猎物。

周春林　整理

七寸三和九寸三

>>>>>>

　　有位王员外，家财万贯。他年年在六月六的庙会上给穷人散银两，是位行善人。后来，他年老多病，身体一天不如一天，便给老婆子留下话，他死后让娃子七寸三继续行善事。这年的六月六眼看就要到了，王员外死了。穷人们都说："王员外一走，再没有人周济我们了。"

　　六月六那天，七寸三按老爹的遗言，带了银两到庙会上散给了穷人们。快散完的时候，遇到一个叫九寸三的娃子，长得前庭饱满，两耳垂腮，清清俊俊。七寸三心里喜欢，就问他："你咋讨要着吃呢？"他说："我没爹没妈，啥都没有，该就要上吃呢。我和你结拜兄弟行不行？"七寸三很高兴，他说："我行呢，不知我妈行不行？咱们去问她。"七寸三领着九寸三到了家门口，自己先进去禀告母亲："妈，门上有个讨吃，长得很机灵，要和我结拜兄弟呢，您同意不？"她母亲说："领进来让妈看。"七寸三跑到门外对九寸三说："快，我妈见你呢。"边说边拉着九寸三的手跑进屋子，两人一起跪倒，同声说道："谢过母亲！""我儿快起来。"母亲看见这两个娃子，年龄相仿，个头齐刷刷的一般高，真像天生的兄弟，心里充满慈爱之心。她把九寸三拉到身边问道："我儿叫啥名，今年多大了？""妈，我叫九寸三，今年一十六岁。""噢，你比七寸三大一岁。好吧，你为哥，他为弟，你俩互相做伴互相扶持，过这一摊子家吧。"九寸三换上新衣新裤，和七寸三一起当开了掌柜子。

　　七寸三领着九寸三去见做活的庄头们，那些庄头们都为此事眼红得很，正挤在一堆抱怨。一个说："哎呀，说你和当家奶过去你不去，叫那要吃鬼当了我们的掌柜子。"另一个说："唉，我们快给人家受苦吧。"七寸三过来说道："你们听着，这是我哥，以后他吩咐你们做什么，都要听话，谁不听话谁当心。"吓得庄头们都不敢言喘了。转眼又到了六月六。七寸三对九寸三说："哥哥，给庄头说说，把牲口喂上，车备好，明儿咱哥俩给穷人散银两走。"谁知，九寸三变了脸骂他："寡娘养下个愣青子，十冬腊月要的吃杏子。这家财叫你几天扫穷呢吗？"七寸三说："哥哥别骂了，这是爹临终托咐下的，你不去了我去。"第二天，七寸三招呼庄头套上马车装上银子上庙会去了，九寸三也跟了去，庙会上穷人们挤成堆堆等着呢。他们一到，不一会儿就散完了银两。九寸三说："兄弟，叫庄头先使上车回去，我们玩一玩。"七寸三很高兴便答应了。玩到后响，天突然阴了，下起雷阵雨，弟兄两个站在一座庙门口的廊檐下避雨。雨越下越大，洪水漫了过来，水面上飘荡着泡沫子，泡沫中卷着许多蚂蚁、老鼠，还有蜜蜂啊啥的。七寸三把裤子一卷，跳到水里，把那些蚂蚁、蜜蜂、老鼠都捞出来，捧到干台上晾干，它们活了过来，飞的飞了，跑的跑了。洪水还冲下来一盘蛇，九寸三站在高台上喊，"哒，你胆子大了把蛇也捞上来。"七寸三趟过去把蛇捞起抱到干台上，控了一会水，蛇活过来溜了。九寸三看着说不出来的一股气。正在这时，七寸三又捞起个红匣匣，九寸三顾不得脱鞋卷裤腿，一下子蹦跳到水里头，要过红匣匣，抽开盖子一看，里头有两颗珠子，不知做什么用的，两人便带回家让母亲看。母亲见到两个娃娃说："七寸三，你咋干着呢，你哥湿着呢？"七寸三说："我脱了鞋卷了裤腿在水里玩着呢，哥在干台上站着呢，我从水里捞出个红匣匣，哥连鞋带裤腿跳进水里看匣匣给弄湿了。妈，你快看，这匣匣里是啥东西？我和哥都认不出。"母亲一看，原来是避水珠和避火珠，十分高兴。她领上哥俩，将宝珠供到堂屋里，祭奠了先人，告诉哥儿俩要好好读书，今后皇王爷开了科考，带上此宝进献皇王爷就能得个进宝状元。

从此以后，九寸三嘴上不说，心里谋开了事。他偷偷积攒了碎银两，暗暗选好马匹，过了些日子，他就从七寸三家里失踪了。那天吃饭呢，左等右等不见九寸三来，母亲打发七寸三去叫，各处找遍不见人影子。母亲起了疑心，到堂屋打开红匣子一看，二珠不见了。母亲忧虑地说："儿，九寸三进京献宝去了，将来升上一官半职，不说他做上官了，我们的性命可就难保啊！""妈，我怎么引来一个不义之贼啊！"七寸三后悔得跌脚，母子相抱痛哭起来。

不久，皇王爷开了科选，九寸三献"二珠"有功，被封为进宝状元，在京城夸官三天。消息传开，七寸三的母亲病倒了。就在这节儿，老天突然发了神火，把他家的房屋、牲口等全部家财都烧光了，母亲也被烧死在楼下。七寸三号了一天："老天爷呀，爹和我都行善，罪恶怎么到了我和妈身上？"地方上的众人都来看他，大家凑了些银两,做了个老房,帮着把他母亲的尸骨埋了。大家劝他到京城找九寸三去,找着了,做不做官,白菜帮子总能啃上,生活能维持下去吧。七寸三发愁没盘缠,众人们又为他凑了银两,备了马匹和干粮,送他上了路。

七寸三到了京城四处打听,最后找到九寸三门上。他问守门人:"老爷,这里可是进宝状元九寸三的府上?若是了,请禀告一声,说他兄弟七寸三看他来了。"守门人进去一说,九寸三翻了脸,"我上无父母,下无兄弟,他竟敢冲到我的头上,活腻了,快将他押掉!"七寸三被押进牢里,交给把监的老周看管。老周问起他的身世,他从头到尾诉说了一遍。老周很同情,对他说:"学生,白天你在监牢里,晚上到我家睡去,这里臭虫多。"老周还常常端来自家的饭让他吃,七寸三很是感激。有一次,老周一天没到牢里来。七寸三独自流泪:"老天爷,我们行善行善,咋落得这么大的难场啊?"这时,从门里进来一条蛇叫道:"哥哥,你流泪干什么?"七寸三很吃惊,问道:"你为什么叫我哥哥呢?""我是你从水里救出的那条蛇。""唉,把人救了都无恩无义,救了你又能干啥呢?""哥哥不要发愁,皇王爷的姑娘害了牙儿疾病,许许多多的医生都治不好她,被杀了头。明个你放风时溜出去揭掉皇榜。""蛇弟弟,我不会治病啊。"那蛇如此这般地教给了他。

第二天,七寸三按照蛇教下的揭了皇榜,守榜人把他带到皇王爷前,皇王爷说:"你若瞧好我姑娘的病,我把姑娘许配给你,封你为当朝驸马。"七寸三跪拜:"谢皇王爷!"七寸三被带到姑娘的楼前,他不能上楼,就在楼下瞧呢。来观看的人很多,叽叽喳喳地议论:"这位又卖脑袋来了,反正他没名气,死了就死了。""人不可貌相,金银不可斗量。快悄悄,不要惹得杀头。"七寸三不管人咋说,只当没听见。他要来一根红线,一根新针,自己抓住线的一头,另一头穿在针眼上让侍女拿到楼上,插进姑娘的胳膊。侍女不信他,使了个坏,把针插在炕沿上了。蛇的声音在七寸三耳边响:"入木三分。"七寸三说:"入木三分,针不在姑娘的胳膊上。"侍女一听,这先生不得了!赶紧把针插进姑娘的胳膊。蛇的声音又在他耳边响:"入骨三分。"七寸三说:"好了。入骨三分,病已回转,取药来。"侍女下楼来,七寸三给她两颗研细了的蛇胆,让姑娘服下。果然,七寸三治好了姑娘的病。皇王爷命人敲响金钟,召来文武大臣,面封七寸三为当朝驸马,即日成亲。

可是得了宠的进宝状元九寸三为皇王爷献上一计,皇王爷听后宣布:"七寸三,你今晚上将东仓的麦子转到西仓,西仓的青稞转到东仓,一夜转完,即日成亲,转不完杀头。"七寸三由老周领到仓房,老周担忧,七寸三流泪。跑来了一只老鼠王说:"哥哥,你流泪干什么?"七寸三很吃惊地问:"你为什么叫我哥哥?""我是你从洪水里捞出的老鼠。你不要发愁,我们给你转粮。"鼠王下了一令:"东仓麦子拉到西仓,西仓青稞挪到东仓,一粒不剩,一粒不混。"老鼠多得数不清,你来我去像流水,一夜之间转完了。第二天一早,皇王爷看见,心里满意。可得宠的进宝状元九寸三又献一计:三斗三升糜子,三斗三升谷子,三斗三升胡麻籽,倒在一起搅匀,搁在三间房里,不给蜡烛不给点灯,今晚夕择出来,明日成亲,择不出来,杀他的脑袋!七寸三来到三间黑房里,愁得流开了眼泪。爬来了一只蚂蚁说:"哥哥,你流泪干什么?"七寸三说:"你是谁呀?""我是你救出洪水的蚂蚁王。你不要发愁,蹲到墙旮旯里缓着,把地方腾开。"蚂蚁王领着蚂蚁群,各衔各的,一粒儿不差,一粒儿不混,一夜之间分得清清楚楚。可是,得宠的进宝状元又献一计:从大街上找来十二个与姑娘相貌一样的女子,都穿上一样的衣服,与姑娘站在一起。七寸三若拉着姑娘了,当日成亲,拉不着了,当日杀头。一只蜜蜂飞来对七寸三说:"我是你救下的蜜蜂。我藏在姑娘头上戴的花中,她们都站好以后,我在姑娘的头上绕三圈,你看清了就拉住她。"第二天,照蜜蜂的办法,七寸三拉着了姑娘。皇王爷一试再试,七寸三都能做得到,心里很满意,再没说的,当下花烛洞房,七寸三与皇王爷的姑娘成了亲。

七寸三虽然进了洞房,心中还是悲伤。姑娘不看他时,他眼泪直滴,看他时,他又赶紧背身擦过。姑娘问:"丈夫,你今日封为当朝驸马,又与我成亲,两件大喜事临门。为何流泪啊?"七寸三对姑娘从头到尾哭诉了一遍。姑娘说:"好吧,上我父皇的门,有冤申冤,有仇报仇。"姑娘立马领了驸马去见父皇,向父皇奏了一本。皇王大怒,连寝命人敲响金钟,文武大臣急急忙忙奔上殿堂,有的衣裳反穿,有的刀剑斜挂。皇王下令:"刀斧手,绑了进宝状元九寸三,押上刑车绞掉。"害人终害自己,计谋算尽一场空。

孙秀华　整理

三十年河东　三十年河西

>>>>>>

　　从前，有一个人名叫李孝，父亲早亡，和老母住在河西李家庄。因生活贫穷，他每天早上去河东王家庄给王员外打长工，下午还得回来侍奉老母。有一天，河水猛涨，李孝过河险些滑倒。他想："往日过河都不滑，今日过河为何滑？"随手在河里一摸，摸到一个圆石头。李孝将它抱在怀里，拿回家中给老母亲。老母亲看后说："这是个好石头，快供养下。"李孝按老母亲之言，把石头放了供桌上，结果，河水干枯了。

　　原来，这石头是一块镇海石。龙王知道此事后，打发水鬼、夜叉到李孝家里取镇海石，并让李孝同来龙宫见他。走在路上，水鬼、夜叉对李孝说："此去龙王肯定要谢你，到时你不要金也不要银，就要他墙上挂的花葫芦。"不一时,他们来到龙宫,龙王见到镇海石欢喜不尽,为感谢李孝,命手下端上一桌金,李孝不收,又端上一桌银,李孝也不要。龙王问他为啥不要,李孝回答:"我要龙王爷爷墙上挂的花葫芦。"龙王掐指一算,自己的女儿与李孝有三年的姻缘,就将花葫芦给了李孝。李孝背着葫芦回到家,进门一看,母亲已经去世了。他痛哭一场,然后东跑西借把老母安葬了。以后,李孝还是每天早出晚归在河东王员外家干活。一天,他干活回来,只见家里饭桌上饭菜齐备,却不见人影。李孝正饥饿,也不去多想,端起碗来就将饭菜全吃了。这么一连过了几天,李孝觉得奇怪,就心生一计,没去干活,藏在窗外偷看,结果见到一位美貌女子从葫芦里出来给他做饭。他急忙开门将女子一把抓住,对她说:"你既对我这样好,就不要再进葫芦了,从今以后,我们一块儿生活吧!"女子答应了,二人结为夫妻。

日后,李孝还是照常到河东王员外家干活。有一天,妻子对李孝说:"你不要给人家干活了吧。"李孝说:"不干活怎么生活?"妻子说,"给你这些钱,明天到街上买些纸张。"第二天,李孝买回纸张,妻子将纸剪了房屋、牛、马、粮食,用嘴一吹,都变成真的了。然后,她对李孝说:"你明天到河东把王员外的账算清,再不给他干活了。"李孝便去河东王员外家算账,王员外心里奇怪:"李孝为何不干活了?"

两年后的一天,王员外心神不宁,信步走到李孝家,看见李孝家样样俱全。王员外见李孝的妻子眉清目秀十分好看,就对李孝说:"我和你兑换家产,包括妻子,怎么样?"李孝没有答应。王员外走后,李孝对妻子说:"王员外提出要换家产,还包括你。"妻子说:"那你就换了吧!"李孝说:"我怎么舍得你呢?"妻子说:"我和你只有三年的姻缘,如今时间已到,我该走了,你去和王员外商量,把全部家产换了。"李孝一听泪如雨下。经妻子再三劝说,李孝去了王员外家商量,王员外自然喜之不尽,请了左邻右舍,写了兑换凭据。从此,王员外的家产全部属于李孝,李孝的家产全部属于王员外。

却说王员外来到李家,晚上睡下一觉醒来时,发现自己竟只身睡在破屋里,李家变成原来的情景,满目贫寒,无法生活。无奈何,王员外又到河东李家干了三十年活。

赵玉明　黄仁玉　整理

世上人的来由

>>>>>>

很早以前，天上有人，地上没人。天上的人富足得很，米山面岭，油缸醋井，这些都是神造下给人享用的。可人不争气，一点不知道爱惜，胡糟蹋呢，连娃娃拉完屎都用油饼擦尻子。

玉皇很生气，想是人因为吃惯了现成的，才不懂得爱惜，以后就让人去种田吧，种多少吃多少。他给每个人一面金锣，让他们到地里撵草护庄稼，哪儿有草在哪儿敲金锣，草就会惊跑。可人们把金锣拿去挂在田边地头的树上，躺在树下歇凉，想起来了，就用脚把金锣捣两下。玉皇很生气，就把金锣全收了，让人用两手去薅草，可人又草苗不分，把庄稼糟蹋坏了，惹得玉皇大帝发了怒，一下天摇地动，天地浑浊，把人一下子从天上摇着掉下去了。掉到哪里了？掉到半空里了，上不去也下不来，有时候，我们可以看到他们挂在云头上呢。

后来，盘古受玉皇差遣，下凡来到天底下的一座山上，用山上的土和成泥再造人。盘古捏了许多泥人，一边捏一边往下扔，捏男人也捏女人，让他们到世上配对养后代去。结果，盘古多捏下了一个男人，少捏下了一个女人。咋办呢？盘古说，多下的男人到世上自行方便去吧。

盘古捏下的泥人扔下来后，都变成了真人，只是有的浑浑全全，有的掉胳膊，有的鼻塌嘴歪，还有的垫了一脸麻窝窝……所以，这世上的有瘸子、跛子、瞎子、聋子、傻子等，都是盘古造下的。

孙秀华　整理

庄稼的传说

>>>>>>

三皇五帝的时候,人们自己种田自己吃。那时的庄稼长得好,穗穗子从根结到顶,收下的粮食多得堆成山。多了人就不爱惜,吃起来挑挑拣拣,糟蹋得了不得,人也变懒了。

皇帝很生气,领上狗到田里捋庄稼穗子。皇帝在前头从根捋到顶,让狗跟在后头吃捋剩的,狗吃剩下的留给人。

皇帝捋麦子时,狗虽然跟在后面,但它没吃,尽跑了空趟趟,皇帝捋剩下的二寸麦头子算是留给人了。捋到谷地里,皇帝的手疼起来,捋剩的谷头子比麦头子长了、粗了。捋到糜子地里,皇帝的手疼得捏不实,捋到的糜头子成了一嘟噜。捋到高粱地里,高粱杆子和叶子把皇帝的两手划烂了,血淌出来把杆子和叶子染得斑斑点点。捋到荞麦地里,皇帝满手是血,把荞麦全染红了,因为手疼得捏不住,所以从根到顶都没捋净。狗呢,一直跑空趟子没吃。

现在,人们种庄稼结的穗为啥少?就是三皇五帝时捋剩的,是狗嘴里留下的。所以古人说人吃的是狗剩下的,狗的恩情大得很。

孙秀华　整理

张长和李短

>>>>>>

从前，在一个偏僻的小村里，有位名叫张长的小孩，他从小失去父亲，全靠母亲抚养。八岁那年，母亲送他上了学。

这一年的五月端阳，老师领着学生到郊外去游玩。别的同学都拔花捉鱼，只有张长与众不同，他捉了一条马老蛇(小蛇)，拿回学校把它放在自己的书桌里。从此，他每次中午饭都到桌边吃，边吃边给小蛇喂点馍。时间一长，引起了同学们的关注，大家纷纷议论："以前饭和我们一起吃，自从端阳过后，他就一个人单独吃了，可能拿了什么好吃的吧？"其中有一个同学说："明天中午吃饭时，我偷偷看他吃些什么。"

第二天中午，张长正给小蛇喂馍，那个同学悄悄走到跟前，这小蛇平时只由张长一个人喂养，此时一见生人就怪叫一声,这一声非同小可,当场把那个同学吓死了。这件事以后,老师把张长开除了。张长回到家里把事情原原本本的告诉了母亲,母亲听了说:"孩子,你养的什么　怪物?拿出来让我看看。"张长怕吓坏母亲,不肯拿出,可母亲执意要看,张长只好从怀里取出蛇头。蛇看到生人,又是一声怪叫,结果把张长的母亲也当场吓死了。张长抱着母亲痛哭起来……

张长埋葬了母亲。他对小蛇说:"我养你这么大,你吓死了我的同学又吓死了我的母亲,我留不住你了,明天把你送走。"第二天,张长带着小蛇上了山,把它放进山上的一个小洞里。从此,独自打柴为生。

两年以后的一天,张长进城卖柴,他看到城门口围着一堆人,好奇的到跟前一看,原来城墙上贴着一张告示,上面写道:"城南十里的山上有妖蛇伤人,如有人降住妖蛇,愿做官的封官,愿要银的给银。"张长看完,心中暗想:"伤人的妖蛇莫不是我送上山去的小蛇?"他决定去看看。

卖完柴,张长过去揭了榜文,大摇大摆地进了县衙。县官问他道:"你叫什么名字?""我叫张长。""你能降妖吗?""能。"县官又问,"你要带多少人去?"张长说"只要二十个精壮的孩子就行了。"县官当堂点给他二十名精壮孩子,并说道:"你降妖回来,老爷重重有赏。"张长带着那二十名孩子上路了。路上,张长暗想:"如果真是我放回去的那条蛇,它不会伤我,如果不是,我被妖蛇吃了也罢,免得一个人孤苦伶仃地受苦。"离山不远了,张长对那二十名孩子说:"你们在这里等我,我先上去看看,听见我叫时,你们马上就来。"这二十名孩子巴不得走得远点,张长一走,就一起溜了。

再说张长,独自一人正向前走,忽听有人叫了一声:"哥哥。"四下观望,却不见人影,正奇怪间,又听见叫了一声,张长发现,叫声是从山顶上发出的。他向山上望去，果然看见一条大蛇，那条蛇见张长站得很远，便说："多日不见哥哥，你可好啊？快上山来，我有话说。"张长问："山这样陡，我怎能上得去？"蛇说："我将舌头伸下去，你蹲在舌尖上，我拉你上来。"张长摇摇头说："那不行，你舌头一卷，把我吃了，可怎么好？"蛇笑着说："哥哥，你想到哪里去了！我要有心吃你，一里之外，就可以把你吸进嘴里。哥哥放心地来。"说罢，它将舌头伸下去，张长运运神壮壮胆，蹲在蛇的舌头上，刹那间，便到了蛇跟前。

蛇问："哥哥，你今天来做什么？"张长编了假话对蛇说："我上山砍柴迷了路，没想到遇见了你。"蛇摇摇头说："你不要骗我，我早知道你是奉了县官之命来降我的。正好，今天是我归天的时间，为了报答你的收养之恩，我送你一颗宝珠。此珠能起死回生，不管什么动物死了，你用它一擦，就会复活，但一定要记住，万万不能救人。"张长问："你的宝珠在哪里？"蛇说："在我的嗓子里，我张开嘴，你用手把它拿出来。"于是，蛇张大嘴，让张长取出那宝珠，看着他流了几行泪，便退到洞里去了。

张长拿了宝珠，慢慢走下山来。心想："有了这颗宝珠，我就不去县衙领赏了，拿它进京献给皇上，岂不成了进宝状元？"他正想着走着，发现路旁躺着条死狗，少了一条后腿。张长想："我不妨用这颗宝珠试试，看能不能救活它？"他又想，这狗只有三条腿，救活了也没有用。于是，他用尿和了些泥，捏了一条泥腿给狗安上，拿出宝珠在狗的头上一擦，这条狗果然跳了起来，向张长摇了摇尾巴就走了（后来狗撒尿抬起一条后腿，就是因了这个缘故）。张长向前走了一会，看见路上有一堆死蚂蚁，他拿出宝珠，一个一个救活。走着走着，他又看见一块大石头上有一只死苍蝇，他拿出宝珠救活了它。张长走到小山脚下发现了一个死人，他站住想救他，但想起蛇叮嘱的话——万万不能救人，就犹豫起来。可他又想："我把他救活，看他能把我怎么样？"

张长上前救人，发现这个死人也少了一条腿，他就捏了一条泥腿，正要给他接呢，忽然看见旁边有条狗腿，泥腿到底不太结实，就把狗腿拣来给他接上，拿出宝珠往死人脸上一擦。那人一骨碌爬了起来，抓住张长便骂："你这家伙好狠心，抢去了我的马匹银两，还砍了我的一条腿，走，咱们见官去。"张长挣不脱，只好把情况从头至尾细说了一遍。那人一听张长有宝珠，心生一计，满脸堆笑地说："兄长，刚才小弟冒犯了！既然兄长救了我，我俩就各通名姓，结成兄弟，不知兄长意下如何？"张长问道："那，你叫什么名字呢？""我叫李短。""我叫张长，你叫李短，咱俩刚好一对兄弟。"于是，二人便捏土为香，八拜结交。此时，天色已晚，二人就在山下找了个僻静的地方住了一晚上。

第二天早上，二人起身，一路上边走边谈。李短说，"张长哥，你那是什么宝珠，能叫兄弟开开眼界吗？""怎么不能。"张长说着，便拿出宝珠递给李短，李短接过看了看说："果然是好宝贝，兄弟能拿一拿吗？"张长说："当然可以。"李短便将宝珠装进兜里。

两人走了一段路，李短看见路旁有一口井，说："张大哥，你在这里稍坐一会，我去看看那口井里有水没有水。"李短过去一看，原来是一口枯井，便起了歹心。他对张长说："张大哥，井里好热闹，你快过来看看。"张长信以为真，真的跑来，爬到井沿上往里瞧，什么也没有瞧见。他刚要起身，李短又说："大概跑了，我抓住你的脚，你再往下就可以听见。"一边说着，一边抓起张长的脚乘势往下一推，就把张长推到井里，自己带着宝珠逃走了。

不说李短逃跑，先说张长掉到井里，幸好井底是一层淤泥，没有摔坏。他叫天天不应，叫地地不灵。正着急间，听到井外有狗叫声,可叫了几声,又没声音了。过了一会,忽然井上摔下一个褡裢,随后就有好几个人跑来。原来,张长救活的那条狗,发现他掉到井里,忙跑到山上把砍柴人的褡裢拖来摔到井下,将砍柴人引向井边。张长听见井外有人声,便大声喊:"救人啊!"那些人说:"我们怎么救你呢,绳索都在褡裢里。"张长解开褡裢,把绳索扔了上去,大家七手八脚把他从井底拉了上来。他谢过众人向京城走去。

走了多日,来到京城,人生地不熟的,到哪儿去找李短呢?他身无盘缠,只好白日乞讨,夜晚住在城隍庙里。一天晚上,大约二更时分,张长正睡得迷迷糊糊,忽听有人说话:"恩人,皇上的三公主生病,无人能治,城门口张贴了榜文,若有人治好公主的病,便将他招为驸马,你何不去试呢?"张长问道:"你是何人?我怎样才能治好公主的病?"那个声音说:"我是你救活的那个苍蝇。明天一早,你到城隍庙正殿,把香炉后面的一包药取上,它能治好公主的病。记住,把药分成七份,七天吃完。"说完,苍蝇就飞走了。

张长醒来,明知是南柯一梦,还是依言去做了。他拿上药到皇宫,守门人见是一个叫花子,不让他进。张长说:"榜文上并没有写明不让叫花子治病,要是误了事,三公主死了,由你们担当。"守门人一听,便去奏明皇上,皇上就派了太监带着张长到后宫给三公主治病。张长将他带去的药交给公主,让她一日一份,七天服完。七天后,公主果然痊愈。皇上将张长招为驸马,准备择日与三公主成亲。

再说李短。那日,他把张长推到井里,独自赶到京城,把宝珠献给了皇上,得了个进宝状元的头衔,并招为驸马,和二公主成了亲,独享福分。这天,李短听到张长和三公主即将成亲的消息,大吃一惊,甚觉不妙,便上殿奏本:"张长乃叫花子出身,如何能与公主成亲?"皇上说:"榜文上写得明白,不管是谁人,只要能治好公主的病,便将他招为驸马。公主现已痊愈,岂有反悔之理?"李短奏道:"万岁,既不能反悔,臣有一计,把一升麸皮金和一升细沙掺匀,他若能分开,就让他与三公主成亲。"皇上准奏,吩咐手下照办。

张长拿着掺沙的金子,回到城隍庙倒头便睡。心想:"该我命苦,等到明天,再过叫花子生活吧!"

可是,第二天早晨,张长起来一看,金子和沙子已经分开,各放一堆。张长觉得很奇怪,他哪里知道是被他救活的那堆蚂蚁帮了忙。他忙用两个升子分别装好,带到金殿。皇上一见,心中欢喜,忙吩咐下人筹办喜事。可李短又生一计,上殿奏本:"皇上,昨日之事,怕是张长耍的花招,不足为信。明日抬上十顶轿子,三公主坐在其中的一顶里,从午门路过。张长若能看出哪一顶坐的是三公主,就准予他们成亲,如若不能,就把他赶出皇宫。"皇上觉得有理,就让张长明日认轿。

张长还和上次一样,跑到城隍庙里睡起觉来。刚要睡着,他听见苍蝇在说话:"恩人不必担心,明天一早尽管去认,你见我飞到哪顶轿子上,就挡住哪顶轿子,这回定能成功。"

次日天明,张长到午门等候,看见十顶一模一样的轿子由东往西慢慢走来。张长仔细观察,当第六顶轿子走到跟前时,那只苍蝇嗡的一声飞了上去,张长便将这项轿子挡住。公主挑开轿帘,对张长含情一笑,两人一起去见皇上,皇上大喜,传旨摆起酒宴,为他俩成亲。

夜里,公主拿出李短进献的宝珠,对张长说,"郎君可识此宝?"张长一见宝珠,双目流泪。公主忙问:"识得就识得,不识得就不识得,为什么痛哭?"张长就把宝珠的底细一五一十地告诉了公主,最后说:"公主若不信,可以奏明父皇,当殿验腿。李短的那条狗腿还是我给他接的呢！"公主听罢,安慰张长:"别着急,明天我们就让他原形毕露。"

次日天明,公主和张长一同上殿,把此事详详细细地诉说给皇上。皇上听后大怒召来众臣当殿验腿,李短的左腿果然是一条狗腿(后来人们把衙门中害人的衙役叫狗腿子,就是这个来历)。验腿之后,皇上吩咐刀斧手将李短推出午门斩首。这就叫恶有恶报。

赵玉明　黄仁玉　整理

贤媳妇

>>>>>>

有一位贤媳妇,丈夫出外谋事去了,只有她和婆婆在家。她每日做家务侍奉婆婆,尽心尽孝。

由于家境不宽余,每次做饭时,取一碗面出来,媳妇就用三个指头捏一撮儿放在案板下面的瓦罐里。做出饭来,她把干的捞给婆婆吃,自己喝面汤。婆婆心里过意不去,说:"娃娃,你一天到晚要干许多活,不吃干的光喝稀的身上没劲,我老了,一天又不干活,随便吃上些就行了。"媳妇说,"妈,我年轻着呢,咋样都行,妈老了,吃不上身体就不好了,妈吃干的就对着呢。"就这样一直到她的丈夫回来。

谁知,丈夫回来后看见她和老婆婆,不问青红皂白抓住她便打,婆婆挡住问:"儿啊,你咋见她便打,为的啥来?"这丈夫恼怒地说:"我出外以后,她一天咋伺候的妈？把妈饿得面黄肌瘦,她倒白白胖胖？"媳妇哭着说:"妈每顿吃干面,我顿顿喝稀汤。"丈夫不信,婆婆也求情道:"我儿冤枉了媳妇,我亲眼见她顿顿喝面汤,为娘确实顿顿吃干面。"丈夫又问道:"每顿饭用多少面？"媳妇答:"每顿饭取一碗面,我每回捏一撮放在案板下面的瓦罐里。"丈夫不等说完又冒火打了起来,骂道:"不孝之妇还敢嘴硬,你把面舍不得给妈吃,悄悄藏下为啥来？"媳妇哭诉道:"妈吃不了那么多。我想积少成多,攒下你回来了吃呢。"丈夫拉出瓦罐眼见为实,大为感动,愧疚不止。

孙秀华　整理

万事不求人

>>>>>>>

有老两口子，养下了三个娃子。大娃子、二娃子都娶上了媳妇，唯有三娃子傻得很，没娶上媳妇。

过了些日子，大媳妇、二媳妇打算去站娘家，公公不同意。两个媳妇号得硬要去呢，公公说："既然你们硬要去，那就给我办些事情。"媳妇们问："办啥事情？"公公说："大媳妇去站上三五天，二媳妇去站上半个月，一搭呢去一搭呢来。大媳妇去拿上一尺布，做上一双大鞋，再做上一双靿鞋，回来时没骨头的羊肉拿上些；二媳妇去拿上六尺布，缝上个袍子，再缝上个衫子，还要缝上一个擦脸布，来时，拿上个黄芯萝卜子。"两个媳妇一听，就跑到大路边上号去了，这些事情她们怎么能办到呢？两个媳妇正号着，村里张员外的丫头看见了，她走过去说："两个嫂子啥事这个号法子？给我说说，我给你们解个缘。"两个媳妇说："我们说给你个黄毛丫头能顶啥用？""说吧，说不定我给你们帮上了呢。"大媳妇就说："我们要站娘家去，公公说是我站上三五天，她站上半个月，一搭呢去一搭呢来，这我们两个怎么能办到呢？"张员外的丫头说："那么个事情有啥办不到的？你站上三五天就是三五十五天，她站上半个月，你们正好一搭呢去一搭呢来了嘛。还有些啥难做的呢？"大媳妇说："公公叫我拿上一尺布，做上一双大鞋，一双靸鞋。一尺布只能做一双大鞋，哪能再做上一双靸鞋呢？""那你拿上一尺布，给他做一双大鞋。白天穿上是大鞋，晚上尿尿靸上不就是靸鞋了吗？"大媳妇又说："他还要叫我拿上没骨头的羊肉呢！""羊肝花没骨头，那也是羊身上的肉嘛，你拿上就行了。"张员外的丫头又问二媳妇："你有啥难事？"二媳妇说："公公叫我拿上六尺布，做上件袍子，再做上件衫子，还要缝上个擦脸的手巾。六尺布只能做个袍子，还哪能做上个衫子和手巾呢？""你只给他缝个袍子就行了。白日穿上是袍子，晚上盖上是衫子，洗脸时大襟子撩起来就是擦脸的手巾。"二媳妇又说："他还要个黄芯子萝卜，世界上哪里有呢？"张员外的丫头说："鸡蛋拿上嘛，那就是黄芯萝卜。"两个媳妇听了，就回来收拾东西站娘家去了。

她们都蹲了半个月，把公公吩咐下的事情做好，又同时回来了。公公见了心想："她们哪有这些个能耐？是啥人给她们教下的？"就把两个媳妇喊来问："谁给你们教下的？"媳妇们说："谁也没教。""说不说？不说就用鞭整你们呢！"大媳妇急了，求饶道："我给你说，我给你说，我们在大路上号着呢，张员外的丫头过来了，那给我们教的。"公公心想，这丫头还这么能干呢，我的三娃子傻，就说这个丫头给他做媳妇。第二天，公公搬了个人去问这个丫头，一问就问成了，很快就娶上结了婚。

　　过了好些日子,老爹对三娃子说:"你这家伙傻兮兮的,这个媳妇你也配不住。我思想,你把屋里头那匹骡子牵到市上卖去,也好闯个世面。"三娃子就把骡子拉到大街市上一天嗟溜呢。拉到东门头上,过来一个人说:"哎,后生,你站下,你是干啥的?""我是来卖这个骡子的。"这个人把骡子拉过来,也不言喘直往前走。三娃子攆上去问,"哎,你把我的骡子拉去,钱怎么给呢?"这个人拉着骡子站下了,朝天一望,朝地一望说:"你等着马蹄子圆了再取来。""你的屋在哪里呢?""我的屋嘛,一出东门走五里,走了五里又五里,到跟前是前遮挡、后柱阙,左青龙、右白虎,中间还有一棵大榆树。那个地方就是我的家。"又问:"你姓啥?""雪花落在冰台上。"三娃子把话记下,就回到屋里去了。

　　老爹见他回来,问:"哒,骡子呢?""骡子叫人牵上走了。""卖骡子的钱呢?""他没有给钱。"老爹一听着气地说:"哎,你咋这个傻法?叫你出去闯一下呢,你一去就把骡子白白丧掉了!你问下那人住的地方了吗?"三娃子像没听见,自顾自说,"那人说叫我马蹄儿圆了再去取钱呢,我们的骡子那个老法子了,蹄子还扁得很,几时才能长圆呢?"爹说:"这回就霉气死了。"三儿媳妇进来说:"你们爷俩嚷啥呢?"老爹气呼呼地说:"这个背时鬼,把骡子牵出去白白地送给人了,还找不着个下家。"三媳妇问:"那个人叫你啥时候取钱呢?""说等到马蹄儿圆了去取呢。"三媳妇子说:"到十五的月儿圆了就是马蹄子圆了,你就去取。他的屋在哪里?"那个人说:"一出东门走五里走过五里又五里。"三媳妇说:"你出了东门走三五十五里路。屋是哪个?""屋是前遮挡、后柱阙,左青龙、右白虎,中间有棵大榆树。"三媳妇说:"那前遮挡是庄子门前的照壁,后柱阙是屋后的坟园,左青龙是一沟水,右白虎是个磨坊,大榆树是有一口井呢。他姓啥?""雪花落在冰台上。"三媳妇说:"这个人是韩姓人氏。"三娃子记住了媳妇教的话。

到十五那天,三娃子跑去取钱,出东门走了十五里,到了一个庄子跟前,很像媳妇说的样儿,就进了里头。看见那人和一个人说话呢,三娃子又说:"韩先生,我取骡子钱来了!"韩先生不言喘。三娃子又说:"韩先生,我取骡子钱来了!"韩先生还是不言喘。三娃子问到第三声上,韩先生转过头来说:"你看你把我的话把儿都打掉了,你的骡子钱还不够赔我的话把儿,你还要的啥骡子钱?"钱没要成,三娃子就丧气地回来了。到屋里给媳妇一说,媳妇又教他:"你把洋镐拿上刨他的照壁去,啥人喊你也不要言喘,只有韩先生来了,你再说。"三娃子去了,拿了把洋镐照着韩家墙上就刨。过来了一个人说:"哎哎,你刨人家的照壁做啥呢?"三娃子不言喘。"哎,你不要刨照壁了!"三娃子还是不言喘。那个人一下急了,就去喊韩先生,韩先生跑出来喊道:"哎,你刨我的照壁干啥呢!"三娃子回答说:"我找一下这个照壁的'灯'啊。"韩先生又问:"咑,照壁上哪来的灯啊?"三娃子反问:"咑,话哪来的把儿呢?"韩先生便说:"好,跟我去取骡子钱。"进了韩家屋,韩先生包了两个包,一个包里包的骡子钱,一个包里包的是驴粪蛋插花。他说:"这个包悄悄给你的爹,这个包悄悄给你的婆姨。"三娃子就一手拿一个包回来了。他把包给了爹和婆姨。婆姨把包一撕开,当时就变了脸走了娘家。老爹问三娃子,"咑,你的媳妇咋和你不对了?"三娃子说是韩先生的包给了她就不对了。爹说:"还是那个韩先生日鬼了,你原找韩先生去。"三娃子跑到韩先生家里说:"我的婆姨叫你弄跑了,我找你呢。""咑,你的婆姨走掉了与我有啥相干?""把你的包拿给我的婆姨后,她就走掉了。"韩先生笑着说:"你拉上一匹马,备上两副鞍子,驮你的婆姨去。"三娃子听了就回到家拉了一匹马,备了两副鞍子,驮媳妇去了。

　　三媳妇正在娘家窗前坐着呢，三娃子把马拉在院子里转，一副鞍子跌下来，三娃子拾起来搭上去，另一副鞍子又跌下来了。这媳妇灵通得很，一看到马背上双鞍的那个情景就明白了，好马不备双鞍，好女不嫁二男，就跟着三娃子回来了。

　　三媳妇觉得啥事也不用求人，就做了一幅匾，上面写着"万事不求人"。然后，挂在了庄门上。正巧，皇上催粮路过看见了，说："哎呀，小小百姓，还有这大的牛皮吹呢，我一个皇上都不敢挂这样的匾。"就命人把三媳妇的公公传出来说，"三天之内你们办几件事情，如果办成了我就叫你们挂这个匾，办不成，立马割下你们全家人的头"。皇上说完那几件事情就走了。

　　这可把老汉吓坏了，他吩咐三媳妇赶快把匾取了下来。两天过去了，老汉一口饭没吃，一口水没沾，愁得没办法。大媳妇进来问："爹，这两天咋了？"老爹拿起鞭来说："滚出去吧！你能问个啥名堂呢！"二媳妇刚要进门，老爹也骂道："你滚过去吧！哪有你的资格进门呢！"大媳妇和二媳妇给撵远了。后来，三媳妇进来问爹，"哎呀，愁啥呢？有啥事情就办嘛。"爹说："唉，你弄下的这个事情，我们全家不死才怪呢，由也由不得了。"三媳妇说："爹，啥事你就说嘛，说不定我能办到呢。"老爹说："皇上催粮路过，看到咱庄门上'万事不求人'的匾，让我们三天之内办几件事情，办不到就要割我们全家人的头呢。"三媳妇又问："啥事情？"老爹说："皇上说山有多大，我们就称出多少金子来，路有多长，拿出多少布匹来，海水有多深，拿出多少粮食来，还要把比蜂蜜甜的东西拿出来。"三媳妇说："这么点小事把你愁眉不展的，爹放心，到时候我给他办。"老爹说："哎呀，要是这么个，那我就高兴了。"

　　到了第三天，皇上打发轿子抬老汉来了，老汉把三媳妇一同带到皇宫里。皇上问老汉："事情办到了没有？"老汉说："有我的三媳妇子给办着呢。"皇上让人把三媳妇传进来问:"交给的事情办到没有?"三媳妇反问:"皇上有啥事情?"皇上说:"山有多大,就给我拿出多少金子来。"三媳妇回答说:"行,你称一称山有多重,我好给你称金子。"皇上说:"呔,山那么大怎么能用秤称呢?"三媳妇说:"你的山没办法称,我的金子也没办法称。"皇上说,"好。路有多长,你给我拿出多少布匹来。"三媳妇说:"你把路量过去,路有多长,我再给你量布。"皇上说:"路那个长法子,我怎么能量完呢?"三媳妇说:"那么我的布也量不过去。"皇上又说:"海里的水有多深,你给我拿出多少粮食来。"三媳妇说:"你一斗一斗把水排过去,我再给你排粮食。"皇上说:"海里的水那么深,怎么能排得完呢?"三媳妇说:"那么我的粮食也排不过去。"皇上又说:"那你把比蜂蜜甜的东西给我拿出来。"三媳妇回答说:"两口子结婚的那天晚上,比蜂蜜还甜,皇上就拿了去。"皇上说:"这个媳妇子真了不起,'万事不求人'的匾,你们就挂上吧。"三媳妇和老爹就高高兴兴地回去,原把匾挂上了。

王为民　整理

五湖四海的传说

>>>>>>

　　话说五湖是湖南人，四海是四川人，两人在一个学堂读书，结为兄弟。他们家庭都很富，读完书各自回老家去了。

　　五湖回家后，交了些富家子弟，一心想当县官。过了不久，愿望终于实现了，人们都奉承他，前来拜访他的人都带着厚礼。

　　再说四海为人忠厚济贫扶穷，四面八方的穷人，他都要给这给那，家境也慢慢破落了。

　　四海五十岁时，生了一个儿子，老两口高兴得合不住嘴，可谁知这儿子是个提起来一条放下去一堆的傻子，四海不由得整日愁眉苦脸，提不起精神。

　　四海的家境不知咋的传到了五湖的耳中。五湖为了证实，从湖南一路拜访到了四海的家。兄弟朋友相见，十分高兴，但五湖没有告诉自己的身份，胡编说他要到什么地方去，路过此地前来登门拜访，稍缓一下继续赶路。四海一听，赶紧叫老婆出去当了件衣服，买回些米面、肉、菜招待客人。

五湖见炕上有一个娃子傻乎乎的，便暗示随从把被窝盖在了娃子的头上。酒足饭饱后，五湖谢过四海起身赶路。他到了四海这个县的县衙，把自己的来意讲明，给县老爷一些银子委托道："我走后你给四海新修一院房子，再给他找一个孤儿当儿子。"县官满口答应了。

再说四海老两口送走了客人，进门一看，一床被子将儿子捂得严严的，被窝揭开儿子已经死了。老两口大哭不止，虽说养了个不中用的儿子，但毕竟是自己的亲骨肉。四海说："哭也没用，我找五湖评理去。"

老两口收拾行李上了路，走出城门不远，碰见一个赶驴人。赶驴人问他们到哪里去，四海说明了去向，赶驴人便让他们骑自己的驴赶路。四海说："路远我们给不起银子。"赶驴的说："算帮忙不要钱。"四海老两口谢过那人，骑上毛驴走了七七四十九天，到了五湖所在的县里。老两口打听五湖的住处，别人告诉五湖做了县官，住在县衙内。老两口到了县衙门口，要求见五湖。知情的衙役说老爷外出不在家，让他们住下耐心等待。四海两口被安排到一个非常安静的地方，每天好吃好喝款待。四海这一等等了一年，还不见五湖，便又问衙役。衙役说："老爷还没回来，你们先回家去吧，等老爷来了，我再给你说。"老两口没办法，收拾上行李回家去了。

两口子出了城门，那个给驴让他们骑的人正等着呢，原用驴把老两口送回四川了。

两口子回家一看，个人的房子不见了，啥人在那块地方上又打桩又盖房。四海气得骂道:"人穷了也不能这样欺负!"这时一个五六岁的男孩出门跪下说道:"拜见远方回来的爹娘。"两口子莫名其妙。亲朋好友围过来,把县老爷如何受五湖相托为他盖房、送子的实情告诉了两口子。两口子高兴得流下了眼泪,赶紧把小孩扶起来拉进怀里。

十年以后,养子长大了,娶了个漂亮贤惠的媳妇,小两口子对他们很孝顺,四海老两口得以安度晚年。人们也将"五湖四海为朋友"传为佳话。

覃　平　整理

皮匠驸马

>>>>>>

古代有个皇帝，养下个姑娘年方二八，要选个驸马。咋选？大臣们合计一番出了个梅花诗榜，就是用好多字拼成梅花形状为一首诗，谁能念得通解得出诗意，便选谁为驸马。

梅花诗榜贴出后，来了好些个秀才、举子，都望榜兴叹，扫兴而归。这一天，过来了一个皮匠，长得挺俊气，他看着梅花诗榜，摇头晃脑装模作样地自言自语道："哎呀，这个字放在这儿就是好！哎呀，那个字儿妙！要不是那个字，诗就连不起来了。"守榜的人见此情景，问他："你能念得通、解释得上吗？"皮匠回答："哎，我一字儿不识。"守榜人便去禀报主考官："大人，外面有个举子，长得很清俊，梅花诗能讲得下、念得通，就是一个字儿不识。"主考官一听很高兴，回答道："人不能十全十美嘛,中国的汉字本来就多,人家只一个字儿不识不要紧嘛,可以录取。"就这样皇榜一揭三声炮响,把皮匠选入皇宫做了驸马。

皮匠被人拥戴着进了宫内。一位宫女端了一盆清水过来,皮匠想:"可能我这个皮匠手上脸上臭着呢,该洗一下。"正巧,宫女端水过来正是让他洗脸的。第二位宫女端了一碗水过来,皮匠想:"我这皮匠可能口臭,是让我漱嘴的吧。"又碰巧了,宫女端来碗水正是让他漱嘴的。第三位宫女端来一碟水,这可把皮匠难住了,洗呢漱呢已做罢了,喝呢碟大嘴小流掉了,他想,这究竟是水呢还是酒?我试它一下。他用手指一沾,才是凉水,便轻轻一弹,将水弹去。又让他碰巧做对了,这正是古代的净水礼节。尔后,宫女领他进洞房,洞房门前也守着一位宫女,她随手从墙旮旯里放着的一个盒子中握了只屎壳郎儿叫驸马猜,猜着了接帘进洞房,猜不着了便不让进。皮匠说道:"哎呀呀,这下屎泡牛不得活了!"屎泡牛正是皮匠的小名儿。宫女一听猜中了,揭起帘儿让驸马进了洞房。

等候在洞房中的公主见皮匠进来,上前迎接,行过见面礼,夸赞道:"驸马真是博学多才,梅花皇榜都揭了。"皮匠说:"哪里博学多才呀,我连一个字儿也不识,是他们硬拉我进来做驸马呢!"公主一听大惊,可生米已经做成熟饭,只好将就作罢。公主说:"明天,你要给父皇磕头,给大臣们行礼。大臣们要给你贺喜,还要和你讲古论今,当面再试你的才学。"皮匠一听,惊慌地说道:"这可怎么应付?我不行呀!"公主教他道:"给皇上磕的是寿头,给大臣们行的是周公礼。"皮匠记不下这个"周"字,公主就把"周"字写到皮匠手心里,教给了几遍,让他到时伸开手掌一看就想起了。公主接着教他:"大臣们无非和你谈论人类历史,问你开天辟地谁最早,你就回答:"盘古开天辟地最早。"皮匠摇头说记不下。公主给皮匠一枚古铜币说:"这铜币形如圆盘,是古代制作的。到时,你从袖筒里摸摸它就想起'盘古'二字。"

第二天,皮匠去见皇上,磕罢寿头,又给大臣们行礼。大臣问:"你行的什么礼?"皮匠早被殿上的阵势吓得慌慌张张,把公主教下的全部忘光了。他慌张中伸出手掌一看,因为手心出汗,"周"字变成了模模糊糊的"月"字,他回答道:"我行的是月公礼。"大臣们愕然,纷纷议论:"我们都行周公礼,从不曾听说过有个月公礼。"皮匠醒过神来说道:"你们这些大人,看书虽多,却只知其一不知其二,月公是周公的外父,周公礼是外父教下的。"大臣们一听,合乎情理,点头称是。又接着问他:"驸马博学多才。人类历史开天辟地谁最早?"皮匠摸摸袖筒里的铜币说:"扁铜最早。"大臣们又一下呆住了。片刻,一位大臣说:"读了四书五经,我们知道盘古开天辟地,从没读到过扁铜这个名字。"皮匠说:"你们这些念书人,光知道念四书五经,还是知其一不知其二,扁铜是盘古的老子。没有老子,他盘古从何而来?"这一下,反把大臣们问住了,他们你看我,我看你,自愧不如驸马,连连称赞驸马博学多才。

几天以后,逢南方番国派来使者与大汉国谈判,朝廷上没人懂得番话,番国使者也不懂汉话。双方约定,谈判用相互比画手语的方法进行。大臣们一致推荐博学多才的驸马出面。谈判开始,番国来使晃晃脖中狐尾,行了番礼,皮匠驸马朝他们点点头行周公礼,然后,各自坐好。番使伸出一个指头,意思是:我们番国乃当今第一流国家。皮匠摇摇头,伸出两个指头。番使领会为番国不算一流国家,只能算二流国家。番使又伸出三个指头,意思是番国有三江(金沙江、澜沧江、怒江)。驸马摇摇头伸出五个指头,手心手背翻了一遍。番使领会为大汉国有五岳五湖,土地更为广阔。番使又挥手一绕拍了拍肚皮,意思是番国要统治地上所有的国家。驸马挥手一绕,用手拍了拍脊背。番使领会为大汉国要征服整个天下，更为强大。番使想，我番国比起大汉国还是差些！只能给人家岁岁朝拜、年年进贡了。谈判结束，驸马赢了，得到皇上和大臣的夸奖。

驸马回到公主那里，公主问起谈判的事，皮匠告诉她："谈判呢，那番使伸出一个指头，叫我给他做一只皮靴，我不答应，要做就得做一双。他又伸出三个指头，做双皮靴才给三两银子，我也不答应，摇摇头伸出五个指头，要五两银子。番使绕了绕手拍了拍肚皮，问我是不是用脑子上的皮做呢？我绕了绕手拍了拍脊背，告诉他，我用脊背上的好皮子给他做皮靴呢！"

孙秀华　整理

小伙计

>>>>>>

从前，在一家店铺里，有个小伙计，很机灵也很勤快。他爱问好学，每天除了把杂务活干好，还偷偷学识字记账。

这家的掌柜子常出外，店里主要靠管家和账房管理。一天，掌柜子从外回来，问管家几个月的生意情况。管家又问账房先生，账房先生才找着翻账，在旁边的小伙计给老爷一五一十地说出来了。掌柜子拿过账来一对，分文不错。三人惊奇地看着小伙计，掌柜子连声说"聪明，真聪明"。就让小伙计以后跟他办货。从此，小伙计每天的饭和管家账房一起吃。管家和账房因掌柜子越来越器重小伙计，他们很嫉妒，二人商量咋把小伙计治一下。

到了大年三十晚上，掌柜子摆了酒席，店铺的人全都参加,还请来了左房右邻。管家和账房先生早就合计好了,要乘机当着掌柜子和客人的面,让小伙计出丑。酒过三巡后,管家站起来说:"今晚是团聚高兴的日子,为了给酒宴助兴,小聪明和我们以字对对儿,谁对得好就奖,谁要对不上就不准参加酒宴。"大家都赞成。管家接着说:"那我就先出,以'吕'字为题:吕字一拆两张口,一口茶来一口酒,茶酒入口一回事。"账房先生接上说:"我以'出'字为题:出字一拆两个山,一山煤来一山碳,煤炭进炉一回事。"二人说罢都看着小伙计,小伙计不慌不忙地说:"二字一拆两个一,能写龟来能写鳖,乌龟王八一回事。"大家都说:"好!"管家和账房先生的脸上红一阵青一阵。

赵玉明　整理

增和桥

>>>>>>

　　相传在某个山区，有座坐东向西的小集镇，集镇前面有条阳关大道，南端有座大桥，桥上立有一面牌坊，上面写着"增和桥"三个大字。大桥旁边有一个饭馆。由于这个集镇地处三岔路口，过往的车辆行人较多，饭馆里生意兴隆，顾客川流不息，络绎不绝，店中的十几张饭桌，几乎每天都尽满座。

　　一天中午，有个年近十七八岁的少女走进饭馆。她四面张望了一下，见西南角窗子跟前有一张空饭桌，便走到饭桌的上首坐下。不多一会，又有一个和尚走进店来，他的目光转了一遍，也发现了这张饭桌，便走上前来在少女的左侧坐下。接着，又有一个白面书生走进饭店，他走到饭桌的正墙根，仔细观看着墙上的字画。当他看到西南角的时候，见和尚和少女二人同坐一张饭桌，便走上前来施礼问道："不敢动问，这位老师傅和小姐可是此地人？"和尚回答："不是。"那少女也漫不经心地摇了摇头。白面书生又说："小生也非此地人，我们三人有缘在这里相会，真乃三生有幸也！"说罢，便在和尚对面坐下。这时，店小二跑了过来，赔笑问道："请问三位客官，想吃些什么？"和尚说："要一盘素菜。"书生说："再加两斤好酒。"少女没有作声。店小二答应一声转身走去，不大功夫将酒菜端来。书生站起身来说道："小生有一言不知当讲不当讲？"和尚说："请讲无妨。"少女仍不作声。书生说，"我们三人既然有缘相会，以小生之见就该行个酒令，谁若说得好，就可不出酒菜钱。"和尚问道："以何为题？"书生望着窗外说："对面桥上有'增和桥'三个大字。我们以年龄大小各占一个字为题。"互通年龄之后，和尚年长，书生次之，少女自然最小，便商定和尚以"增"为题，书生以"和"为题，少女以"桥"为题。行令开始。和尚先说：

> 有土也为增，
>
> 无土也为曾，
>
> 取了增边土，
>
> 加人便成僧。
>
> 僧家徒儿人人爱，
>
> 阿弥陀佛随身带，
>
> 有朝一日修成了，
>
> 仙家该吃这酒菜。

和尚说完，书生接道：

> 有口也为和，
>
> 无口也为禾，

取掉和边口，

加斗便成科。

科家弟子人人爱，

文房四宝随身带，

有朝一日得中了，

秀才该吃这酒菜。

书生说罢，便向少女道，"小姐轮到你了"。只见那个少女不以为然地望了望窗外，回过头来，慢条斯理地说：

有木也为桥，

无木也为乔，

取了桥边木，

加女便成娇。

娇娇女子人人爱，

两个奶头随身带，

一个奶和尚，

一个奶秀才，

有朝一日奶大了，

老娘该吃这酒菜。

和尚和书生听了连连叹服，叫来店小二付了酒菜钱，又买了三份饭食。他们用过一同出店，各自走去。

赵玉明　黄仁玉　整理

李柴夫

>>>>>>

从前，村子里有两个光棍，一个叫张枪手，一个叫李柴夫。张枪手以打猎为生，乃是十日打猎九日空，一日赶上十日工。李柴夫以砍柴为生，每天卖钱不多，却也滴水不断，还能度日糊口。

有一天，他俩相遇在山路上，亲亲热热，边走边喧。李说："你一日赶上十日工，光景比我强。"张又说："你砍柴卖，每日多少能得几个钱，而我十日打猎九日空。"二人越喧越投机，都有意结拜为兄弟，便就地堆土，插茭茭为香，拜了天地，又互相参拜，张枪手岁数大些为兄，李柴夫为弟。

一天，张枪手在山里打猎，碰上了一个白狐子。俗话说，千年白，万年黑。枪手一枪打中了狐子，狐子带伤而逃，枪手紧追。这时，李柴夫砍好了柴刚要回去,突然跑来一个狐子,钻到柴里,还说起话来:"大哥快救我一命,日后必报。"柴夫一惊,说:"我不图啥报。只是怎么救你呢?"

狐子说:"大哥,把皮褂子盖在我上面。"刚盖好,张枪手追了过来,见李兄弟在此打柴,便问:"兄弟,你见过来一个白狐子吗?"李柴夫一听,这个狐子原是我兄长打的,怎么办?嗨,不行,我已答应狐子了,不能失信,便撒谎说:"哥哥,我没看见。"张说:"怪,这狐子跑到哪里去了?弟你收拾柴,我向前边再找。"枪手走后,柴夫对狐子说:"你去吧,我要下山了。"狐子说:"大哥的救命之恩,一定要报答。"柴夫说:"我已说过不图报答,你快走吧。"狐子又说:"我现在还带着伤,要是走出去,还会叫你哥打死的。求求你把我带回家去,伤好了我再走。"柴夫犹豫地道:"路上有人,我怎么将你带回呢?"狐子说:"我钻在你的怀里,你披上皮褂子,别人就看不见了。"柴夫便这样将狐子带回了家里。

柴夫因砍了一天柴,走了不少路,实在累了,进门就在炕上睡着了。这时,狐子跳下炕去打了个滚,变成一个秀美的女子。柴夫醒来一看,又惊又怕,天爷,我怎么救了一个妖精?狐子忙说:"你莫怕,我是真心实意报答你救命之恩来的。你身边缺个妻子,我给你当妻子吧。"柴夫说:"这、这、这可不行……"狐子说:"不要多说了,天色已早,你去卖柴吧。"从这以后,柴夫每天带着忧虑上山砍柴,卖点钱再买些米面。可回到家里,和过去大不一样了,一进门女子就问寒问暖,十分体贴,家里干干净净,整整齐齐,热腾腾的饭菜已摆在了桌上。天天如此,李柴夫也高兴起来了,两人相亲相爱,日子越过越美满。

一天,柴夫砍柴回来,见妻子哭得很伤心,就放下柴担问她:"你怎么了?"妻子说:"你哥哥今天把我父亲又伤下了。"柴夫说:"你不要哭了,我前去看看。"妻子说:"你去救时连皮带肉拿来不要剥了。"柴夫就去找张枪手,到家里一看,地上果然放着一个白狐子。他问:"哥哥呀,你今天打的这只白狐子卖不卖?我很想买一只白狐子。"张枪手说:"卖。"柴夫给了二两银子,张枪手硬是不要,说:"拿去吧,不要你一文钱,我马上给你剥皮。"李柴夫忙说:"哥哥,我要连皮带肉的。"说罢,李柴夫把白狐子带回自家里去了。他将白狐子往炕上一放,狐子嘴里吐出来个白弹儿,变成了一个白胡子老人。他一见自己的女儿,问:"你怎么到这里来了?"女子指着柴夫说:"这是我们的救命恩人,你我都是他救的。"老人感激不尽,对女儿说:"你就照料李柴夫一辈子吧,直到他下世再离开。"说完白胡子老人走了。

他们俩亲亲爱爱过了好些年,女人为柴夫生下两个儿子,一个叫李成,一个叫李明。儿子们长大后,李柴夫死了。女人把两个儿子叫来安顿以后的事,说:"家里有两个宝贝,一个叫盛钱匣儿,这匣儿摇一下能出七两银子,另一个是定线轴儿,带上它可以腾云驾雾,这两个宝物一人一个。老大要了摇钱匣儿,老二分了定线轴儿。分完后,女人就变成个白狐子走了。兄弟两个看到了说:"我两个人的母亲怎么是个狐子?"李明想不通,李成更奇怪。

老大李成出走了。一日,他到了华山下的广华寺里,看到寺里有几十个和尚僧人,便上前问一个老和尚:"老师傅,让我在寺里住一晚,行不行?"老和尚说:"都是出家人,怎么不行呢?住多少天都可以。"饭后,李成就和老和尚喧起来了,李成问:"你的寺里有多少和尚?"老和尚说:"有一百多和尚与僧人。"又问:"你们的寺这样破旧,为什么不修一下?"和尚说:"近年来天年不好,人连吃的都没有,哪有钱修寺?"李成说:"老师傅,你若想修,我愿给你所需的银两。"旁边的小和尚听了李成的话,窃窃私语:"他那样穷,能有几两银子?还想修寺,真把牛皮吹上了天。"当天夜晚,李成把盛钱匣儿整好,摇了一夜,摇出了很多钱。第二天,李成告诉老和尚,让人到他住的房内取银两。老和尚说:"施主,是不是取笑我?"李成让老和尚带众僧到房里一看,都傻眼了,足足有半房银两!李成说:"快拿去修寺吧。"老和尚吩咐众僧找来了能工巧匠很快建起了许多宫殿式的庙宇。

寺修成后,有好事者给皇上奏了一本说:"有人出钱将广华寺修得十分好看,可前去一观。"皇上事忙就派了一个大臣去看。这位大臣的女儿有病,曾许过愿,正好可去降香还愿,就带了姑娘领了丫环和侍女一同来到广华寺。大臣的姑娘还愿,有个讲究,不论是人还是畜生,一个不留都到寺外面,姑娘好安安静静地叩头、上香。可是李成对这个讲究很生气,说:"我出钱修了寺,他们来上香,竟把我们赶走,大臣的姑娘又不是凡人不能看的天仙女,我偏要看看!"旁边几个和尚就出了主意说:"你别急,他的女儿前来上香,一定要去娘娘庙。娘娘庙里有个大供桌,你去藏在供桌下面,她一上香,你不就看见了嘛。"李成就去藏在了供桌下面。

姑娘来上香的时候,李成一看,哎呀,这位姑娘长得实在美貌俊秀,真如天仙一般!李成看呆了,竟连姑娘走了都不知道,还在那里一动没动。几个和尚进来对李成说:"你怎么还在这里?那姑娘已走多时了。"从此,李成没精打采的,时时都在想那姑娘的容貌。过了些天,李成辞别众和尚,寻找那姑娘去了。

走了月余天,来到京城,知道那位姑娘是道台的女儿,住在一座绣楼里,他却苦于无法见到。后来打听到,有位王妈妈常在道台家里教姑娘做针线,和姑娘常见面。于是,他前去拜见王妈妈,说明来意,让王妈妈帮他和姑娘见面。王妈妈不答应,李成知道王妈妈无儿无女,就跪到地上拜王妈妈为干娘,求干娘成全,王妈妈无奈就答应了。她给他买了红绸上衣、蓝绸裤子,还配上裙子,带上头饰和耳环,把李成打扮得像个姑娘。王妈妈对李成说:"我先去说,有机会再带你去。"

这天王妈妈来到道台家,先给夫人请安。夫人见了王妈妈说:"你这几天怎么不来呢?"王妈妈说:"这几天我的外甥丫头来了,所以没来。"夫人说:"那你领上来和我家姑娘玩吧。"正说着姑娘从楼上下来,问王妈妈道:"你的外甥女啥时候来的?我一人闷得很,明日一定带来和我玩。"第二天,王妈妈就领着李成来到姑娘的楼上。姑娘见王妈妈的这个外甥女,长得聪明伶俐又俊俏,心里十分喜欢,二人在一起玩得很热闹,像亲姐妹一般。王妈妈走时,姑娘硬让王妈妈把外甥女留下了。到了晚上睡觉的时候,不管姑娘怎样说,李成就是不敢脱衣服,姑娘便有了怀疑,细细地看终于发现了破绽。她对李成说,"你到底是何人?从实说来,不然……"李成急了,把实话都说了,求她不要告,自己是一片真心寻来,现在出不去了,明天一早他一定离开。姑娘听了心想:"他不远千里寻我,难得一片真心。"便再没言语,让李成坐到天亮,放他走了。

过了月余天气,李成回到了自己的家里。见到兄弟他说:"哝,有件大事求你。我这些天在广华寺当功德主,庙宇佛堂都修齐了,明日五更就要开光,我怕赶不上,想借你的定线轴儿一用。老二是个念佛的善人,就把宝贝借给了。

李成把盛钱匣儿一挟,定线轴儿一骑,只见一股黑烟冒过,一时三刻又落到姑娘的楼上。姑娘抬头一看,说:"你怎么又来了?"李成说:"还是来看你。"姑娘不言语了,因前次见面她对李成已产生了好感,走后,还有些想。她又问:"怎么一下子就站在楼上了?我们这儿岗哨里三层外三层,你总不会是神仙飞进来的吧?"李成说:"我在广华寺,当了几年功德之主,没这点本事敢在你这儿来!"二人又说又笑,又玩又闹,整整一天。晚上,姑娘就又留李成睡在楼上,互相间都有了爱慕之心。姑娘对李成说:"我好比鸟关在笼子里,与世隔绝,人间之事全然不晓。你能不能把我带出去游上一游?"李成说:"别说你一个,就是有三个,我也能带上。"姑娘说:"那好,明日带我去野外游玩。"第二天,丫鬟端来早饭,姑娘对她说:"下午不要送饭来了,今天我身体欠安,不想吃饭,想独自安静安静。"丫鬟走后,二人吃完饭就拿上盛钱匣儿,骑上定线轴儿离家游玩去了。飞行间,李成想去广华寺,让和尚看一下他多有能耐,把道台的女儿给领来了。可天气拉雾迷了方向,转来转去,落到了一个山头上。他俩实在太累了,就在山头上睡着了。一觉睡到日头快落西山,姑娘猛地醒来,李成还睡得很香,叫不醒,拉也拉不醒。姑娘着急起来,再不回去,家里找起来怎么办?就独自拿上盛钱匣儿,骑上定线轴儿走了。

李成一直睡到夜里三更才醒来,他只见满天星星,不见姑娘和宝贝,急得不知咋办。等到天亮,李成看这山又高又陡,只好慢慢往下爬,爬了半天才爬到半山腰。此时,李成饥饿难熬,想找点东西吃。忽然,有一股香风向他这边刮来,他顺香味找去,看到一个石嘴上,长着一棵红仙桃树,上面结了四个仙桃。他上去吃了两个,还有两个给姑娘带上。过了一会儿,李成觉得满脸发烧,浑身发热。他来到石嘴崖下,看到一眼泉,正要伏下身去喝水,突然从水中看到自己变了模样:脸黑如铁锅,天门梁上长了牛角,又怪又难看。他一边吃惊自己的模样,一边想,变了也好,一路上要饭吃,别人倒也认不出来。他连着走了一天一夜,肚子又饿了。突然,又一股香风刮来,四面一看,又看到一个石嘴下面长着一棵白仙桃树,同样结着四个仙桃。他又吃了两个,拿了两个。吃渴了去喝泉水,他爬倒一看,水中的影子不但还原成本来相貌,而且更英俊了。他高兴地跳起来,决心到京城再找姑娘。

　　李成又走了些日子来到京城。他找到王妈说："干娘，你再给我办个事。我从远山回来，带了两个仙桃，要敬送给姑娘。梦中神仙对我讲过，这礼物万万不能给任何人吃，只能给姑娘吃。"王妈一听也高兴，将两个红仙桃装在提篮里，提到道台府上，先到夫人跟前问了个安，又提篮来到姑娘的楼上。姑娘问道："王妈又拿啥好花样？"王妈说："这回的花样你一定喜欢。"说着拿出了两个仙桃，放在篮子上面。姑娘看见桃子高兴地说："哎呀，好王妈给我拿来了桃子，快给我吃。"她一边拿起两个仙桃吃，一边问："多少钱买的？"王妈说："这是仙桃，二十两银子买的。"姑娘便拿出二十两银子给王妈。王妈走后不多时，姑娘觉得脸上发烧，用镜子一看，模样变了，脸黑如铁锅，嘴大如碟碗，两个胳膊成了干柳条儿。全家人一看，不知姑娘得的什么病，连忙请来太医，那太医也无法医治。道台没有办法，只好出了个榜文，上面写道："谁能治好我姑娘的病，要金给金，要银给银，若不嫌弃可与足下完婚。"

　　这天，李成正在城门周围转悠，见道台贴出榜文，上前一把揭了。看榜人将李成带进道台府，道台问李成："你能治好我姑娘的病吗？"李成说："我能治好。"道台便领他来到姑娘楼上。李成让人将一根红头绳拴在帐内姑娘的中指，他在头绳的另一端切脉，一边切脉一边把姑娘的病说得头头是道，道台和众人听了十分吃惊，说他真乃神医。道台问："怎么医治是好？"李成傲气地说："这病别的方子是治不好的，非得用我的秘方不可。"道台说："那就请神医治吧，老夫感恩不尽。"李成又说："要想治好病，这楼上只能留我和病人，其他任何人都不能入内。"道台听了，有些不放心，但也无奈，便说："就照你的要求办吧。"说罢领众人下楼去了。

　　众人都走后，李成叫姑娘出来，她出了帐子见是李成，吃了一惊。李成说："你好狠毒，不仅把我扔在山上，而且还把我的宝贝拿走,想我无法再来找你是不是?你今天成了这样是老天对你的报应。"姑娘辩解道:"相公,那时天已黄昏,我怕来迟父亲责骂,叫你多时你又不醒,实在无奈,我便驾定线轴儿回来了。"李成说:"那你为啥把盛钱匣儿也带走呢?害的我一路讨饭才到京城,受尽了苦头。你居心何在?"姑娘说:"相公误会了,当时叫不醒你,我怕被别人拿去,便先带回保管。我家既不缺金也不缺银,我要你宝物何用?我已经成这样了,早想一死了事!想你的两件宝物在此你一定会来,才强活着等你。今日相见,如若不信我言是真,我即刻死在你面前。"说完,姑娘要拿起剪刀寻死,李成急忙拦住。他觉得姑娘说得有理,便将另两个白仙桃拿出来让姑娘吃,可姑娘就是吃仙桃才成这样的,再哪敢吃呢?李成说:"这是神仙托我带来给你治病的。"姑娘半信半疑地接过去吃了。过了一会儿,李成说:"你照镜子看一下。"姑娘一看,呀,全好了,还比原来更好看了!李成说:"你的病已治好,可知道台大人出的榜文?"姑娘说:"那你就去领赏钱吧。"李成说:"不,我要娶你。你意下如何?"姑娘羞答答红着脸儿点点头。

到了第二天,道台上来一看,女儿果真治好了,比从前更美了。道台乐哈哈地连连说道:"真是神医,真是神医。"忙叫人端上金银重谢李成。李成说:"大人,你的金山银山我全不要,就要你榜文的后一条。"道台一听,犯起难来。把姑娘许给他吧,李成乃下贱之辈;不许吧,让天下人耻笑。一转念头便推到姑娘身上,说是姑娘答应便行,不答应便不行。李成说,"道台大人叫来姑娘问吧,她不同意,我即可出府,如果她同意,我可要在今天与她成婚。"道台便应承下了,让人叫来姑娘一问,女儿说道:"既然爹爹让孩儿说话,孩儿愿意。"道台当场瘫在椅子上。无奈,当天大摆宴席,李成披红戴花成为道台的佳婿。

赵玉明　陈全义　整理

羊倌和少爷

>>>>>>

从前,一家财东雇了个小两口来干活,男人放羊,婆姨做锅上活。财东家有个少爷,整天游手好闲没事干,他看这个做活的婆姨长相不错,便天天围着她转,两人就慢慢地勾搭上了。时间长了,风言风语传到放羊倌的耳里,他干气没办法,整天闷闷不乐,苦思冥想。

有一天,他突然想出个计策,让婆姨把少爷请了来。羊倌说:"少爷,我想和你对对诗。"少爷一听笑了,心想一个放羊的,字也不识还想对诗!他说:"你这是开玩笑吧?"羊倌说:"是真的。"少爷又说:"要对诗就得打赌。"羊倌故意支吾:"这……"少爷便说:"你双手写不上八字,两眼认不得大字,知道啥是个诗?快好好当你的羊倌去吧!"边说边靠到羊倌的婆姨跟前大笑起来。羊倌绷起脸说:"少爷,我就和你对诗打赌!"少爷一愣,说:"好! 先说你拿啥赌?"羊倌说:"我说几句诗你来答,如果答上了,我再也没啥东西,只有那个婆姨,你若不嫌的话,就输给你。"少爷一听高兴极了,心想:"我虽没多少文墨,但一个放羊的能说个啥诗? 我岂不白白赢个女人。"便说:"一言为定。放羊倌,说你的诗吧。"羊倌说:"少爷,如果你三天答不上呢?""你想要个啥?""就给我五十两银子吧。""行!"羊倌说:"层层落落是啥东西? 撒撒流流①是啥东西? 两头尖尖是啥东西? 上青下白是个啥东西? 明明亮亮又是啥东西?"少爷回去后一直想,想到第二天还是没答上来。

第二天晚上,放羊倌小两口睡下后,婆姨说:"我俩这样好,你咋把我当赌打呢?"羊倌说:"我知道少爷答不上。"婆姨问:"真的?""真的。"婆姨又说:"你说的诗是从哪里学的? 咋答呢?"羊倌故意说:"不能说,要是让别人听见,传给少爷,不是把你输了。"婆姨说:"嗨,就我们两口子,悄悄说谁能听见?"说着就撒起娇来。羊倌便说:"可不能说出去,啊? 层层落落是牛粪,撒撒流流是羊粪,两头尖尖是猪粪,上青下白是鸡粪,明明亮亮就是镜儿。"

清早,婆姨去问少爷:"你答上了没有?"少爷说:"没有。"婆姨又问:"如果我给你说了,你将如何对我?"少爷答:"我要是赢了正式娶你。"婆姨一笑,把晚上羊倌说的一五一十学给了少爷。下午,少爷摆着八字步,神气十足地来找羊倌答诗,他对羊倌说:"诗早已答好,今天第三天了,我是来领人的。"羊倌说:"少爷若答对了,就领上人去吧。"于是,少爷把婆姨说下的从头到尾说了一遍。羊倌说:"少爷,你全答错了。层层落落是佛家的经,撒撒流流是天上

---

① 撒撒流流:山丹方言,意为多而密。

的星,两头尖尖是武把子的弓,上青下白是一根葱,明明亮亮是一盏灯。婆姨的话你不了听,五十两银子你给我称。"

陈全义　整理

神柱的来历

>>>>>>

　　早先,有个人叫丁郎,对老妈鲁得很。丁郎在地里种庄稼,老妈天天送饭给他。可他每见老妈来都耍脾气,动不动打一顿。老妈对这儿子怯怯的了。

　　有一天,丁郎赶黄牛犁地着呢,听着地边的一棵老树上老鸹叫得欢,不由抬头望去,见一只老鸹嘴里衔食给几只小鸹喂着呢。老鸹不厌其烦地一嘴一嘴喂着,小鸹又蹦又跳围着它撒欢。丁郎看得心里热起来,他想:"我的妈天天给我送饭,和那老鸹一样。飞禽都那么有心,我咋天天打骂妈呢?"越想心里越后悔,觉得自己太对不住妈了。到吃饭的时节,妈又提着瓦罐送饭来了。丁郎看见妈快走近了,就连忙前去迎接。他忘了放下手里的牛鞭,把妈吓得以为儿子又提着牛鞭打她来了,连忙背过身去一头撞在那棵老树上……

老妈撞死了。丁郎哭得伤心,妈在世时他没有让妈得到儿子的一点孝心,反过来让妈挨了好些个打骂,他醒事了,妈可没了。丁郎哭罢,就找了锯子放到了那棵大树,用了其中一节好木头,做了个木头妈,早磕头晚上香,天天供养伺候,以尽孝心。晴天他把木头妈请到房顶上晒太阳,雨天请到家里热炕上焐着,白日供养在桌上,夜晚请下来睡在炕上,吃饭也先给木头妈献上。

有一次,丁郎到舅舅家去,临走给婆姨安顿了又安顿,万万不能慢待木头妈。晚上,丁郎住在舅舅家,睡到半夜忽然惊醒,他说:"舅舅,我回家去呢,有要紧事。"舅舅说:"三更半夜的,啥事到天明了去。""不行,我现在就走。"他跑回自家门上,把门一叫开就问婆姨:"我妈给我托了梦。你把她放在哪里了?"婆姨吓得说谎:"妈在炕上睡着呢。"丁郎不信,把灯点着一看,妈在门背后立着。婆姨说:"你晚上不回来,我吓得很,没个顶门的,我就拿……"

还没说完,丁郎就把婆姨一顿好打。丁郎说:"你咋不听我的话?妈让我亏待死了!我一定要把木头妈供奉好,补上我的过错,你却拿她顶门!哎,我的苦命的妈呀!"

从此,丁郎把木头妈一直立在供桌上伺奉着。后来,人们效法丁郎,双亲死后,就用一段木头刻上字供奉在桌上,以示悼念亡灵,人们称之为"神柱"。

孙秀华　整理

偷　牛

>>>>>>

　　很久以前，在一座深山里有个老两口，膝下无儿无女，养着一头大黄牛，就凭这头黄牛，老两口才维持住生活。大黄牛又肥又大，老虎见了想吃，贼见了想偷。

　　在一个阴天的晚上，老虎想吃牛，溜到窗下听动静。贼在这晚上也想偷牛，溜到门口听动静。只听屋里老两口在说话，老婆子说："今晚怕贼来偷牛。"老汉说："贼偷牛我不怕，老虎吃牛我也不怕，就怕漏（指屋顶漏雨）。"老虎、贼听了不知漏是什么东西，各自想："老汉连我都不怕，单怕漏，漏可能比我厉害！"都有些犹豫不定。最后，老虎横下心到牛圈去吃牛，贼也横下心到牛圈去偷牛。

　　贼先到了牛圈，正准备偷牛，忽听到外面有动静,以为漏来了,吓得浑身发抖,赶紧爬到门头。老虎走到门口,贼以为漏要进屋了,吓得手一滑掉在了老虎的身上。老虎当是遇上了漏,掉头就跑。

贼骑在老虎的身上,紧紧抓住虎背不敢放手;老虎想挣脱漏拼命飞逃。一个想吃牛,一个想偷牛,最后谁也没得逞,反而吓得把魂都给失了。

覃　平　整理

莲莲女娃

>>>>>>

　　有一个女娃,从小没妈,长得又黄又瘦,像马莲草一样,人就把她叫了个莲莲。莲莲命里是野滩上的马莲草,没人管,长到十二三岁,没人给梳辫子,没人给裹脚,也没人教给她针线女红,一天嗟撒到野滩上放牛。饿了饿着去,渴了渴着去,热了热着去,冷了冷着去。

　　莲莲有一个和她差不多大小的妹妹,是后妈带来的。她长得白白胖胖,脸盘圆,耳朵方,谁见了都心疼,说这女娃长得福相,日后有福,就把她叫了个福蛋儿。福蛋儿吃好的,穿好的,头上插着粉团花,脚下穿着木底绣花鞋,小脚刚一拃长。人说娘亲了老子亲,娘后了老子也后。一样两个女娃,享福的享福,受罪的受罪。

莲莲白天在野滩上跑,晚上就睡在厨房的柴草堆里。夏天还好过,冬天,厨房里的水缸结上了冰碴,莲莲夜夜在柴草里缩成一团儿。有一晚,她实在冻得睡不着,就钻进了牛棚。她把两只脚伸进牛的大腿窝里,脊背靠住牛肚子,这样子暖和了。以后,她夜夜和牛一搭里睡。

这一年草芽转青的时候,莲莲又把牛赶到野滩上去放。她和牛亲,哪里水草多,就把牛往哪里赶,荒滩野洼都跑遍了。

有一回,莲莲把牛赶到了一处背洼里,牛正吃着草就不见了,来了一个女人,看上去很贤良和善,她蘸着洼里的泉水给莲莲梳洗头发,扯下榆树皮揉绵了给莲莲裹脚,做罢就不见了,牛又在那里吃草。那牛拉下了又香又软的油花卷子,让莲莲吃得饱饱的。打这以后,天天如此。莲莲一天变一个样,白了,胖了,头发黑了,两只脚越来越妙巧了。日子不多,莲莲出脱得很俊秀了。

后妈眼见莲莲一天一变,越变越好看,就偷偷跟到野洼里看下了。回来,她换上福蛋儿去放牛。谁知道,福蛋儿一去,那女人再没来,牛也不拉油花卷子,没几天,把个福蛋儿晒黑了,饿瘦了。有一天,空肚等油花卷子的福蛋儿,跟着牛跑来跑去,饿得头昏眼花,等呀等,牛总是不拉。有一会儿,她看见牛屁眼门里动弹呢,赶紧双手去接,又没事了。她一急,就伸手进去抠,这一下牛惊了,夹紧屁眼门子拖着福蛋儿满野滩上跑,等别人把牛抓住时,福蛋儿浑身上下碰得没一点好处了。

这天晚上,莲莲去喂牛,牛不吃,两只眼睛泪汪汪的。莲莲刚睡倒丢了个盹儿,梦见给她梳头裹脚的女人来了,给她说:"明天一早,他们就要杀我。他们吃了我的肉以后,你把我的皮、骨头埋到牛槽下面,六月六那天你来取。"莲莲猛地惊醒,知道不好,跑到牛棚守着牛哭了一夜。

第二天,牛杀了,煮了一大锅。一家人吃肉喝汤,莲莲不吃不喝,躲到一旁里哭。过了些日子,牛肉吃净了,莲莲把骨头都收起来,包在牛皮里,埋在了牛槽下面。

牛一死,莲莲更苦了,她白日挨了打受了气,夜里就悄悄跑到牛槽跟前哭上半晚夕。

六月六到了,这天是浪庙会的日子,庙会上请来了戏班唱大戏呢。后妈早早给福蛋儿梳头搽胭脂,穿上绸袄袄缎裤子,一家人欢欢喜喜去浪庙会,就是没让莲莲去,场院里有一堆混杂粮,她得分拣那里头的胡麻、青稞、麦子。后妈说了,后晌回来看,拣不完打死她个毛女子!莲莲一边拣一边哭。正拣呢,叽叽喳喳飞来一群鸟儿给她帮忙来了,用了不大功夫,胡麻、青稞、麦子清清楚楚分拣了出来。看看时候早呢,莲莲梳洗打扮了一番,就去牛棚掀起牛槽,看见里面放着一个包袱,解开一看,是绫罗绸缎的裤子袄袄一套,簪子、花儿、脂粉一盒,绣花木底鞋一双。莲莲一下高兴了,穿戴起来就上庙会去了。

赶到庙会,正戏刚开。莲莲悄悄钻进人群看戏,她往哪里一钻,哪里的人就闪开了,不看戏光看她,羞得她抬不起头,戏看不成,就原回家去了。莲莲走到半路,忽然刮起黄旋风,霎时天昏地暗。莲莲紧跑慢跑,最后抱住了一颗老树,才稳住身子,可惜她的一只绣鞋叫风刮跑了。那一只绣鞋刮进了皇宫,皇上一看,就差人寻访丢鞋的女娃儿,寻来寻去,寻到了莲莲,她拿出另一只绣鞋,正好合成一双。差人们就抬上她去见皇上。皇上一见莲莲的三寸金莲儿,好不喜欢,再一看莲莲姑娘,水灵灵的好像一朵刚开的马莲花,就娶了她。莲莲成了皇后了。

孙秀华　整理

白银子跟踪

>>>>>>

　　听老年人讲，过去霍城的庄子附近出过白银子跟人的事，是不是真的，谁也说不清，是先人们一代一代传下来，后人听下的。

　　说有个姓钱的老汉，家里比较富有，因为对长工和乡亲们非常仁慈，遇上灾荒年常给周济，人们称他为"钱善人"。他放债很多，遇上些人家生活困难无法偿还，他也就不要了。这年又到了秋天，家里的老婆和儿子让他出去边散心边收债。老汉本来不愿意去，说人家要有，自然会还回来的。但又一想，出去游一游也好，就走了。

　　老汉一个人骑了骡子在滩上走，走着走着，骡子的蹄子陷到地里拔不出来，老汉拿鞭子吆喝骡子，结果越陷越深，只好下来用手提，还是丝毫不动。老汉再蹲下去拔，边拔边自言自语地说："陷得不咋深，咋就拔不出来呢？"这回一使劲骡蹄子拔出来了。老汉拔乏了坐下来缓一缓，无意中朝刚才的地方一瞅，只觉眼前一片白光，照得他眼花缭乱。老汉以为是刚才用力过猛头眼昏花了，就没在意。坐了一会儿老汉起身赶路呢，看见刚才骡蹄子窝窝里有许多白银子。老汉一阵狂喜，就用手刨，越刨越多，最后刨了有一缸。老汉愣住了，这么多银子是谁埋到这里的呢？想了片刻，老汉对白银子说："今天我本来去收债的，现在债也不要了。我的戒指放到这里，如果你们有心跟我，戒指会领你们去，不想去就算了，不难为你们。"说完将戒指朝那堆白银子上一搁，磕了三个头就回家了。家里的老婆问他："账咋收下了，咋这么快就回来了？"老汉说："最近还没有钱，过几天他们就送来了。"后来由于忙，就把这件事渐渐忘了。

过了两个多月到了年跟前，老婆子和儿媳妇做过年的吃头，婆婆让媳妇到草房抱草烧火，媳妇揽草时，觉得眼前闪闪发光，揉了揉眼睛一看，草里面是一颗戒指。她想："这么好的东西谁丢在这里的呢？先让婆婆看看吧。"但又一想："东西是我拾的，她看了就不给我了，就戴在自己的手指上吧。"她抱草回去，恰好让婆婆看见了，婆婆一下哭着骂开老汉了："你说你的戒指丢了，怎么戴在媳妇的手上？你就说这是怎么回事？"老汉猛猛看见老婆子又哭又闹，一时没弄清楚咋回事，莫明其妙地问："你今天怎么了？"老婆子说："我问你，你的戒指怎么戴在媳妇手上？"老汉一听说戒指，心里明白了，急忙打发人叫媳妇来，媳妇来了跪下说："戒指是我拾的，不是偷的。"老汉让其他人离开，问明媳妇拾戒指的地方，马上到草房里拿了三炷香点上，边磕头边祷告："你们既然来了，我准备把你们分给我的债户，先让他们过年。如果愿意就留下，不愿意就走。"说完老汉在草堆旁边拴了六尺红就走了。

又过了几天，老汉去草房揽草，发现草堆底下的土鼓鼓的，刨开一看，原来是三缸银子。老汉和儿子把银子抬到屋里，对家里人说："这是我一辈子揽下的银子，我想分给乡亲们过年。"家里人谁也不说话。老汉又说："我已经给你们挣下了家业，你们就不要拦挡我了。"儿子们一听老爹这么说，再也不好说什么，就把三缸银子抬出来周济了方圆四十里地的人家。

后来，钱老汉的家业越来越发腾了，儿孙满堂人丁兴旺。老汉活了八十多岁，最后坐化而逝。这正是：人行好事天知道，钱财也跟好人跑。

彭慧敏　整理

善有善报

>>>>>>

相传很久很久以前，霍城沙沟的蔡家庄子住着一户人家，家里很穷，一家五口人只靠夫妻二人常年给别人家干活度日，日子过得紧巴巴的。

有一年，本庄的一户老财在他家不远处种了一块麻子，长得又高又密，庄子上的娃子们常钻进地里玩。有一天，蔡家娃子先钻进麻子地，当他走到地中间，突然发现一个深坑里有一堆灰东西，走进一看，是七个小狼娃子。他喊来小伙伴们看，有的说打死算了，有的说抓回去玩。这蔡家娃子说："这么小的狼娃娃太可怜了，饶了它们，让长大了和大狼在一起吧。"娃子们听了很同意，谁也没动这七个狼娃子。

回到家里，蔡家娃子越想越觉得这窝狼娃子实在可怜，它们见人到跟前就张开小嘴叫唤，像是要东西吃。于是,他拿了父母挣来的吃头偷偷去喂那七个狼娃子。他天天喂,小狼也一天天长大了,而且有了感情。他一日不去喂食,就像少了啥一样,他一去狼娃子就围着他转,可亲热了。

到了秋天,庄稼快要收割了,狼也得挪窝了。一天夜里,天突然刮起了大风,到了后半夜,蔡家大人听见院子里好像有很多羊在叫唤,自己没养羊啊,奇怪,恐怕是谁家的羊跑进来了吧?蔡父起身去看,见院子里确实有一群羊,约七八十只。他又到庄门口看有没有人找来,结果把他吓得"啊"一声,跌了一跤,原来外面蹲着一群狼。这时,屋里的娃子听见了动静,忙跑出来看,他爹哆嗦着说:"外面有狼,狼……"娃子一听是狼,赶紧追出庄门去,可狼已经走了,正是他喂养过的那群灰狼。他呆呆地望着远去的狼群,嘴里不住地念叨着:"走了,它们一起走了……"父亲听说狼已经走了,就问他:"狼走了就好,你还念叨什么?"娃子这才把他一夏天喂养狼娃子的事一五一十地说了。父亲一下子明白了,原来这群狼是赶着一群羊给他报恩来了。刚才狼不会关庄门,只好在门口守着,等主人来收了羊,狼才悄悄地走了。

此后,蔡家就靠这群羊慢慢地发腾起来,日子一天比一天好了,终于成了庄子上的头户。后来,有人问蔡家娃子是怎么发起家来的,他念念有词地说:"善有善报,恶有恶报,我这个家就是靠七只狼的帮助才发起来的。"

陈希儒　整理

风物故事

山丹传说

>>>>>>

很久很久以前，河西走廊还是一片浩瀚的大海，海里住着千奇百怪的水族。后来不知什么时候，地壳上升，海水南移，归入大海。那些水族们也都随波逐流，飘然而去。有一只大蛤蟆却说什么也不肯离开自己可爱的家乡，赖在原地不走。水一干，大蛤蟆就被搁浅了，想动也动不了。就这样天长日久，大蛤蟆就渐渐地化成了一座大山。人们就叫它蛤蟆山。大蛤蟆虽然化成了大山，但它那大肚子里装下的水就从它身上许多的窍孔里不停地流出来，形成了很多很多的泉眼，流出的泉水又汇成了无数条玉带一样的溪流。这座山就是今天我们看到的焉支山。那些溪流汇成了一条大河，向西流去，就是古弱水。

又过了不知多少年月，有一群人来到蛤蟆山下，弱水两岸。他们看到这里山川相依，水流充足，土地肥沃，植被丰茂，既适应农耕又易于渔猎，是生存的好地方，就住了下来。但他们生产、生活技术还十分落后。为了生存下去，他们用磨制的石斧砍柴伐树，用带把的石锄翻土种植，用锋利的石刀刮削农具、摘取谷物或剥杀猎物。他们分工有序，有的耕种土地，有的打鱼狩猎，有的打磨工具，有的烧制陶器，有的砍柴剁草，有的搭建茅屋。到了晚间，他们围在一堆堆篝火旁，敲打着陶罐石器说唱跳跃，过着自由自在的生活。

再后来，他们的部落逐渐庞大，就分居在许多地方。如山丹的四坝滩、壕北滩、山羊堡滩等处都有他们生活过的遗址。他们慢慢又学会了畜养动物。开始养羊、养牛、养马。尤其是对马的驯服和使用，加速了他们发展的步伐。

后来人们把他们称作禺支，或月氏。这时候的月氏人已经十分强大，河西走廊西部的张掖至敦煌都是他们的领地。月氏人为了扩大领地，击破敦煌附近的一个小小的游牧民族乌孙，杀掉了乌孙王难兜靡，夺取了他们的土地。从此开始向西扩张。他们的行为激怒了另一个游牧部落匈奴。匈奴首领冒顿单于派遣右贤王大败月氏，并且杀死了月氏王。月氏人只得向西迁徙，寻找新的生活家园。据说到了伊犁河流域及伊塞克湖附近，居住下来，成为大月氏。有一小部分月氏人向南进入祁连山中，和那里的羌族混合，成为小月氏。河西走廊就又成了匈奴部落的领地。

匈奴是一个十分强悍的民族。不仅打仗非常勇猛，而且有猎头的习俗。在战争中砍下敌人的头颅是荣誉的象征，可以得到部落的赏赐。匈奴人还将敌人的头颅制作成饮酒的器具。相传，匈奴人在打败月氏人后，匈奴单于就用月氏王的头盖骨镶上金边制作成饮器和诸将共饮。被猎杀者的身份越高，所制成的酒杯档次就越高。如果是有身份的人的头骨，往往要镶上金边，甚至缀以宝石。

匈奴有完善的军事装备。马匹在他们的生活中扮演着双重角色，平时作为交通工具，战时则成为战马。匈奴士兵主要的武器有弓箭、弩机、刀、剑、戈、矛、斧、流星锤等。匈奴人不像中原士兵靠盾牌保护自己，而代之以更省劲、更坚固的盔甲来装备自身，即所谓的"尽为甲骑"。匈奴主要靠机动灵活而又强大的匈奴骑兵作战。

匈奴把那座蛤蟆山当成他们的风水宝地。单于的妻子阏氏就住在风景秀丽的山上。匈奴单于认为祁连山是天子之山，蛤蟆山就应该是天后之山。就把蛤蟆山改为阏氏山。又因为山里有一种胭脂草，其汁液可成为匈奴女人的化妆品，就又把这座山叫焉支山。

匈奴单于野心很大，常常觊觎走廊以外的地方，而且多次出兵袭扰。最终惹怒了汉朝一个叫刘彻的皇帝。他派年轻气盛的骠骑将军霍去病率兵击败匈奴，把匈奴人赶出了河西走廊，收复了焉支山。单于被迫离开祁连山和焉支山时，仰天长叹"失我祁连山，使我六畜不蕃息，亡我焉支山，令我妇女无颜色"，说明焉支山对他们是何等的重要。

汉军取得胜利后，霍将军在一个雨后的清晨立马焉支山顶，向北遥望，焉支山下，云海茫茫，如丝如絮，远处的龙首山白云缠绕，若隐若现，只露山巅，巍峨高峻。这时红日东升，照得山峰一片火红，白云红峰，无比壮观。霍将军脱口而出，"此山如丹，美哉壮哉！"也许这是"山丹"这个地名最早的源头。

龙山如丹，成了山丹一景。每每雨后初晴的早上，山脚白云缠绕，只露山顶，旭日东升，红光普照，显出红色"山"字，实为奇景！

关于"山丹"，还有一说，山丹古城原在焉支山谷地临近钟山寺的地方。早晨太阳一照丹碧相间，像个"删"字，就叫"删丹"。后来又转了音，叫"山丹"。

史书中就有这样的记载:"以晓日出映,丹碧相间如'删'字,故名。

还有传说,说焉支山上开满鲜红的山丹花,老百姓就以花为名,把这里叫山丹了。

三种说法,难以考证哪种正确,但这种种传说,却给这个神奇而美丽的地方增加了无限的神秘与魅力!

郭　勇　整理

焉支山的传说

>>>>>>

河西走廊中部的焉支山,在中国历史上非常有名,曾经有过"中国十大文化名山"之誉。但有人却不以为然,认为这是空穴来风、故弄噱头。其实不然,当你真正了解了这座山之后,你就会为这座山丰富而厚重的历史事件和人文胜迹大吃一惊。春秋时期,这里是乌孙、大月氏等民族相互争夺轮番盘踞的草原。秦汉时,焉支山落入匈奴之手。公元前121年之后,河西走廊和焉支山纳入汉朝版图,这里就成了游牧文明和农耕文明的碰撞区,也成了中原文化和西域文化汇合区。再后来,隋炀帝在这里举办万国博览会,哥舒翰修建钟山寺,李白、王维、韦应物、岑参、陈子昂等大诗人吟诵唱和,无不给这座山留下了光辉灿烂的文化形象。焉支山,成为名副其实的中国历史文化名山。

焉支山的历史辉煌灿烂,还得从匈奴时期说起。当时,掌管这片草原的是匈奴领袖头曼单于的一个得力亲王,也就是浑邪王的父亲或祖父。头曼单于有好多阏氏,各个都很漂亮。其中的一个阏氏很有心计,她为自己儿子惦记上了太子的位置。这个阏氏据说是个乌孙人,进帐不到一年就生了个大胖小子。这可把头曼单于高兴坏了。于是,这个女人凭借着自己的容貌姿色愈发得到头曼单于的宠爱。那个孩子也是乖巧伶俐,很讨头曼的喜欢。但匈奴王室的规矩和其他王国的规矩一样,太子只有一个,这是谁也不能更改的事情。为此,这个女人便动起了邪念。

她想让太子离开王室或消失。

那个太子就是匈奴王子冒顿。

冒顿才十几岁,他当然不懂得大人们之间的钩心斗角。但冒顿的母亲却察觉到了,她就悄悄地告诉冒顿,要他处处留心,不要惹这个女人生气。这个阏氏尽管觊觎了很久,但还是想不出好办法。她也不敢贸然出手杀掉太子。就在这时候,发生了匈奴和月氏互派"质子"的事情。质子,就是把自家的孩子质押在人家的手里,以保证某项事情的顺利进展。于是,冒顿去了数千里外的月氏国做"人质"。

这个乌孙女人的计策得逞了。于是,她就放开手脚开始经营自己的势力,一旦时机成熟,就可以名正言顺地扶自己的儿子继承王位。至于冒顿的死亡,在她看来那是迟早的事情。只要她设局挑起两国之间的争端,太子就死定了。但她的如意算盘没有得逞。因为,月氏国王明白,一旦冒顿的安全出了问题,两个国家的安全就会出现问题。所以,他把冒顿很好地保护起来。

几年之后,匈奴内部发生了一些变化,冒顿的安全问题受到了威胁。冒顿随时都有被杀掉的可能。但是,这时候的冒顿已经长成了一个身材魁伟、武艺高强的青年了,一般人想杀掉他,也是不容易的。冒顿当然知道自己的处境危险。就在一个月黑风高的夜晚,他从月氏王国神秘地消失了。几天后,冒顿出现在河西走廊的焉支山下。

焉支山是匈奴的地盘。从月氏国到焉支山有三四千里的路程,冒顿是怎么在既没有月氏国出关关牒也没有匈奴王国入关关牒的情况下来到焉支山下的呢?

原来,冒顿盗了月氏国王的汗血宝马,翻山越岭,日行千里,从荒无人烟的戈壁深处一路向东,来到了焉支山下。这也是焉支山有汗血马的来历。

冒顿回来了,但让他想不到的是,他在西域做"质子"的这些年,头曼单于因为迷于声色,又娶了几个年轻漂亮的阏氏。那个想谋害他的阏氏,也培养起了自己的势力。这时候,冒顿的母亲也死了。更可怕的是有人说他有反心,甚至给他戴上"叛国"的帽子。他现在贸然回来,等于是自投罗网。

焉支山是老浑邪王的驻牧地。老浑邪王是冒顿的心腹将领。他知道冒顿回来这件事情之后,非常吃惊,也非常震撼,认定冒顿日后必成为匈奴的一代霸主。于是,他冒着被戴上"窝藏潜犯"罪名的危险,把冒顿藏匿到焉支山里一个牧人家里,静观事态的发展。

那个牧人住在焉支山一个比较偏僻的地方。

老牧人家里有一儿一女,儿子和父亲在山里放牧,女儿和母亲料理家务。焉支山上松林密布,水流潺潺,奇花异卉争奇斗艳。山里产骏马,也出美女。老牧人的女儿长得非常美丽,与冒顿一见钟情,不到半年,冒顿就和那个女子成了夫妻。这是冒顿的第二个妻子,他的第一个妻子在月氏国。这段姻缘的促成,其实就是老浑邪王的一个精心安排。

俗话说,吉人自有天相。第二年春天,那个欲置冒顿于死地的乌孙女人无缘无故死了。于是,冒顿自然而然地回到了匈奴王室。冒顿的妻子也就成了太子妃。又过了几年,匈奴内部便发生了历史上有名的"鸣镝事件"。冒顿使人杀死自己的父亲头曼单于。

他弑父为君,成了匈奴的最高统帅。那时候,匈奴的力量并不是北方最强大的,汉朝在南面,月氏、乌孙等十几个小国家在西边,东边的东胡对他更是虎视眈眈。冒顿有一种夹缝中生存的危机感。好在南边多年来一直是战争连年不断,秦王朝、项羽、刘邦等打得一塌糊涂,根本无暇顾及北方地区,这就成了匈奴发展的一个好机会。东胡的国王听说头曼单于死了,欺冒顿是个新君,就派使者来向他索要牛羊。冒顿答应了。过了一年,东胡使者又来索要他的千里宝马。冒顿也答应了。又过了一年,东胡的使者又来索要一个后妃。群臣愤怒了,请求冒顿出兵,冒顿说,咱们是邻居,是好朋友,怎么能舍不得一个女子呢?就答应了东胡的要求。这件事《史记·匈奴列传》中也有记载,原话是"奈何与人邻国爱一女子乎?"可见冒顿的韬光养晦之能。可这件事还是让冒顿很犯愁,派谁去呢?这时候,冒顿的第二个阏氏走过来了,就是那个焉支女子。她说东胡贪得无厌,这样下去不是个办法,会把我们搞垮,会使我们的人民和部队失去信心。"让我去吧,我去帮你除掉东胡。只有我去,将士们才能受辱用命,帮你成就大业。"冒顿很受感动,含着泪答应了。第二天,阏氏就出发了,踏上了去往东胡的道路。阏氏一去,就再也没有回来。

第二年,东胡的使者又来了,让冒顿把东边的那片土地腾出来给他们。匈奴和东胡之间有一片空旷的土地,几近千里。这时候,匈奴的国力已经强大了很多,冒顿就在大帐里和群臣议事。有人提议,那片土地没什么用,光秃秃的不长草,就给他们算了。冒顿一反常态,剑眉倒竖,说:"土地是国家的根本,我们没有资格随便出让一寸土地。"当场斩杀了东胡的使者,祭旗出兵,在不到3个月的时间里,就荡平了比自己强大10倍的东胡。这些,当然与冒顿的阏氏派人送来的情报和她利用女色麻痹敌人、将士们誓死杀敌报仇雪恨有直接的关系。再后来,冒顿在山西一个叫白登的地方,率领精兵四十万,把汉高祖刘邦围了个水泄不通。这是后话,这里不表。

冒顿的这个阏氏她用自己的青春和生命做代价,换回了更多家庭的幸福安宁,成就了匈奴的辉煌和强大。匈奴强大了,冒顿成了中国历史上很了不起的部族领袖。

所有这些,都与那座山有关,与山里盛产的马匹有关,与焉支山里的那个女子有关。冒顿非常思念那个阏氏,为了纪念那个阏氏,匈奴就把阏氏生活过的那座大山更名为阏氏山。

阏氏山就是现在的焉支山。焉支山上的焉支草,就是阏氏精魂的化身。

周　步　整理

哥舒翰和宁济公祠

>>>>>>

大唐天宝六年(公元 757 年)冬夜,天还未亮,肆虐了一夜的北风总算是停了,可雪依旧下得很大,鹅毛般的大雪洋洋洒洒地落着。

好大的一场雪!哥舒翰独自一人静静地立在漫天大雪中,只觉得漫天冰雪正慢慢浸过来,有种彻骨的寒冷。前面看不清路,到处是白茫茫的一片。

无论如何,也要找到回去的那条路,他想不起要去找的那个地方到底在什么方向……

雪雾里隐隐出现一个身影,向他走来。似乎隐隐地叫着他的名字。似真似幻,可是脚却陷在深雪里,一动也不能动,眼睁睁地看着那黑影慢慢逼过来,冷汗浸透了身上的衣裳……

"将军,将军!"一阵急促的声音打破了原有的宁静,哥舒翰蓦然睁开双眼,一翻身从床上跃起,怎么了？看窗纸上已经是白花花的一片,外面的雪正下得紧……

"出什么事了？谁在喧哗？"哥舒翰一边询问侍卫,一边匆忙地穿着衣服……

"报告将军,是宁小将军。"侍卫应声答道。

"是宁如潮？"哥舒翰连忙问道,心中顿时掠过一丝不安……

"是。"

"他怎么回来了？出什么事了？"果然是宁如潮,哥舒翰心中不仅咯噔一下,难道……

"神威城失守了",侍卫吞吞吐吐地回答道。

"什么？快把他叫进来！"听到这里,哥舒翰倒吸一口凉气。这些年大唐帝国和吐蕃打了很多仗,双方胜负难分。虽然大唐国富民强,在战场上拥有一定的优势;但吐蕃军队凭借青藏高原,步步为营,把大唐帝国拖在战场上苦不堪言,边疆老百姓更是民不聊生。去年,大唐不惜重金修建了神威城,像一把尖刀插向吐蕃……

一股彻骨的寒风裹挟着一个浑身是雪的人冲了进来,来人伏地大哭:"将军！将军！神威城失守了！"

"神威城失守了？宁如海现在在哪？让他来见我。"

"我哥已战死沙场了！"宁如潮带着哽咽回答道。

"神威城现在怎么样了？"

"启禀将军,在下回来时战事已接近尾声。只听见西城的赵将军所部仍在抵抗,恐怕现在也是凶多吉少了,其他地方已听不到喊杀声了。"

"偷袭你们的吐蕃军队有多少人？"

"不、不清楚。我在睡梦中惊醒,看见到处都是吐蕃军队。大概……大概不少于四五千人！"

"哦,是这样,如果让你带领我军前去,你可愿意?"

"末将愿往!"

"好的,那你先下去好好休息,等候命令。"

"来人,去把陇右十三鹰找来。"

"是!"侍卫应声退下。

此刻,哥舒翰望着漫天大雪,往事又一幕幕浮现在眼前……

大唐天宝元年(公元742年),他的父亲哥舒道元去世。按照汉家礼节,他必须在长安客居三年。在长安三年里,他深深地感受到寄人篱下,备受歧视之痛。心中暗暗下定决心,要做一番大事给那些达官贵人瞧瞧……

三年后,哥舒翰完成守节后来到河西节度使王倕帐下从军,受到王倕重用,迈开了人生的第一步。后来,王倕提拔他为左卫郎将,在焉支山下训练陇右铁骑。

焉支山上,松柏苍苍,草木葱茏,云蒸霞蔚,气象万千。焉支山下,军旗猎猎,庞头弩牙,吼声震天……

这里的三年,是快乐的三年,是流血流汗的三年,也是充满希望的三年。就是在这里,他和他的兄弟们成为陇右十三鹰,一起南征北战,建功无数……

"大哥,我们都来了!"

一句话,把哥舒翰从遥远的思忆中拉了回来。哥舒翰回过神,看了看眼前的十一位兄弟(除哥舒翰和刚刚战死的宁如海,其余共十一人)静静地说:"神威城失守了!二弟宁如海也已战死!你们可曾听说?"

这十一位兄弟互相看了一眼,三师弟静静地答道:"我们已经知道了。"

"神威城失守了!知道这意味着什么?神威城失守,大唐与吐蕃的军事形势将发生逆转,吐蕃将会趁势南下……"

屋里静悄悄的,没有一丝声响。所有的人都沉默了,神威城失守了,宁师兄战死了。这一切的一切宛如一个恶魔张着血腥大口咀嚼着每一个人的心……

"现在我研究了一下战场形势,决定重新夺回神威城,为宁师弟报仇。"

"好!""好!我们这就去"……大家齐声应和。

"慢,大哥,我们切不可鲁莽行事。"

"六弟不必担心。此事我已考虑再三。现在吐蕃军队偷袭神威成功,实属侥幸。现在大雪封山,我们的军队距离神威城只有四十里的路程。可是吐蕃援军距离神威城却有百里之遥。倘若我们夜袭神威,必将一举夺回。"

"好,就听大哥的,夜袭神威城!"

"那好,那我们来研究一下军队部署。"……

雪后的夜幕下,一支神秘的军队在这片旷野上蜿蜒穿梭……

正如哥舒翰的预料,神威城里的吐蕃军队毫无防备。他和他的弟兄们突袭成功,杀得吐蕃军尸横遍野,血流成河,一举夺下神威城。

两年后,也就是大唐天宝八年,哥舒翰率军攻下石堡城。自此以后,唐军遏止住了吐蕃军队对大唐的进攻。

诗人李白在《答王十二寒夜独酌有怀》写道:"君不能学哥舒,横行青海夜带刀,西屠石堡取紫袍。"极大地赞扬了哥舒翰的军事才能。

天宝十三年七月,哥舒翰在新收复的九曲设置了洮阳(今甘肃临潭西南)、浇河(今青海贵德境内)二郡,成立了宛秀、神策二军。

自此以后,河西陇右地区的局势开始改变,长期饱受战争动乱的西北边疆人民的生活开始安定下来。当时史书记载,"是时中国盛强,自安远门西尽唐境凡万二千里,闾阎相望,桑麻翳野,天下称富庶者无如陇右"。充分肯定了哥舒翰结束了西北边区多年的动乱,使人民安居乐业,生活富裕的事迹。为感谢哥舒翰的功绩,有人赋诗一首:"北斗七星高,哥舒夜带刀。至今窥牧马,不敢过临洮。"

天宝十三年,唐玄宗诏封焉支山神为宁济公并敕令哥舒翰兴建宁济公祠。哥舒翰领命,夜以继日地工作。同年秋,焉支山上的宁济公祠建成。哥舒翰邀请当时的名士杨炎为其撰写碑记以示纪念,杨炎曰,"西北之巨镇曰燕支,本匈奴王廷。昔汉武纳浑邪,开右地,置武威、张掖,而山界二郡之间。连峰委会,云蔚岱起;积高之势,四面千里","议夫此山,天合气以正秋方,地与神以主西国","其封对为宁济公,锡之盘带,备厥礼物,诏邦牧太子少保哥舒套卜吉日,筑祠于高麓之阳"。斗转星移,王朝更替,兴衰沧桑,宁济公祠虽已被历史淹没,但皇帝封焉支山神和哥舒翰修建宁济公祠的故事至今在民间流传。

唐　华　整理

钟山寺的传说

>>>>>>

"自古名山孕宝寺,香烟袅袅人如蚁,松柏笑迎天下客,禅师壮举感人泣。"

这四句歪诗,说的是中外遨游之士慕名前往焉支山瞻仰钟山寺的趣事佳话。钟山寺因钟禅仙师而得名。那钟禅仙师又是何许人呢?听我慢慢道来。

很早以前,丝绸之路上的焉支山,草木葱茏,松柏长青,繁花似锦,艳丽迷人。焉支山北麓有个不大不小的村子,被茫茫林海锁得严严实实,被馥郁花海遮盖得密不透风,这个村子叫芳草村。村里住着上百户人家,他们上山砍柴打猎,采果酿酒,男耕女织,过着安宁幸福的生活。

有一年的新春佳节,乡亲们合村欢庆,载歌载舞,辞旧迎新。就在人们沉醉于节日的欢乐时,突然，村里出现了一个妖怪。那妖怪，身长三丈有余，身上花纹斑斓，两眼像火盆，嘴似簸箕大，血淋淋的红舌头有三尺来长。它裹着一股腥风闯入人群，将一个眉清目秀的少年摁倒在地，张开血盆大口吞进肚里去了。人们一个个呼爹唤娘，吓得四散奔逃。妖怪走后，村里的长者召集大家出谋献计，宰猪杀羊，献牛献马，乞求妖怪大发慈悲。谁知越是这样，那妖怪越发逞凶，害得乡亲们田园荒芜，无以为生。长者再次召集父老乡亲商议，决定在每年六月六善男信女求儿女的日子里，选一对童男童女进献妖怪。这时，只见人群中走出一位叫魏仁善的老人，他坚决反对这种无知也无益的做法。面对长者的诘问，魏仁善又拿不出个高招儿，只得回家来和儿子商量。

魏仁善的儿子玄武自幼习武，武艺超群。玄武白天上山打猎砍柴，给爹爹采集草药；夜晚，废寝忘食钻研天文地理，孜孜不倦替爹爹誊写医药著作。他为人谦逊诚实，淳朴可爱，勤奋好学，机智勇敢，村里的男女老少都非常喜欢他。

自从村里出了妖怪，玄武就一心研究降妖的法子。村子被妖怪惊扰得鸡犬不宁，乡亲们想起被妖怪活活咬死的柴夫牧童，心中有说不出的忧愤和悲伤。玄武吃不下饭，睡不着觉，心里急得火烧火燎，下定决心要为乡亲们除掉这个祸害。

魏仁善和儿子商量了半天，也没有想出除妖的好办法。玄武提出，只能舍命和妖怪决战。一天，玄武吃饱喝足，乔装打扮了一番。他散发披头，戴上一副可怕的面具，穿着五光十色的艳丽衣裳，手持两把钢刀，守在村口，等候那个妖怪的到来。左等不见，右等不来，正当他饥肠辘辘，倦意绵绵之时，忽然天地间狂风大作、暴雨如注。他急忙藏到树丛中，偷偷地向远处窥探。不看则已，一看让他心惊肉跳。只见远处，一个蛇妖正向村口逶迤而来。蛇身鳞纹陆离,光焰万丈,两眼喷火,獠牙巨齿。玄武不寒而栗,他紧握钢刀,鼓足勇气,睁圆双目盯住妖怪。但见那蛇妖快到村口时,隐去原形,化作一袅娜美人向村中走去。玄武怕村人不辨人妖,为其所害,不顾自己安危,一跃而起,手持双刀,向蛇妖砍去……霎时间,狂风大作,飞沙走石,昏惨惨黑云遮日,呼啦啦天摇地崩,花草枯萎凋零,虫鸟销声匿迹。双方恶战了几十个回合,玄武渐渐体力不支。蛇妖瞅准机会,将巨尾猛扫过来,玄武猝不及防,被蛇妖打下悬崖,晕厥过去了。玄武恍恍惚惚,神差鬼使,来到一个昏暗的地方,只见有神兵天将腾云驾雾,威赫赫宣告天旨:"美女蛇乃修行五千年之蛇精,道行深远,神通广大,你法术浅薄,势单力寡,斗它不过。然,此妖不除,日后殃及四方。为了使生灵免遭荼毒,即日午时三刻,雷击蛇精,为民除害。念你智勇超群,降妖除患有功,特告你即刻携带家眷投奔他乡,切不可走漏风声,倘若违背天意,泄漏天机,将自招其祸,葬身于火海……"

"呱,呱",一只凶恶的老鹰站在松柏上惨叫,仿佛一个恶鬼敲击丧钟。噢,是做梦了。玄武揉揉惺忪的双眼,竭力使自己镇静。梦

中的一切萦绕脑际。玄武预感事态不妙,大步流星地走进村子,不顾饥渴疲劳,挨门逐户奔走相告。全村人扶老携幼悄然离开了村子。然而,就在他送最后一批乡亲离开村庄时,巨蟒张着血淋淋的大口向他扑来……

"轰隆",一声炸雷,震得人肝胆俱裂,乡亲们回头望去,美丽的芳草村变成了一片火海……

悲切切,揪心疼!老年丧子,青年丧夫,这是多么悲痛的事啊!魏仁善老人和身怀有孕的儿媳痛不欲生。乡亲们也纷纷落泪,连三岁的娃娃也哭哑了嗓子。哭了劝,劝了哭,乡亲们总算劝住了老人和他的儿媳妇。老人带着村里的男女老少,一步一滴泪,一步一回头,凄凄惨惨离开了世世代代休养生息的芳草村,顺着崎岖蜿蜒的羊肠小径,翻山越岭,向焉支山深处走去。

老人和乡亲们脚踏灼土,头顶烈日,走呀走,翻过叶家山,来到西石关。这里怪石嶙峋,各具形态,千年古藤,纵横交错,道路陡滑难行。魏仁善老两口扶着身怀有孕的儿媳艰难地行进。爬上一山又一山,媳妇两腿酸疼,大腹沉沉,脸色煞白。她实在走不动了,好心的乡亲就背着她走。翻过西石关,趟过寺沟河,穿过马莲沟,终于来到风景秀丽的天圣圈。乡亲们来到这里,结茅为庐,凿洞为穴,开荒耕地,休养生息。一天,就在老人和乡亲们谈笑中,隔壁传来了呻吟之声。片刻,传来一声婴儿清亮的哭声,一个小生命诞生了!这声音仿佛不是来自儿媳的产房,而是发自老人的心房。一个老妈妈风风火火跑来报喜:"仁善爷,生了,生了个棒棒的小子!"有了孙子,地里的活,家里的事,全落在老人身上。两年后,小孙子已经满地乱跑了,老人的心里乐开了花,为了纪念死去的儿子,老人给孙子取名"蛇英儿"。蛇英儿聪明伶俐,乖巧可爱。

天有不测风云,儿媳妇染上了风湿,几乎不能下地干活了。仁善爷既要为儿媳扎针熬药,又要洗衣做饭,照看蛇英儿。慢慢的,"年轻媳妇守空房,半百公公里外忙"的闲言碎语就在村里传开了。村里人也开始疏远他们一家人,仁善爷下地干活,大人们远而避之;走在路上,顽童投草掷石。老人百思不得其解,究竟是怎么回事?自己哪里得罪乡亲了。

千夫所指,不病也死,老人仿佛犯了滔天大罪。无缘无故遭猜疑,污言秽语被诽谤,比当年失去儿子还痛心哩。他抱起孙子亲了亲,望了望瘫病在炕头的儿媳妇,硬了硬心,终于决定离开无依无靠的孤儿寡母……

离开天圣圈后,他来到了焉支山一处风景秀丽、山势险峻的地方出家修行,皈依佛门,取法号"钟禅"。平日里,钟禅法师采集山上生长的几百种草药,如大黄、黄芪、沙参等,炮制成灵丹妙药,行医治病,救死扶伤。

此时,河西走廊瘟疫四起,有的村庄几乎人都死光了,田园荒芜,尸横遍野。甘州城里一位女人翻山越岭,抱着孩子来到山中找钟禅法师治病,山高路远,坡滑难行。走呀走,不小心被石头绊个趔趄,双手一松,孩子掉进了万丈深壑,这突如其来的不祥之灾,似万把钢刀刺进了女人的心。女人哭得死去活来。"妈妈,妈妈",突然听到孩子的叫喊声。女人猛一回头,看见钟禅法师双手抱着孩子向她走来,孩子伸着两只小手呼唤着妈妈。啊,自己的孩子,掉进深壑竟安然无恙,她双手接过孩子,千恩万谢,叩首拜谒。

这振奋人心的喜讯,闪电般传遍了甘州城,传遍了丝绸之路。钟禅法师,名扬河西三千里,誉满漫漫丝绸路。天下的瘟疫患者,不怕路遥山高,千里迢迢登门求医乞药,山上人来人往,络绎不绝。钟禅法师有求必应,来者不拒,精心治疗,去疾除恶。没多久,焉支山里疾病不生,丝绸之路瘟疫匿迹。

一天夜里,蛇英儿做了个美妙的梦,梦见爷爷背一包大果子来看他,爷爷拿出最大最大的花红果子给他吃。那果子个儿比西瓜还大,还甜。蛇英儿舍不得吃。爷爷说:"吃吧,吃吧,吃了果子,快快长大,好好养活你妈……"

第二天,钟禅法师果然背着个大包子来看他了,包里装着三服药。钟禅法师亲自煎药,药香味冲出茅草屋,弥漫着整个村庄。蛇英儿的妈妈喝下这三服药后,大病痊愈,体力逐渐恢复,没有多久,就能下炕做活了。

蛇英儿见妈妈做好了饭,热腾腾,香喷喷,就赶快去叫爷爷吃饭。可是蛇英儿找遍了家里的前前后后,都没有找到爷爷。他就大声喊呀,在村子里四处找呀,却都没有找到爷爷……

天圣圈的乡亲们,内疚羞愧,便结伴来向钟禅法师负荆请罪。当乡亲们来到时,钟禅法师已化成了一块巨石坐像,石上长一棵沧桑古松,坐像前放着凝聚了法师一生心血的结晶《药经》。为了纪念解人之危、救人之难的钟禅法师,芳草村的乡亲们在山里修建了一座寺院,并以法师的名号命名为"钟山寺"。钟山寺气势宏伟,风景秀美,每年农历六月六众多香客接踵而至,祈福避祸,求子消灾,无不应验。焉支山庙会一直延续至今。

林茂森　整理

神钟自鸣的传说

>>>>>>

　　从前，山丹钟鼓楼巷里的那条路是车道，一天到晚马车、驴车来往不断，路面上压出两道深深的槽。渐渐的，槽里露出只耳朵尖儿，好奇的人们便拿来家什挖，越挖耳朵越大，后来又露出一只耳朵，挖到底，挖出一座几人才能合抱的大铜钟，钟的形状像瓮缸，外表光滑，黑灰色，上面铸有"沙洲都督索允"几字。当时大家商量把钟安置在什么地方合适。十几个壮实汉子拿木棒绳子来抬钟，众人抬它不起。一些道人和尚口念经文，请钟上庙堂，钟不愿意。请钟进寺院，钟不愿意。请钟上擂台，钟才愿意，一抬就起，上了擂台。第二天清晨，擂台上便响起洪亮的钟声。擂台下住着一位田老汉，他闻听钟声，上到擂台上观看，只见擂台空无一人，铜钟自鸣，大为惊奇。相传开来,人们都称铜钟为神钟。

钟锣巷是钟姓第六代钟琴老人的先祖从"融家衙门"(又叫下衙门)后代那里买来的祠堂。《山丹县志·附录补遗》"武宦"录称:"明,融魁,原籍湖广人,元朝义军头目,至明洪武二十二年(1389年)授武德将军,世袭千户。"王家什字和东街融姓即融魁后代。传说这口大钟是武德将军从沙洲(今敦煌)请来的,以"醒世一方地脉"。

此后,神钟每到初一和十五便响起洪亮、悦耳的声音,其他寺庙里的钟遥相呼应,响成一片,远近十里的人们都能听见。有人相传,神钟不击本是子母钟两座,擂台上的是子钟,母钟至今未露面。

后来还有一位没耳朵吃斋的王姓老人住在擂台的房子里看护神钟。据老辈人讲,神钟只有几次不击自鸣:一次在刚出土的第二天,一次在1927年发生大地震前。

神钟自鸣的传说代代相传。1926年正月初八,马仲英到了山丹城,在碗窑沟龙家门前的小土丘上看山丹城时,神钟响后随即升起状似锅盖的一团黑气遮天蔽日,根本看不清进城的方向。过了两炷香的功夫,县城上空才慢慢云退天晴,马军才从西关进了城。

1936年,马步芳队伍的飞机来轰炸正驻扎在山丹城的红西路军,飞机在山丹城上空飞来飞去,就见有一把大伞罩住山丹,怎么也炸不上,机上人员便用照本机拍下这一情景。马步芳得知那保护伞即是擂台上的铜钟后,认定是一座神钟。动了心思,立马派马步青和袁耀庭前来看神钟,当时就住在钟琴老人家里。看过钟后,派人到武威专门缝制了黑平绒钟罩子,又出动一连兵力、汽车,把车从慢道开上去停在钟底下,钟无法摘下来,从财神楼底下蒸笼匠何德福的铺子里拿去锯子截断横梁,钟落在了汽车里。当时把车轮胎压扁了,硬拽强拖地拉走了。当车开到定羌庙时,汽车的大梁折了,马步青三换汽车把钟运到了武威。后听说又想方设法把钟拉到了青海老家。

据考证,山丹神钟现今珍藏在西宁博物馆。

神钟的传说

袁学儒　整理

山丹大佛寺的传说

>>>>>>

很久很久以前,有一家老两口子,生下了一个儿子,视为掌上明珠,疼爱有加,但教管不足。从小娇生惯养,养成好吃懒做、东游西逛、不务正业、不敬父母的恶习。儿子十几岁时,老头病故。临终,老头给老太留下两个钱袋,说,一个是母子二人生活的费用,一个是留给儿子成人后做生意的资本。还告诫说,如果儿子仍不学好,这笔钱宁可埋在土里毁掉,也不能助纣为虐。说完,老头就死了。

老头一死,儿子更是无所顾忌,花天酒地,不思进取。终于坐吃山空,把老头留下的生活费全部花光了,儿子就开始打骂母亲,逼要钱物。老太太好几次想把另一笔钱给了儿子,可最终还是忍住了。儿子见母亲的油水已被榨干,就去结交一些不三不四的人,开始偷盗、抢劫。老太太看在眼里急在心中,可是没有办法。后来儿子犯事坐牢。几年出来,觉得再这样下去也不是长久之计,就想出去学点技术养家糊口。

虽说儿子忤逆不孝,但儿子走了以后,母亲还是朝思暮想,为儿子上香祈祷,保佑平安。

儿子走了多日,来到一家投宿。这家也是母子二人。母亲病瘫在床,儿子昼夜守候,端屎端尿,无微不至。很多村民前来探望,送衣服的,送粮食的,送柴火的,帮助耕地的,人们都夸老人的儿子孝顺善良。

儿子很惭愧,就离开这家继续游走。又走了一些日子,来到山丹境内瞭高山下的一个村子。看到村口坐一老人,鹤发童颜,仙风道骨。有好多人前来算问前程。儿子也前去请教。老人问完情况说,不是天不佑你,而是你不敬天。从今以后改邪归正,拜佛向善,好运就会在前面等你。儿子说:"请师傅指点名山名刹,我好前去拜佛求经。"老人说,"天在头上,佛在心中。你果真要向善拜佛的话,看到一个翻披蓝衫,手提素鞋的人,就是活菩萨,真佛"。

儿子听罢,就走了。又转悠了一些日子,盘缠花尽了,也没有学到什么技术,无奈中只好回家了。到家已是深夜,看到母亲房里还有灯光,就去敲门。

老太太思儿心切,不能入睡,正在昏暗的油灯下给儿子锥鞋。突然听到熟悉的敲门声,知道是儿子回来了,急急忙忙披上衣衫,顾不上放下手里的鞋子,就去开门。儿子进得门来,看到母亲翻披着衣衫,手拿鞋子的模样,不正是那个老人说的真佛吗!儿子此时恍然醒悟,倒头就拜!

母亲见儿子扑倒在地,以为儿子在外面受了刺激或是患了重病,猛然受到惊吓,跌倒在地,一病不起。儿子见母亲病倒,觉得不

仅不是活佛，反而成了累赘。几天之后就把老人的指点忘得干干净净。母亲的病一天比一天严重，在临终的时候，嘱咐儿子要浪子回头，好好做人。正准备把那笔钱交给儿子的时候，儿子说，"你要真心疼儿子，你就答应我一件事情。"老太太点头。儿子说："我不想伺候你了，你也不要再拖累我了。"母亲知道了儿子的意思，流泪答应了。说："为了不要让人知道你的不孝行为，那就以给我治病为名，把我背到深山了扔了吧，死到家里你也没钱发送。"儿子说行。晚上儿子就背着奄奄一息的母亲去深山老林。一路上老太太挣扎着把事先装在怀里的豆子撒在路上。儿子发现了说，"你是不是想把别人引进来？"母亲说，"天黑林深，怕你迷了路，给你留下回家的记号"。儿子听了良心发现，愧悔万分。折头把母亲背回了家，像那个老人说的，把母亲当神仙一样敬奉着。老太太看到儿子真心诚意地改邪归正了，把那笔钱交给儿子就去世了。

儿子追悔莫及。为了弥补对母亲的亏欠，就用木头刻了一个母亲像，早晚供奉，虔心忏悔，真诚向善。用那笔钱精心耕作，扶困济贫。真是老天有眼，种啥成啥，养啥成啥。几年过去，成为地方首富，娶妻生子，家道兴旺，人人赞誉。为了宣扬孝贤，他来到受教的瞭高山下,选了一块宝地,用全部家资,修了一座寺庙。请了名师,塑了佛像,广施善缘。据说这就是山丹大佛寺。

刘海燕　整理

卧佛山的传说

>>>>>>

　　山丹大佛寺坐西向东,背靠瞭高山,左傍祁店水库,右连清泉圃田,与龙首山南北相望。从瞭高山向北望去,龙首山就像一座天然佛像,头东脚西,安详仰卧,真正的天造地设,鬼斧神工!日出之时,全身艳若赤霞,周身彤红;日落之际,背后霞光万道如同灵光显现。不管云聚云散,日出日落,也不管风寒露冷,雷狂雨暴,都那样安详静卧,一睡万年。天然卧佛,世上仅有,所有看过的人,无不叹为观止。关于卧佛山的来历,还有一个凄美的故事。

　　相传远古时代,祁连山积雪深厚,冰川广布。每当盛夏,千峰消融、万壑争流,弱水(今山丹河)浩浩荡荡从祁连山北麓奔涌而下,过龙首山汇入黑河,形成湖川密布的水乡泽国和森林繁茂、水草丰茂的沃野绿洲。后来,大禹凿开了合黎山峡口,"导弱水于合黎,余波入于流沙"。一路向西,使瀚海戈壁变为"天苍苍,野茫茫,风吹草低见牛羊"的绿洲。

当时,大禹少子受封管理黑河流域,被尊称为河宗。他的子孙后代在河西走廊生存下来,据说就是后来的月氏。

传说周穆王西巡到了黑河流域,途经弱水河畔,看到两岸山清水秀,碧草连天,羊肥马壮,就下马休憩,在这里接见了觚邦(河宗子孙),觚邦敬献穆王豹皮十张良马二十六匹,穆王大喜,将所猎白狐、黑貉祭于河宗之墓。并赐予觚邦玉璧一幅。觚邦是一个清廉的官员,他没有把玉璧据为己有,而是把玉璧连同五十具全牲一起投入弱水之中,保佑他的子孙平平安安,世世代代兴旺发达。谁知投入河中的玉璧被一黑色水蛇吞入腹中。经历了不知多少年,黑蛇汲取了玉璧的灵气,得了仙气成了妖精。在河水里兴风作浪,在陆地上横行霸道。

黑蛇精看中了山丹这片草丰水美、牛羊成群的好地方,在龙首山、山丹河一带肆意横行,吞食牲畜,所到之处,草木枯黄,瘟疫流行。它还要让当地老百姓不时供奉童男童女来享用,害得民不聊生,老百姓纷纷逃避他乡。

一日,一位得道高僧云游至此,见此处土地肥沃,但却人烟稀少,百姓生活艰难困苦。看到此情此景,高僧问其原因,可当地老百姓躲躲闪闪,吞吞吐吐,好像有难言之隐。高僧见状,心中甚是不解,就再三询问。众人把他带到一位须发俱白的老者跟前。老者长叹一声道:"师傅化缘完了,快快离开吧,此地不宜久留,免得丢了性命。高僧听此言道:"老僧远道而来,看到此地有佛光自西南山上升起,乃风水宝地,但西北方向却有妖气缭绕。请问老者有何难言之隐,出家人慈悲为怀,超度众生脱离苦海,你不妨告诉我,看我能不能帮忙解脱。"老者听他如此之说,觉得此人可能是个得道高人,就把黑蛇精害人之事说了。

高僧得知是一条黑蛇精在此兴风作怪,便决心为民除害。他嘱咐老者准备祭祀,选出一对童男童女,引诱黑蛇精入洞。祭祀地点选在龙首山对面的瞭高山下,而不是黑蛇精常常出没的山丹河畔。童男童女一定要是同年同月生,并且是鸡年出生的。摆好祭品后,就让老者带领族人离开,躲进胭脂山中三个月不能出山。那两个童男童女的家人因担心孩子,哭哭啼啼不愿离开。高僧就让这两个孩子的父亲,穿上佛家袈裟,手中拿着佛珠,扮作僧人一同留下。为了防止被黑蛇精伤害,身上撒上雄黄酒,怀中揣上护身符。嘱咐不管发生什么事,都不能睁开眼睛,还要不停地转动佛珠,口中要念诵"阿弥陀佛……"

一切准备停当了,可黑蛇精却整整一个月不见出来,童男童女和家人终日陪伴高僧吃斋念佛,倒也清静。两位父亲心也渐渐平静下来,心想,就是舍了两个孩子性命换来大家一世安宁也是值得的。

在第二个月的最后一天傍晚,龙首山上突然乌云密布,雷声滚滚,顷刻间大雨瓢泼而下,山丹河水猛涨,吓得童男童女啼哭起来,正在念佛打坐的高僧跃身而起,说,"妖孽来得正是时候,贫僧已等待多时"。吩咐两位父亲遵命行事,又把童男童女带到祭台上,自己躲在祭台背后等待。

两位父亲依照高僧的样子,依山打坐念佛,手中佛珠不停地转动,口中念念有词。此刻只听飞沙走石,山崩地裂。光这声音便使人浑身颤抖不已,但他们记着高僧的话,不敢睁开眼睛。黑蛇精修炼多日不出山,当日感到腹中饥饿,就像平常一样大摇大摆跑了出来,在河边没有看到祭品,大怒,抬首一望,在河对岸瞭高山下发现了供奉的祭品，就吐着猩红的舌心疾驰而来，毫不犹豫地张开血盆大口要吃那一对童男童女。这时，躲在祭台后面的高僧从袖中挥出一道银白色的绫缎，绫缎飞舞而动，绕在了黑蛇身上，紧紧地绑缚住黑蛇，使黑蛇精一时无法动弹。这黑蛇修炼千年，道行了得，它扭动身体，腾空而起，一时间天地间黄沙滚滚，河水泛滥，天地一片混沌。大战了七七四十九天，高僧渐渐感到体力不济，就在这紧要关头，一只白鹤长鸣而来，黑蛇精一听鹤声，显了原形。高僧大喜过望，喊道："徒儿来得正好！"

原来高僧平日养有一只白鹤，以师徒相称，在他云游各地拜佛求经的路上相伴左右，慢慢地便也通了人性，修炼得道成了仙。途经昆仑山（祁连山古称）时，西王母看着喜欢，高僧就把她赠予西王母做了侍女。一日，西王母叫白鹤前来，赠予一把"日月宝剑"，说，"你师傅有难，你必须前去相救，才能修得正果"。

这一日，白鹤辞别西王母向瞭高山赶来，她落到山脊，不看则已，一看让她倒吸了一口凉气！龙首山下，黑云滚滚，妖气弥漫。昔日那个绿树成荫、鸟语花香的地方，现今一片狼藉，花草树木都被黑蛇精烧得精光。就在白鹤心痛之时，山脊上出现两行话："梦字九天复碧水，佛出三界为青山。"白鹤一琢磨："啊，七七四十九天后，在这山脊上会出现一尊佛，青山碧水的世界就回来了！"她正想得出神，只见对面山坡上师傅和黑蛇精混战在一起，西王母赠予师傅的宝物"绫缎白练"已缚不住黑蛇精，黑蛇精就要加害师傅，师傅性命危在旦夕。白鹤挥剑大喊一声："师傅，徒儿助你来了！"

只见一道红光闪过，黑蛇精身断两截从空中掉了下来，沉入河水中。但这黑蛇精却在临死之前吸干了山丹河水，转眼之际，河中鱼儿嘴巴大张，奄奄一息，龙首山的石头炽热烫人，山坡牛羊无处躲藏，大地一片焦枯。

　　情急之下，白鹤用剑将自己的喉咙割破，鲜红的血液变成了涓涓细流顺着山间流到了山丹河里，鱼儿跳跃起来，牛羊欢叫，大地恢复了生机。白鹤的肉身化为石身仰倒在龙首山上。白鹤的凛然正气，使所有的天灾人祸再不敢侵临山丹，使山丹变成一片福地，人丁兴旺。白鹤石身慢慢地幻化成了今天我们看到的卧佛的形象。

　　老僧看到徒儿舍身救了大地生灵，伤心至极，决定不再离开，就在此地修行陪伴徒儿，涅槃时坐化成了一尊坐佛。那童男童女的父亲被高僧感化，皈依佛家，吃斋念佛，讲经说法。

　　老百姓为了纪念白鹤，就把白鹤幻化而成的山叫卧佛山。又称龙首山。为纪念这位高僧就在卧佛山对面修了一座寺庙，就是现在的大佛寺，里面塑了全身贴金坐佛身来纪念这位高僧。

　　当地老百姓称这两座佛是消灾避难、降福人间的太平佛。有它们在，山丹就可以避过天灾人祸，过上丰衣足食的太平日子。

　　据当地老人说，谁能看到卧佛背后灵光显现，便可大富大贵。

杨桂平　整理

情人峰的传说

>>>>>>

　　很久很久以前，在美丽的焉支山下有两户人家，一户姓陈，一户姓林。陈家和林家都是当地的富户，也是世交。有一年，林家生了一个男孩，起名叫林子豪。不久，陈家生了一个女孩，起名叫陈玉茹。由于陈林两家是世交，又门当户对，两家便早早给两个孩子定下了娃娃亲。

　　岁月飞逝，时光荏苒。转眼十几年过去了，这两个孩子也渐渐长大。林子豪英俊潇洒，性格耿直，学识一流。陈玉茹聪明娇美，活泼灵秀，纯真执着，且从小喜读诗书，琴棋书画，无所不能。林子豪和陈玉茹从小到大，形影不离，青梅竹马，常在一起谈论诗书礼仪、骑马射箭。二人彼此间又相互关心体贴，促膝并肩，两小无猜。陈林两家人看在眼里，喜在心头,都认为他们是天生地设的一对,只等十六岁给他们二人圆房。

岁月消逝,时光不再。原以为这对绝世恋人会成为眷属,长相厮守,永远恩爱下去。可是,人世间总有很多无奈之事。林子豪十三岁那年,一场无名大火从林家后院烧起,三天不灭。林家五世基业、万贯家私都化为灰烬。从此林家家道败落,一蹶不振。得知林家败落,陈家有些后悔,想毁了这门亲事。但碍于先前的誓约,话不好出口。

岁月匆匆,宛如白驹过隙。草木绿了又枯,枯了又绿。转眼间又是三个年头过去了,已到了子豪和玉茹成婚的年龄。林家老两口依照先前的盟约请媒人去陈家提亲,希望陈家遵守旧约给子豪和玉茹完婚,了却老两口一桩心事。也希望陈家顾念旧交,帮助林家重振家业。

然而,媒人前去说亲,却碰了一鼻子灰回来。陈老爷表面虽然应允,却提出了三个非常苛刻的条件:第一,需要纹银三百两做嫁妆;第二,要千年人参一根;第三,要给陈家每人做一套貂皮大衣。时限三月,否则就是林家言而无信,没有诚意。

林家听罢,知道陈家有意刁难。但今非昔比,有口难辩。只能忍气吞声,四处奔波,希望能凑足这笔嫁妆。无奈树倒猢狲散,人情冷漠薄如纸。林家败落后,社会地位更是一落千丈!原先的亲朋好友得知林家败落,都推三阻四,不愿帮助他们。林家苦苦奔波了两个多月,却连一样都没有凑齐。眼看时限将至,老两口却只能抱头痛哭。遥想当年林老爷少年得志,一生中做了许多惊天大事,不料晚景却是如此悲凉!从此以后,林老爷终日长吁短叹,一病不起。不久,便带着巨大的遗憾和无限的悔恨离开人世。几个月之后,林母也撒手人寰。只留下林子豪一人在这个世上无依无靠孤独地生活。林子豪默默地擦干眼角的泪水,收拾起家当,躲入深山,靠打猎谋生。

这几年陈家却喜事连连。且不要说新置田地,购买店铺这些琐碎小事;就在不久前,玉茹的哥哥又被皇帝封为虎威将军,更是锦上添花。陈家上下一派喜庆景象。看到林家家境一落到底,陈家更是千方百计想悔了这门亲事。然而女儿玉茹坚决反对毁婚,对人皆言此生只嫁一人。陈家上下对玉茹姑娘苦苦相劝,却丝毫不能改变她的态度。家人见劝说无效,忧心忡忡,一筹莫展,不知该如何是好。正当陈家上下为陈玉茹终身大事无计可施时,当地太守听说陈玉茹生得聪明娇美,而且多才多艺,便派人前来给自己的儿子提亲。陈家见状,喜出望外,立即答应了这桩婚事。

然而陈玉茹知道这件事后,执意不肯,并声称死也要和林子豪在一起。

焉支山上碧溪湍流,松杉茂密,绿树环合,各色鲜花粉团簇锦,姹紫嫣红。轻风吹来,摇曳多姿,花香袭人。清澈透明的池水中雪峰倒映,如海市蜃楼,晶莹沉璧,使人有飘飘然置身仙境之感。更有牛羊成群,牧歌互答,百鸟啼鸣,风情万种。可惜如此美景却只有林子豪孤独一人。正在苦闷之时,突然看到陈玉茹出现在面前,林子豪以为自己在做梦,掐掐自己的胳膊,才知真的是玉茹来到了焉支山中。原来,玉茹一听爹娘悔婚,要把自己另嫁他人,就偷偷跑了出来。她害怕爹爹派来的家丁追到自己就专走小路,一路上跌跌撞撞,千辛万苦才找到了心上人。

看到玉茹,林子豪高兴地牵着玉茹的手穿梭于林间小道上。雨后的焉支山上,潮湿且沾染了点点晚春之气,蔓延在林间。身边的云杉古松,残存着颗颗冰冷的水珠,不时地嘀嗒落下,打破焉支山固有的宁静。忽然,林子豪回过头满目深情地看着陈玉茹道:"只要翻过眼前的这座柏木要岘,过了马莲沟、龙池,穿过百花岭,他们就再也抓不住我们了。从此以后，我们就可以永远在一起。"陈玉茹兴奋地点了点头，唱着歌在山中采起了鲜花。林子豪则在一旁微笑着看着心上人……

太守府内依旧是亭栏曲桥、画梁雕栋、杨柳成荫，自有一番风景。今天更是张灯结彩，大事操办，显现出一番金碧辉煌，喜气洋洋的景象。王管家匆匆来到太守府，太守府院内外早已是人声鼎沸，车水马龙。太守府上下都在为喜事忙忙碌碌。这时，却见王管家匆匆奔向后堂。

太守正在用饭，听到管家传来玉茹逃婚的消息，不觉心头的怒火直往上涌，突然长臂猛地一挥，面前桌案上的物品四处纷飞，滚落在地。

但他仍觉不够，抬腿一脚踢翻了桌案，上等雕花饭桌砸翻了案前的座椅，发出了一连串的砰砰声响，在殿内不断地回荡。嘴里连连说道："这还了得，这还了得！"

山丹城内外突然军队云集，各个关口要道遍设哨所，通缉画像更是铺天盖地……

焉支山上，林子豪牵着陈玉茹的玉手，穿过了层层叠叠的原始森林，来到了焉支山深处。忽然，一潭碧绿的潭水跃入眼帘。此时正值晚春时节，只见那潭水四周碧溪湍流，绿树环合，花团簇锦，姹紫嫣红。轻风吹来，摇曳多姿，花香袭人。清澈透明的潭水中雪峰倒映，如海市蜃楼，使人有飘飘然置身仙境之感。看着美丽的风景，林子豪和陈玉茹不由得相对一笑，心中充满甜蜜。

林子豪道："这难道就是传说中的百花池！听说看到百花池，幸福到永久！这是上苍给我们的暗示，我们的明天一定会美满幸福！"陈玉茹没有说话，只是静静地看着林子豪，脸上洋溢着幸福的微笑……

焉支峰巅,百花池畔,和煦的春日微风,带着细微的丝丝凉意拂过耳畔,仿佛大自然的呢喃细语。暖阳的光线,洒照在二人的身上……

陈玉茹和林子豪全然不知太守已派大队人马出城追捕,已经探明林子豪的住处。陈玉茹和林子豪正沉静在幸福甜蜜的幻想之中,尘土飞扬,追兵已赶来了,情急之下,陈玉茹、林子豪只得弃马徒步躲避追兵。大队人马发现二人进了深山,也纷纷下马进山追捕。二人气喘吁吁攀上一个山头,竟是悬崖绝壁!后边追兵三面包围上来,真是上天无路,入地无门!看到脚下的万丈深渊,陈玉茹缓缓地转过身,回头看着围上来的众人,脸上露出一丝浅浅的笑容,用无比深情的目光看着林子豪,她张了张唇,缓缓地开口:"子豪,我们永远在一起!"声音缥缈而幽远,很轻,很轻。然后抱着林子豪纵身跃入悬崖之中……

两人跃下悬崖的身影在空中一点一点地飘落、飘落,最后跌入悬崖深处。虽然只有几秒钟,但是感觉似乎过了很久、很久,宛如隔世……

突然,一阵阴风袭来,悬崖边上出现了一团迷雾,向众追兵飘来,越来越浓,四周白茫茫的一片,没有半点声响……

也不知过了多久,迷雾渐渐散去。在那悬崖边上出现两座并列的山峰。彼此矗立,像是一对恋人脉脉含情地凝视着对方……

众人见状,不由得大骇。纷纷逃下山去禀报太守。太守儿子得知消息,不由得血气上涌,一口黑血吐出。说道:"好!算你们狠!你以为你们化作山峰我就无可奈何了?这回我要新仇旧恨一块和你算!你们不是要生生世世在一起吗?我偏不让你们在一起!你不是不进我们家?好!活着你不进我们家,就是死了我就是抬也要把你抬进我家祖坟。叫你永生永世都离不开我家"。当即吩咐手下,准备好工具,前去挖这两座山峰……

焉支山上,山林里的寂静被绵延几十里的人马打破。几个时辰之后,就来到了这两座山峰前。太守阴森的脸上露出一丝狞笑……

突然,一声雷霆巨响,宛如山崩地裂之势。众人惊骇,只见那数万只飞燕从焉支山深处铺天盖地地飞起,黑压压的一片,看不到边际。霎时间,众飞燕飞到二人峰边翩翩起舞,三日不绝!见此情此景,众人茫然,不知如何是好。

太守见状,恼羞成怒:"好!不要以为有几只破燕子护卫我就无可奈何!"立即唤来山下的军队,命令弓箭手射杀飞燕。刹那间,山中传来声声巨响,惊天动地。可怜这些小燕子,被射得七零八落,纷纷坠落山间……见到此情此景,太守阴森的脸上露出了狰狞的笑容……

忽然乌云密布,一道闪电劈头而来,紧接着是一声轰隆震天响。只见那双人峰上飞起一对巨大的飞燕,涌现出万道光芒。众人惊得目瞪口呆,不知如何是好!而此时,众飞燕像是得到命令,一起向众人铺天盖地袭去……

众人惊恐万分,四散逃走!太守也吓得魂不附体,情急之下慌不择路跌入峡谷,尸骨无存……

从此,山丹的燕子就是忠贞爱情的象征,受当地人的供奉朝拜。许多恋人在表达爱情的时候都喜欢送给对方一对燕子雕刻,以示对爱情的忠贞,希望与相爱的人"在天愿作比翼鸟,在地愿为连理枝"。

几百年过去了,当地人在焉支山附近挖煤,还常常挖出燕子残体遗骸。有的完好,有的残缺不全。经过几百年的埋藏,这些燕子已被石化,当地人称之为石燕子。据说有一个旧巷一筐土能找出几十个石燕子。这些石燕子当地家家都有收藏。当地把石燕又称催生鸟。孕妇生不下娃娃,手心里摸上石燕,娃娃就生下来了。村民还把石燕研细冲水喝,据说能防百病……

唐　华　整理

焉支山"砚台石"的传说

>>>>>>

焉支山(又称"燕支山""胭脂山")万寿岭下有一大石,石上有一凹进去的地方,形似砚台,名为"太白砚"。据说是李白游览焉支山时所留。

当年,李白在江油长成十五岁的英俊少年的时候,已经读遍了家里的经史子集。父亲李客见他聪慧过人,心里很是喜欢。可惜的是有文少武,将来怎能成为栋梁之材,加上李白自己也很喜欢剑术,于是父亲决定让李白去峨眉山拜师学艺。在峨眉山天皇台李白遇见一银髯老道,年约七十开外,却身轻如燕,敏捷似猴。李白当即就要拜他为师,老道见李白英武俊秀,谈吐不俗,求师心切,就收他为徒。

寒来暑往,李白尊师聆教,勤奋好学,加上他本来就有天赋,三年时间就已是剑法精湛、技艺超群了。在练武闲暇时间,书童送来了好友王维的书信。信中,王维说自己奉命去了塞外河右,登临了名闻天下的焉支山,此山奇峰逶迤,松柏长青,不虚此行。并随信寄来一首诗《燕支行》,诗作气势磅礴、雄浑豪放,让天性放荡不羁的李白心生羡慕,想一睹焉支山的雄姿。

一天李白向师父说:"弟子学艺三载,蒙师父辛勤教诲,悉心指点,师恩重如泰山。但弟子还想仗剑出游,为国立功。意欲辞别师父,不知师父意下如何?"师父虽有不舍,但为了不耽误他的前程,也就不再强留。李白就此告别师父离开了峨眉山。

李白回家拜见双亲后,对父亲说起了焉支山。父亲说那座山离故土秦安不远,甚是闻名。还听父亲说起了新疆天山、天水麦积山都是道家圣地,李白更加向往。新疆、天水虽属故土,但往事不堪回首。当年李白一家离开放逐之地西域,是属于擅自行动,回原籍陇西恐怕不安全。加上去西部路途遥远,父亲自然不愿李白西去,可是李白自幼就喜爱游览山水,执意要去。好男儿志在四方,父亲也拦挡不住,就让李白秘密前行。当时天气刚刚立夏,李白带着父亲画的西域地图和书童丹砂由青莲乡动身西去。

李白和书童丹砂到了祖籍秦安后,悄悄拜访了本家亲友,略住了几日,就又向西而来。越往西走,一路上都是戈壁荒漠。烈日炎炎,行走在漫漫长路上,风餐露宿,好不艰难。一天,突然眼前一亮,一座秀丽的山峰挡在眼前,山上树木郁郁葱葱,山顶云雾缭绕,千年松林波涛阵阵,山下草地绿茵满地,牛羊成群。当地女子骑马善射的身影娇媚英武,丝毫不逊色于男子,男子个个体型彪悍,威武勇猛。不远处还有一座山峰被茫茫白雪覆盖,在太阳光下银光闪闪,疑是到了天山。让书童丹砂一打听,原来正是王维信中所说的焉支山。李白听了欣喜若狂。主仆二人顺着河畔来到了焉支山下，山下溪流潺潺，田地里的油菜花金光灿灿，也有几块种着绿茵茵的青稞、小麦，只有一位老者独自耕种，远远望见顶峰也有皑皑白雪。向老者打听，原来此山方圆百里，似一尊蛤蟆蹲在这丝绸古道上，因景色迷人，吸引着来来往往的客人。深山处景色更是不同，山下骄阳如火，山腰却是松柏齐天，凉爽宜人，山顶白雪终年不化，还有雪莲、奇草。一听老者如此之说，李白兴致大增，接受了老者所赠干粮，主仆二人顺着溪流进了焉支山。此时正是七八月之间，山中山清水秀，正是山花烂漫之时，崖壁上一枝枝山丹花红似火焰。金露梅、银露梅争香竞艳，处处鸟语花香。

主仆二人兴致勃勃地来到了一个峡谷中，头顶一缕蓝天，山顶云蒸霞蔚，两边壁立千仞，青松苍翠，林中百鸟争鸣，花香扑鼻，脚下溪水潺潺，峡中怪石嶙峋。二人已游玩多时，感觉累了，想在这清静之地稍作休息，就选了一块平整的大石头坐了下来。这时，李白突然诗性大发，要在这石头上作诗，书童丹砂急忙铺纸研墨，可发现墨汁没有了。因离家多日，一路奔波，吃的喝的都已缺少，还哪有书写的墨汁，急中生智，丹砂就用砚台取来溪水，砚台里本就有干涸的墨汁，经这泉水一泡，水也竟成了浓浓墨汁，李白于是大笔书写一诗："……虽居燕支山，不道朔雪寒。妇女马上笑，颜如郝玉盘。翻飞射鸟兽，花月醉雕鞍。……"书童看李白洋洋洒洒作诗，也乐得清闲，竟躺在一块石头上睡着了。李白写得口干舌燥，浑身冒汗，不由自言自语，"下场雨多好啊"。话语刚一停，就见云层堆积，山风骤起，似有风雨要来。原来这焉支山顶有一龙池，距离这峡谷不远，老百姓常常在干旱之时，顺峡谷进山，到这龙池不远处祭祀求雨，说声下雨，雨即刻就到，很是灵验。老百姓说完就得赶紧回转，要不就会被大雨淋透。李白不知，还在优哉游哉欣赏山景，却有雨点"劈劈啪啪"滴落下来，惊醒了睡觉的丹砂，急忙起身替主人收拾笔墨、砚台,谁知那砚台竟粘在了岩石上,一时不能取下。原来那块大石头上落满了松胶琥珀,砚台放在热石头上面,突遇天气变冷,松胶竟将砚台和石头牢牢凝结在了一起。这是一款两边刻着双龙抱珠的椭圆形端砚,由祖父传给父亲,这次出游父亲刚刚送与李白,平白丢在这里,岂不可惜了。丹砂想用力拿下砚台,不想竟把砚台一角龙须处掰开一个小小的缺口,整个砚台却纹丝不动。雨滴越来越密集起来,书童丹砂怕雨淋坏了主人,就说"不如我们先找个地方躲雨,等雨停了再想办法取下砚台"。李白一看雨下得如此紧锣密鼓,想这雨也许是来得急走得也急,不用多久就会停下来的,就和书童丹砂一起走出峡谷躲雨,走着竟迷了路。幸亏遇到一牧羊老人,邀他二人去牧羊人的毡房里避雨。谁知这雨下着下着竟变成了冰雹,山里气温骤降,牧羊人见二人冻得瑟瑟发抖,就送给他俩各一件羊皮袄取暖。主仆二人由于劳累竟渐渐进入了梦乡。

醒来后,只见阳光明媚,主仆二人坐在一向阳缓坡处,其他行李都在,只是少了砚台,更不知此地是何处。丹砂想起砚台还粘在岩石上,欲去取。但只有一羊肠小道通向山外,另一面是峭立的褐色石壁,再无去路。不见了牧羊人,也不见毡房和羊皮袄。二人像在做梦,只好怏怏离去,走出山外继续向西而去。

原来主仆二人雨中遇见的牧羊人是焉支山神所化,知道李白将是誉满唐朝的大诗人,到焉支山游览,总得为此方百姓留下一点纪念,就用松胶粘住砚台,并施神力不让丹砂取走砚台,让这宝砚永远留在了焉支山中,历经风霜雪雨的洗礼,还历历在目,清晰如初。后来,李白对焉支山风情念念不忘,还写了一首诗《秋思》:"焉支黄叶落,妾望自登台。海上碧云断,单于秋色来。胡兵沙塞合,汉使玉关回。征客无归日,空悲蕙草摧。"焉支山美景让李白留恋不舍,焉支姑娘思念征战塞外夫君的情怀更使人难忘。

去过焉支山焉支峡中的游客,在到焉支峡万寿岭下就会看到一块硕大的平板岩石,岩石上椭圆形的砚台栩栩如生,好像万古流芳的大诗人刚刚奋笔疾书题诗一首,砚台墨迹尚未干透,微风吹过,墨香飘散。自古以来,山丹学子纷纷前来上山观看触摸砚台石,希冀沾染一点大文豪的书香之气。果不其然,山丹历代人才辈出。以至于现在的高考学子在考试前必要去拜见砚台石,期盼高考金榜题名。

杨桂平　整理

瞭高山的传说

>>>>>>

瞭高山北面是祁家店水库,南连祁连山脉支系扁都口,山脚下的村子叫南湾村。从瞭高山上俯瞰,山丹县城和北面的大佛寺尽收眼底。古时四坝水绕瞭高山汇入山丹河下游,河岸两边水草丰茂,飞鸟成群,湖水相连。据说从东湖沉入茅草,就会从西湖流出,当时山丹有著名一景"东湖落草,西湖沉芥",说的就是这里。

虽说山下绿草茵茵,但瞭高山上却寸草不生,山上怪石嶙峋,处处悬崖峭壁,整个山石呈红褐色,似是烈火炉里炼过一般。因而山上少有人迹,只有一座庙宇,叫报国寺,不知谁人所建,也不知建于何时。到了民国年间,寺庙来了一位方丈,是一位医术高明的和尚,山脚下方圆几十里地的百姓都不辞辛苦前来求医,且多是妇女前来求医,原来老方丈对不育之症和妇女难产有绝妙治疗办法。可惜老方丈年事已高,手下的几个弟子都不喜欢学习他的医术,自己精湛的医术无人继承,老方丈很苦恼。

有一年的秋天,老方丈化缘归来看到寺庙里多了一个陌生的和尚在挑水,这和尚年纪看起来已有三十好几,身体强壮,干活勤快,见了老方丈只是行礼,却不说话。嘴快的小和尚告诉方丈,他是个哑巴,因病得厉害晕倒在瞭高山下的榆树沟。几个和尚挑水时救了他,看他也是出家之人,就把他带到寺庙,没想到他是个哑巴,也问不出他的来历。这个和尚看众僧救了他,只是抢着干活,很是能干。寺庙住持就收留了他。事已至此,老方丈也不再说什么。只是看他眉眼看人时躲躲闪闪,不知何故,故而有所提防,恐他有歹意。

这和尚见方丈收留了他,就赶忙叩头谢恩,自此干活更加卖力,寺院里的大小活儿他都抢着干,脏活累活全包了。老方丈治病之时,他也是跑前跑后取家什,好像知道方丈心意一般,比其他和尚使唤起来顺手许多。其他和尚乐得逍遥,老方丈也渐渐放松了警惕,觉得是自己多心了,慢慢对这和尚亲近起来,时常带他去化缘。一天,老方丈带他去山脚下的一个村子去化缘,迎面碰到了一行送殡的人,一个年轻人哭得死去活来。老方丈双手合十让过送殡队列,哑巴和尚却吱吱哇哇拉住方丈衣袖,用手指给方丈看,顺着他指的方向,方丈看到棺材缝隙里流出鲜红的血滴,一滴一滴流在地上,颜色鲜红。方丈赶忙拦住送殡的一行人,问死了何人,年轻人说是自己新婚一年的妻子难产死了。方丈用手指点了地上的血迹说,你媳妇还有救。年轻人将信将疑,就地打开棺材让方丈救人。方丈在死者肚脐四周扎了几针,孩子出生了,孕妇也活了。

年轻人感激涕零,两口子从此天天念佛,月月去瞭高山上烧香祭拜。这件事传遍了山丹各地,去瞭高山上烧香拜佛者更是络绎不绝,寺庙香火更加旺盛。老方丈自从救了那个难产妇女之后,心想哑巴和尚虽不会说话,跟着自己时间也不长,人却很灵性,看他处处留心自己的医术,也有了一知半解,就把自己的绝活毫不保留地传授给了哑巴和尚,平日出去化缘就更加放心了,如有难产,哑巴和尚可独当一面。

这哑巴和尚自从得了方丈真传,医术也一天天高明起来,来山上寺庙治病的妇女越来越多。看着一个个水灵灵的女子,这和尚竟动了私心杂念,但碍于老方丈的威严不敢轻举妄动,心里暗暗想着办法。有一天,老方丈要去远处化缘,安顿好了寺里的事情就下山了。哑巴和尚悄悄跟在后面,走到一悬崖峭壁前,他跨步上前把方丈从崖上推了下去,老方丈被害死了,他就近找了个山洞掩埋了方丈,又悄悄回到了寺庙。

方丈久出不归,寺庙的好多事情无人做主,香火也冷淡了许多,只有求哑巴和尚看病的妇女才不辞辛苦上山来,来时带些吃的东西。哑巴和尚给妇女看病时,要求不孕的妇女要在山上待上三天,并不许其他和尚在场;哑巴和尚也没有以前勤快了。有人看出了端倪,告诉了住持,但没有证据不好说。一天,有个挑水的小和尚慌慌张张跑来对住持说,在山崖下洞里发现了一具尸体,早已腐烂,但依稀能看出是老方丈。住持大吃一惊,赶来一看确实是老方丈遇害了。回来一说,其他和尚都唏嘘伤悲,只有哑巴和尚沉默不语,住持心里有了疑惑。一次有妇女前来看病,他安排一和尚前去悄悄观看,谁知那个和尚一去不返,不知踪影。后来,只要他安排和尚前去,都没见回来,生死不详。他心里感到不妙,就悄悄收拾了东西想下山,刚刚走到一个山嘴前,突然一个人影闪出,戴着面具,眼露凶光,手拿一把匕首,直直刺向他,他伸手一挡,手臂分离,他从眼神看出是哑巴和尚。就大骂忘恩负义的东西,哑巴和尚竟开口还嘴说道:"你多管闲事,就得如此下场。"手起刀落,住持就倒了下去。原来这哑巴和尚并不是真正的出家人,而是一个在逃的土匪,因想篡位被当家的赶了出来,无处安身,就佯装哑巴和尚骗取住持信任留在了山上,并偷学了方丈的医术。日子久了,难耐出家人的清贫戒律,本性毕露,大开杀戮,山上原来的和尚见他如此凶残,大多下山逃命去了,剩下的只得忍声吞气,不敢多言,由着这恶僧为非作歹。这恶僧还纠结了山下一些游手好闲的恶人上山扮作僧人模样,常常在晚上出去偷鸡摸狗,祸害百姓,百姓以为是土匪所为。

恶僧继续在百姓面前扮作大慈大悲的模样,打着治病救人的幌子做着禽兽不如的勾当。山下四周村庄的妇女前来看病的,没有不受凌辱的,为了名声大多回去不敢吱声。这恶僧却越来越放肆,竟在山中凿了一孔大石窟,里面布局是洞洞相连,一洞刚能容纳一位妇女安身,他不再是三天后就让治病妇女回去,而是想长期占有,过一种豪华奢靡的日子。山下村子常常发生妇女失踪的事,有人寻上山来,因那山洞隐藏在寺庙下方,一般人很难发现,老百姓虽有怀疑,但看到一个个凶神恶煞般的和尚,也不敢多逗留,只叹无奈。

1936年11月25日,山丹县城来了红军,五军军长董振堂率十五师两个团进入了山丹县城,建立了苏维埃政权,由政委黄超、妇女抗日先锋团团长王泉媛等负责开展建政事宜。群众纷纷捐资捐物,皮匠王作仁、张全仁为红军赶制皮背心二百多件、短皮袄一百多件,东街的马秀珍给住在她家的女红军做了三双毡靴,几双袜底。山丹县城人人奔走相告,诉说红军是老百姓的军队,这个消息也传到了瞭高山上，那些恶僧暂时不敢再祸害百姓，就在山上静观其变。

一天，城内妇女独立团的一位女战士来例假时疼昏了过去，卫生员也一筹莫展，东街村一妇女告诉团长王泉媛说，瞭高山上的和尚会治妇女病，红军决定由妇女团政委吴福莲带几个战士去上山救治这位女战士。一行人抬着这位女战士向瞭高山走去，到了山脚下，早有小和尚告诉了恶僧，恶僧以为自己罪行败露了，吓得带着几个心腹向祁连山扁都口逃去。等红军上了山，恶僧早逃跑了，女红军经这么一折腾苏醒了过来，病竟好了。红军上山一看，恶僧逃走了，困在山洞里的妇女被他折磨得一个个骨瘦如柴，不成样子，就要带这些妇女回家。可这些妇女死活不回，说自己无脸回去，跪着求红军收留。请示了王团长后，这些妇女都参加了妇女抗日先锋团，后来在祁连山的战斗中，全部英勇牺牲了。

后来红军俘虏了逃走的恶僧，查证了他所干的恶行，判了死刑。现在瞭高山上报国寺的庙址还在，那个昭示恶僧的石洞口因修建瞭高山微波站时被炸下的石头堵实，所有的恶行都被掩埋在巨石之下。当时还发现了妇女的一只绣花鞋，但那只鞋子一见阳光，就化成了灰烬。

杨桂平　整理

霍城的由来

>>>>>>

霍城由"黑城"改名而来。1955 年，山丹县县长王怀璋陪同区委书记郝海相到黑城检查工作时，与霍城名士、清朝秀才常立纲商议更名之事。他们认为汉朝骠骑将军霍去病西征时跨河西、过焉支山，曾在黑城一带扎过营寨，就将黑城改为霍城，以示纪念。霍城第一次在山丹县霍城区公署的印章上出现。

黑城的古城原址在双湖村甘家庄子以北，为古代屯兵养马之所，更是兵家要地。清康熙六年（公元 1667 年）为了加强大草滩的防守，永固城设立永固城协，参将王进宝升为副将，统领大马营、黑城营、马营墩营。黑城营设游击一员，千总一员，骑守兵 381 员。乾隆二十三年（公元 1758 年）游击改为都司。古城西大墙是箭道湾,是守兵射箭的场地。西门外过了西大河是校场,练兵跑马,射箭阅兵,至今人们还把西大河滩叫校场湖。

黑城有众多的传说。一说是黑城曾叫"黎沃",过去有黎沃坝水系之称。黎者黑也,黎沃即黑色肥沃之地,故黑城由此得名。二说是河西一带历史上多以少数民族居住,最早有犬戎、匈奴等,唐时吐蕃入境,叫西番,西番部族又分黄、黑两部分,黄番在今肃南县煌城区,黑番(喇嘛教的黑教派)就居住在黑城,在此兴教建寺并筑城而居,黑城因而得名。还有更离奇的传说,明贞德初年,当地白家人出了个逼死生父的不孝之子,按当时朝规,城要改址,将古城南移,重筑城郭。但打了很长时间,城墙就是打不住,白天打,晚上倒。墙址就继续南移,边打边移,一直移到现在的位置,才把城墙打起来。新城就取"白"的反义词"黑"字名之,成了"黑城"。

如今,黑城古城垣早已毁坏,只留下了东南角的奎星楼残墩。据说民国时期城垣完好,城内外寺庙林立,建筑宏伟,每天晨钟暮鼓,声闻四野,香烟缭绕,佛光辉照。城垣周长三里三十九步,东西二门,并有曲城瓮门。东门曰"朝阳",上楼额"朝乾承晖"。西门曰"宴静",上楼额"夕惕宁静"。东西大街,店铺民房排列,商市繁荣。南北街巷贯通,中流小溪,潺潺清澈。巷南城墙上有观音楼台,巷北尽处一大墩,上建老爷庙,下对戏台。西街有禅林寺(称"西大寺"),东街有东岳庙(称"东大寺"),还有规模宏大的城隍庙、登山楼、游击衙署、何家楼、童家小寺等私人家庙堂。东门外有文昌宫,西门外有关帝庙。

有文字记载说,黑城是明太祖洪武年间巡抚都御史唐泽请建。据说建城时,城内已有村落寺庙等建筑。民间传说,先有西大寺(初建时称"禅林寺"),后有黑城;先有祁家,后有黑城。西大寺檐牙斗拱的建筑造型被考古学者党国栋、杨永清认定为元代建筑风格，但寺内大雄宝殿的三尊金身坐佛像却是魏唐工艺。并有文字记载："自魏营造佛窟，塔殿犹兴，令沙门敷导民俗，至元壬申构寺宏扩，万历己卯重修，椽栋巍然，证果禅林寺。"西大寺又经清代多次修葺，寺庙佛像、莲台佛龛完整无缺。至民国时，佛像被毁，佛身内的铜镜、绢帛都有文字，但都不认识，前清秀才杜儒林、夏重儒认为是西夏文字，这些都有待考证。西大寺于1964年被拆毁，这不可多见的建筑艺术精品毁于一旦。

黑城东南角上建有魁星楼，坐落三层，中有六根圆柱通顶，层层歇山斜角，龙首四射，檐牙高啄，气势宏伟。初建于明熹宗天启六年（公元1626年），清圣祖康熙五年（公元1666年）游击岳升龙葺新，并题"文昌阁"匾额，誉为西北第一楼。该庙于1959年被拆毁。

黑城内还有一建筑北大墩老爷台，整个建筑为四合院砖木结构瓦房，院中独建八卦亭，柱雕檐刻，结构精巧，有张掖马援题写的匾额"万世师表"，后毁于"文革"。民国时期，城内还有同善社（现镇政府院内）等，但都无一留存。

关于霍去病将军的传说却一直流传了下来。西汉初年，国力不济，北部匈奴对中原地区频频侵犯。雄才大略的汉武帝决心彻底解除北方边患。年仅十八岁的霍去病，被封为"票姚校尉"（"票姚"为强劲快速之意），率领八百精骑随其舅父卫青出塞抗击匈奴。

焉支山是奔袭匈奴王单于王城的必经之地。霍去病率兵过焉支山，绕过山丹（时称"删丹"）大草原，直奔山丹黑水寨而来。由于连年战乱，黑水寨中没有几户人家，只有一队匈奴巡骑驻守巡逻。一天深夜，寨门口忽然拥来大片羊群，匈奴兵欣喜若狂，连忙大开寨门，一哄而上，要强赶羊群入寨。匈奴兵刚走入羊群，眨眼间羊群中的"羊"纷纷脱掉羊皮站立起来。原来，这些"羊"多是汉军假扮的,一群匈奴兵当即做了俘虏。霍去病智取黑水寨大捷,就此安营扎寨,在黑水寨犒赏三军,安抚军士休养生息。

时令正值仲春,天气乍寒还暖。将士们正在黑水寨中休整,忽然战鼓咚咚,寨外杀声震天。霍将军急忙登高察看,只见天际黑风(即沙尘暴)大作,黑水寨周围烟尘弥漫,浑邪王率领三股骑兵,将黑水寨团团围住,企图困死汉军。为了保存全军实力,霍将军命令闭紧寨门,将士持弓搭箭,沉静固守寨堡。大敌当前,霍将军坐镇军中,苦思破敌良策。多日劳顿,想着想着就睡着了。见一个黑须美髯的将军走到他面前,在他耳边低声说道:"襄守城,马脱笼,羊击鼓,鼠穴遁,人东走,龙西行……"霍将军在梦中不自觉将这几个字念了出来,猛然惊醒,赶紧提笔写下梦中之话。一边赶紧召来赵破奴、高不识,把所记之字给他俩看了。二人不解,高不识自言自语念出这十八个字,听着听着,霍去病眉头一皱,计上心来,命他二人奉命如此这般做好布置,即刻传令全军屏声静息。

天亮后,匈奴官兵听见寨内锣鸣鼓响,不敢轻举妄动,只得仍以重兵严防,企图使汉军困顿受降。但是,一连数日,除了鼓响,寨中别无动静。这引起浑邪王的怀疑,令其围城兵卒细听寨中动静,发现只有马嘶羊咩,锣鼓声响。派出精悍之人登高察看,却见寨中没有一个人影,只是束起无数草人,骡马、山羊在草人中争相食草,引颈鸣叫,踩踏着设置在草人下面的机关,敲击得锣鼓铿锵。浑邪王恼羞成怒,命令骑兵破门搜寻,终于在寨内墙脚下,寻到一个地道入口,急令士卒进洞探寻。士卒走到地道出口,挖开封闭的沙石,一股水从地道入口处灌进地道冲入寨堡,寨中的匈奴官兵皆被淹溺。随后,水流绕城汇入弱水,向西北而去。

霍去病大败匈奴后,"霍"字大纛猎猎飘扬,凯旋大军浩浩荡荡。后来,人们就将霍去病扎过营盘的黑水寨,称为"霍城"。

骠骑将军霍去病三过焉支山，征战黑水寨的故事代代相传。大漠戈壁，秀美焉支山，马场草原，霍将军征战河西的古战场相映成辉，成为河西走廊丝绸之路上的一道壮丽景观。

袁学儒　杨桂平　整理

马哈喇寺兴废

>>>>>>

"山丹城南六十里，山环水抱，龙啸虎吟，登高望远，对景怡情，卫通西极，道接钟山"。马哈喇寺坐落在范营村，背靠红沙山，前临寺沟河，芳草萋萋，流水潺潺，香火绵远，闻名河西；几经兴废，迄今有600年的历史。不仅是佛教圣地，亦是焉支山下的一大景观。

明宣宗宣德二年（公元1427年），宣宗皇帝"赐以敕谕，加次护持"，这是马哈喇寺的初创记载。明天顺帝天顺初年（公元1457—1464年）僧沙迦发心创建。弘（明孝宗弘治1488年—1505年）正（明武宗正德1506年—1521年）年间庙宇倾圮，有僧智莹秀峰再造鸿工，敬修佛殿。后有僧名惠诚，"其行最上，缵承前模，授例题请，奉敕赐马哈喇寺。

修前后正殿,供奉祖师,迦蓝,方丈,厨房具悉,塑像俨然,遂开常住地50亩以资香火。"经宣德至正德两朝,历时百年,庙宇宏伟,香火鼎盛。到了明穆宗隆庆元年(公元1567),"夷族入侵,虏酋假迎佛以求款贡,盘驻纵牧,践踏污秽,庙宇仅留基地",兴旺一时的宝刹成为废墟。

明神宗万历九年(公元1581年),"猝寇背盟东归"。张文、张世龙目击荒凉,不忍坐视,共发善愿,与主持张演玉募化十方,官士乡耆人等捐资,恢廓旧业。添设两廊罗汉、天王殿、钟鼓楼、厨房13间。周围墙垣筑砌高厚。鸠工于明神宗万历十九年(公元1591年),落成于二十八年(公元1600),完茸于三十四年(公元1606年)。庙宇鼎新、焕然改观。培植树木,森森畅茂。庙貌庄严,佛力浩大。庙宇落成后,张应科求谒贡生王尚絅写了《建马哈喇寺碑记》,为文以垂永久。文中记述:"予思释氏之兴,渊源远矣。生于周昭,始于汉明。及晋、宋、齐、梁、陈代代相承"。"二百祀来,荷丰登之庆,享乐利之麻,岂止一方而已哉。兹于烽火之余,重睹奂轮之美"。马哈喇寺达到了全盛时期。

又过了近百年,清圣祖康熙初,马哈喇寺已被风雨损坏,殿宇倾颓、绀像剥落。有士民赵应绶坐隶斯地,不忍歧视,遂发善愿,将家资折变,前后施舍白银一百五十余两,粮一十七石五斗。昼夜坚心补修正殿墙壁,盖造厢房十间,妆塑佛像二十七尊,寺里焕然一新。寺庙落成后,赵应绶过世。其子赵彦虑及寺无主,恐负辛勤,须寻得老诚和尚早晚焚修。终访得凉州藏经阁高僧汪罗汉,出资雇人从凉州接来师徒五人主持经理。此僧戒律精严,德行素著。赵彦恐后来度用不敷,舍羊二十只,将自己田地代种三斗以资度用。当时本地僧正及伙同僧人假公济私,驱逐汪僧回原籍,彼欲霸占寺院,指佛取利,竟图肥己。为了保护寺庙利益并使汪僧不受排挤,赵彦于清康熙三十九年(公元 1700 年)六月上书山丹县正堂(名讳不详),恳请给主持汪罗汉执照。同年同月,范家营、寺沟口乡衿民赵彦、张维枢、刘声炯、刘大德、尹先知、夏弘毅、张名臣、刘熙雍、陈于朝、赵奉、韩大任、刘熙泰、张汉凤、刘文学等联名上书协镇及陕西甘肃永固地方总兵都督金事,准请赏给执照,永远遵行。两个执照内容一样:"仰马哈喇寺住持汪罗汉遵照本协镇照内理事。将寺院早晚打扫,佛像逐一吹尘,一天中功课不断,昼夜之间灯火常明,务使远近之人诚心向善,共度迷津。香火田地任尔自种以供香灯,若有居僧及本地棍徒侵占地亩者听尔陈告地方官以霸占拟罪。"阅读照文,我们始知寺庙由政府管理。

为了保护香火地不受侵占,地亩四至镌于石碑。但仍有附近居民有人将碑文字迹毁损侵占耕种,寺庙香火受到损失。清嘉庆十二年(公元 1807 年),根据府县各历任勘断的地界铸为钟文,书载四至。东至寺沟河,西至大沙河,南至横梁山,北至山尾,以清界限而息争端。到了后来仍有人侵占耕种,以致屡行争控,连年不息。清道光十一年(公元 1831 年)六月十八日寺沟三号的邱国珍等上书,山丹县正堂黄(璟)发给马哈喇寺主持红山香火的执照。

民国时期,由主持郭介厝经营寺院,皈依弟子多人。牧羊、农耕以劳养寺。寺北还辟一果园,每年杏李丰收,可供香客品尝。园后建小墩,高约 3 丈,以作瞭哨保卫寺院之用。1956 年县上大展文物之际,郭将保存的明"宣德"小香炉作为文物献给博物馆以作保存。

马哈喇寺神奇莫测。传说佛祖乘马车自西天而来,到茨沟口,马疲乏跌倒再没起来,哈喇死了。此地山清水秀,佛光闪照,选址建庙,因名马哈喇寺。庙址原是张千户家的羊圈,现在还有马褐子石、鞍子石。石板路面上有 9 个铁车钉头印,同马蹄寺的"马蹄印"

同属天马的神迹。山上有神仙窑窑子,大小不等十几个。说来也神,大人孩子或坐或卧或睡,头脚四肢部位适中,真是巧夺天工,非人力而为。还有一巨石似石棺,这些不可理解的石物,石迹,石窑构成了马哈喇寺的独特奇观。不幸的是 1957 年庙宇拆毁,神仙车印、神仙窑修水库时被炸。神仙无憩身之地,水库里水也越来越少了。唯有两棵巨松像两位历尽沧桑的老人目睹苍穹,昂然屹立。马哈喇寺最后一名主持李志华在新中国成立后还俗,1953 年娶了妻室。现年九十高龄,身体健康,精神矍铄,耳聪目明,一生粗茶淡饭,吸烟喝酒。长寿的原因可能是心静无争,一心向善。我任基层组织建设驻村组长,走农户访民情,幸遇老人喧了一天,集有关资料写成此文。

王祝寿　整理

陈家楼的传说

>>>>>>

　　艾黎在山丹工作生活了十年之久,在陈家楼住过一段时间,收养了山丹许多孤儿。他对山丹奉献出一片赤诚之心,称山丹为"第二故乡"。后来他重返山丹多次,还提出要重建陈家楼,由于众多原因,他的这一愿望未能实现。博物馆还存留着一张陈家楼的旧照片。艾黎提到的五代建筑一事,其实就是陈家楼。

　　传说陈家楼是一座西夏建筑,为陈姓私宅,毁于1954年山丹地震。西夏时期,河西走廊被西夏王国统治,张掖大佛寺就是西夏国王为太后所建,这句话中的"西夏"与陈家后人所说的"洪武年间"相去甚远。陈家后人还说祖上当时可能是"大夏国"的驸马,大夏国正好处在元末明初,后裔被遣送高丽,发展为旺族，无从考证是否有后代流失在河西。何况大夏政权很短暂，大夏国王明玉珍只有三个儿子，一个还是养子，并没有公主之说。怀疑陈家后人所说的这个"大夏国"是宋末的"西夏王国"，但也没有依据可考。何况从西夏到了明朝洪武时期，经过了元朝统治时期，据陈家后人陈三畏说，因先祖衰落以后，男丁缺少，后人识文断字的人稀少，没有文字记载。后又因文革特殊时期，先祖牌位和家谱都收集起来或埋或烧了，具体地点在城北"暗门墩"附近，所以没有家谱等遗留下来，族脉相通的也只有焉支山陈家老圈和柳沟庄子一支，后迁移到范营村。

在焉支山林站柴塘站旁有陈家先祖坟茔，明堂文是陈家楼后人为先祖立碑书传。碑文说先祖陈洪在明洪武年间赐封驸马爷，并加封焉支山林地千亩，耕地五百亩，还封定四至，"西临牛肚子岭，东至椽子路，南到青石头河，北接石坡沟。"据说封地地契还在，但没见过实物。当时皇上还钦赐皇匾题字"天朝恩命"。陈家先祖撰写家谱记述皇恩浩荡，把家谱与御匾悬挂于陈家楼正楼。陈家后人有碑文记述："……驸马爷趁受浩荡皇恩，即撰立家谱，遂报朝廷加盖国印……如今，正值盛世，举族子孙唯恐先祖功业日久湮没，今趁祭祖之际，特立此碑，以示后人。"

陈家楼的传说一直流传不断，父辈们都知道陈家楼也叫驸马楼，但来历却扑朔迷离，神秘的事情自然会演绎出许多传奇故事。有个故事说，张天师到昆仑去会见西王母，路过陈家楼化缘。这时，陈家人已吃过饭，有一小瓷罐饭是留给地上干活人吃的。陈家老人见道人登堂化缘，认为是吉祥之兆，赶紧叫媳妇把饭递给了道人。那个媳妇连饭罐递给了道人。张天师接过饭罐三两口就把饭吃完了。他正用食指抿吃饭罐上的饭渣时，过路孩童看见说："爷爷你咋不翻过来用舌头舔？"张天师听了，果然把小饭罐轻轻翻过来了,用舌舔得干干净净。在场的人十分惊奇。张天师舔完说:"好一块风水宝地!"遂用指头在罐上写下了"穷不能拆,富不能修"几个字,那字突棱闪光,如同印就一样。张天师走后,在漫长的岁月里,陈家楼的人一代又一代就在前厅供奉着饭罐,又遵照天师旨言,始终未修补和动过楼上的一根椽子和围墙。1920年和1927年大地震时,陈家楼围墙倒塌得仅剩大门西的一段,出现了椽头破裂、墙壁豁口、门阁脱落等惨景。陈家人面对惨状,任其颓废,也没有修补。

有人说,张天师吃了饭的罐子和一个纹炉,一直保存到1929年马仲英进了山丹城时,在兵荒马乱中被盗走。还说在上楼的弧梯下有一个地道,道深莫测,南通焉支山,北进龙首山。传说艾黎考察地道时还发现有一对金鸭子。陈家楼中还有一块直径五六十公分的石头,有人说是紫金石,敲击有音。在人民公社时期,这块磬石在东街村的饲养院里当捶背石,当当当地捶了20多年苤苤草。陈家楼的饭罐、纹炉和石头,都是人间极品。但这一切都成了传说。

在20世纪70年代初,陈家的人拆大厅时,他们的王姓姑妈说:"先人留下的产业只能冒烟,不许冒灰!"死死挡住没让拆。但后来集体拆楼时,陈家人大部分"回避",远离了现场。陈家楼就此灰飞烟灭。

还有一传说,陈家先人有叫松年爷的,这人做事光明磊落,心如明镜,连鬼都怕他!可见陈家名声了得!可惜这一切都无从考稽。

陈家楼曾经的辉煌从流传的故事中可略见一斑。

袁学儒　杨桂平　整理

将军楼的传说

>>>>>>

　　大马营古城堡始建年代已无据可考，明洪武八年（公元 1375 年）重建，弘治十三年（公元 1500 年）再建。古城周长十里，封土夯筑，基宽两丈，墙高三丈，顶沿八尺，可容两马并驰。分里城、外城，门向南开，里外城门都是曲门瓮门，砖石建筑，非常坚固。里外城门都有城门楼，加上北城墙的瞭望楼，三楼一线，十分壮观。四城角楼、垛口齐全，南关城墙上有一小楼，立一石碑，记载着古城的历史，遗憾的是二十世纪六十年代被毁。现在古城的建筑仅存将军楼和北城墙残垣。紧靠古城东荒滩，人叫九营城子，七十年代平田整地时，全是坟穴，有的地方棺材摞棺材。

　　将军楼为明代建筑，原叫瞭望楼。楼东西长 16米，南北宽 12 米，四周是 1.5 米宽的廊道，可避风雨,供瞭望人员之用。外墙有射击孔,中央大厅约40平方米,四面开窗。1940年军牧场少将场长宋涛重建此楼。宋涛及勤务炊事人员移居楼上,故以将军楼沿称。

明时设千总防守古城,康熙二年(公元1663年)设守备,三十二年(公元1693年)改设游击一员、千总把总二员,马兵守兵500员。同黑城营、马营墩营为掎角之势,共同守御着山丹南大门的大草滩,军事地位十分重要。嘉庆十年(公元1805年)大马营仍是游击建制,派游击、千总、把总带兵防守。嘉庆六年(公元1801年)马场总管郑国权招留羊户屯牧,从中取利,截留白石崖水源,激起民愤,山丹县知事责其疏通河水,逐出羊户,民愤平息。

光绪二十四年(公元1898年)仍有兵员驻守,只是兵员减少,防御功能随之减弱,仅有一名把总。称谓是甘标协属大马营左哨把总王成喜。王成喜原籍民乐六坝人,少时好学上进,学文习武,在大马营中当兵。继续习武,又拜师东沟教师爷王永年字尚武为师,同当时的赵玉璋、赵宗普、王宗礼为武友,后中为武举,任大马营把总。1958年王氏"武德骑尉"的大宅门才被拆除。王成喜一生尽职,知书达理,谦虚待人,无倨容傲态,至今人们还有传说。

王祝寿 整理

石燕高飞

>>>>>>

在焉支山一个陡峭的山崖上，有一只展翅欲飞的石燕。它体态矫健，神情自若，造型优美。据说当年骠骑将军霍去病率兵讨伐匈奴时，路过这里，听了石燕的缘由，敬佩不已，于是下令全军凭吊。将士们听了关于石燕的传说，个个热泪盈眶，信心百倍，一举击败了匈奴劲旅后凯旋。

相传，这焉支山北面山脚下有一个村庄，村里有一个姑娘名叫石燕，她天生美貌，聪明伶俐。唱起歌来能使百鸟喑哑，跳起舞来好像彩霞飘动。可怜这孩子命苦，刚一出世，爹妈就离开了人世。多亏了乡亲们照料，她才得以长大成人。她自幼替村上放羊，一年四季上山下洼，练就钢筋铁骨和一身好武艺，尤其是射箭，更是百发百中。

村里有个小伙子,名叫山鹰,精明强干,为人诚实,从小跟父亲打猎,与猛兽打惯了交道,有一手好刀法。山鹰跟石燕青梅竹马,常常一起在山中打猎,一起在山坡上放羊。眼看他俩岁数一年年长大了,彼此都有了爱慕之情。他俩的心像空中的小鸟在不停地飞,他们的恋歌像山涧的溪水不停地流,村里的人们就说他俩是天生的一对。

谁知,天有不测风云。一天,石燕与山鹰正在山上对歌,突然一队人马冲上山来。山鹰见是匈奴兵,情知不妙,和石燕一个拿着箭,一个拿着刀,赶着羊群就跑。可是,匈奴兵紧追不放,越来越近。石燕拉弓搭箭,只听"嗖"的一声,领头的匈奴头目就跌下马来。趁着匈奴兵一阵慌乱,石燕与山鹰把羊赶到深山沟里,他俩却向另一道山梁跑去。匈奴并策马直追,越逼越近,说时迟,那时快,匈奴马队像恶狼一样扑了过来,山鹰眼疾手快,拔刀向匈奴兵砍去,石燕来不及搭箭,甩开长鞭,使劲抽打,不几下,几个匈奴兵掉下马来。他俩刚准备跑,更多的匈奴兵马队冲上来。石燕急忙拉弓射箭,箭响处,匈奴兵一个个翻身落马,但不久,箭射完了。山鹰让石燕先跑,他来对付,可石燕不走。她扔了弓,拿起鞭,山鹰抡着刀,和匈奴兵血战了起来。但他们终因寡不敌众,被捆绑着驮到匈奴兵营。

匈奴首领本来就是个见了女人挪不动脚的家伙,见石燕像天仙一般,心里早痒痒起来,逼着石燕成亲。石燕死活不肯。匈奴首领知道石燕可能与山鹰是一对,就把山鹰吊了个鸭子倒浮水,严刑拷打起来。石燕看着山鹰被抽得一鞭一道血口,就像鞭鞭都抽在自己心上。不一会儿,山鹰被打得皮开肉绽,体无完肤。石燕泪如泉涌,冲了过去,一下抱住山鹰的双腿,叫了声"哥哥"!只见山鹰嘴唇颤抖着说了声"好妹妹,报仇!"就咽了气。匈奴首领见山鹰死了，令手下人把石燕拉过来，把山鹰砍成几段。然后把石燕带到他的帐中，狞笑着走到石燕跟前道："这下你的那个山鹰已成了几截，死了这个心吧，跟着我有享不尽的富贵。"说着，刚要对石燕动手动脚，却被石燕一拳打得口鼻流血，多亏手下人救驾，才没挨上第二下。这家伙又气、又恨，挥退兵卒，像发了疯的野兽一样向石燕扑来，正在这时，一只矫健的山鹰破门而入，向匈奴首领扑去。只两下，就啄去匈奴首领的两只狗眼，而后又急忙引着石燕外逃，可匈奴首领的一声惨叫惊动了手下兵将，匈奴兵跑进帐中一看，大吃一惊，急忙追出来，从四面八方围上来。石燕见无路可走，"扑通"一声，跳进了匈奴兵营中的一个泉里。顿时水柱冲向云天，化为雷鸣电闪，变成拳头大的冰雹，噼噼啪啪地砸了下来，砸得匈奴强盗血肉横飞，无一逃生。

　　第二天清早，天气晴朗，人们看到一只燕子从泉中跃出，唱着歌飞向天空，盘旋了几圈落在了山崖上，栖息下来。从此，这燕子白天落在山崖上放哨，每到夜间人们入睡时，她就盘旋在焉支山上空，保卫着这焉支山的一草一木，使乡亲们过上了安稳的日子。

罗新辉　整理

峡口的传说

>>>>>>

自古以来峡口关便是通往西域各国的交通枢纽,为中外巨商大贾歇足之地,兵家浴血相争之塞。步入峡口关东大门,但见楼殿雄伟亭榭玲珑,馆堂、店铺林立四街八巷。古代的峡口关是丝绸之路上的重镇,河西走廊上的明珠。更有那妙趣横生,引人入胜的千古佳话,为这座文明的古城涂抹了神奇而又绮丽的色彩。

却不知哪朝哪代,哪年哪月,皇宫里发生了一桩祸及萧墙的事变。天子宠幸的一位贵妃为避祸乱,扮作民女潜逃出城。她身怀有孕,步履艰辛,千金之躯蹒跚于坎坎坷坷的黄土官道上,三寸金莲刺心痛,粉团团一张俏丽的脸庞上香汗淋淋。真是天有不测风云,人有旦夕祸福。她芳龄一十八岁,如同一朵朝晖宠抚的花,在那富丽堂皇的王宫华殿里,尽情享受着人间的荣华富贵,吃的山珍海味,穿的绫罗绸缎,何曾遭受过这般苦难!

风萧萧,路难行。一条黄土官道直向西方无际伸延去,有道是"慌不择路",她不管三七二十一,踏着那没足浮土,一步步朝西走去。

走呀走,天下的路竟是那么蜿蜒曲折,天下的山竟是那么峥嵘嵯峨,天下的水竟是那么迂回流长;天是那么蓝,雪是那么白。风儿亲吻着她的桃腮朱唇,芨芨草向她招手儿,骆驼刺拥抱住她的裤管儿,白杨树朝她颔首问好。一群群黄羊"咩咩"地唱着迎宾曲,蝴蝶儿翩翩起舞,迎接远方来的客人,非止一日,她来到峡口关隘。

山巍巍,草青青,山上怪石嶙峋,犬牙差互;山下古柏参天,苍松青翠。奇卉异葩斗芳菲,鹤唳鸟啼猿攀崖,泉水叮咚溪水潺潺,两山峡崎日悬长天。关闭石峡门,飞鸟难通途,可谓"一夫当关,万夫莫开"。这里面便是遐迩闻名的峡口古城。

贵妃步入峡口,犹如身临仙境。她庆幸自己逃出了禁城幽宫,在樊笼般的皇宫里,哪能这样自由自在!触景思情,感慨万千。她刚到石门前,"哐啷"一声石城门开了,城里鸡啼犬吠,炊烟袅袅,军民共居一室。屋脊之上的石径,斗折蛇行,隐现至巅。台阶之下,碧波荡漾,清流活活。

贵妃受到当地军民的热情款待,她知道他们戍边屯田,保国家、为社稷,忙呵!在茅庐农舍小憩片刻,她悄悄出了门,攀屋脊,步沟壑,累得心呼呼跳,汗涓涓流,贵妃身子一歪,坐在一块青苔斑斑,石花朵朵的卧牛石上。太阳当空,燥热难禁。她左顾右盼,四周寂寥无人,脱去绣花鞋,香罗袜,将双足埋入清澈见底的溪水之中,任凭清波亲吻着她那白如凝脂的腿肚子,纹丝不动,睁睁地凝视着尽收溪底的盛景。

溪底铺满了洁白如玉的鹅卵石,璀璨晶莹,熠熠生辉。她那糯米粽子般的一双小脚儿,不停地在卵石上揉来搓去,脚心痒酥酥的,心儿里乐滋滋的,惬意极了。揉来搓去,搓来揉去,洁白如玉的鹅卵石在她脚下互相撞击,发出"啁啾啁啾"的燕叫声。不一会儿,那鹅卵石竟变成一只只洁白如雪的石燕,冲开清波"扑愣愣"飞向云天。她的一双小脚,一刻不停地搓呀搓,揉呀揉,扑愣愣!扑愣愣……万千石燕从脚下飞起,在峡口上空飞翔,"啁啾"之声响彻九霄。

贵妃穿好鞋袜,目睹着清波粼粼的溪水,掏出一把随身带的象牙梳子,溪水作镜,梳理着黑油油的秀发。她梳呀梳,缕缕秀发脱落下根根青丝,一阵轻风吹来,把她脱落在梳子上的秀发吹遍满山遍野。从此,焉支山下,山丹境内就生出一种名贵的土特产"头发菜"。这种特产蔓延河西走廊,饥馑年庶民百姓以头发菜充饥,头发菜还救过不少人的命呢。

人们把这位贵妃娘娘,当作救苦救难的观音菩萨,为了纪念她,当地群众在峡口古城西门口建了一座贵妃娘娘庙,善男信女络绎不绝,终日香火不断。日落星移,冬去春来!时光到了二十世纪八十年代,峡口古城的瓷窑口山中尚有石燕的化石,栩栩如生,和天上飞翔的燕子一模一样,成为当地人欣赏把玩、赠送游客的珍品。当地的群众说,每逢天阴下雨,那洁白如雪的石燕在雨幕中穿梭飞翔,石燕高飞征兆着天下升平,民富国强。而河西走廊生长的头发菜,也成为当代人款待贵宾的佳肴,到了现代文明社会,头发菜远销世界各地,由于发菜与发财谐音,广州人称:"吃了发菜,发财啦!"。

林茂森 整理

破肚子娘娘的传说

>>>>>>

从山丹城西行5公里，就可以看到一条河横穿西面的山。在这条河的北面为合黎山，南面则是瞭高山。这条河就是历史上赫赫有名的弱水。早在《禹贡》中就有这样的记载："禹导弱水至于合黎，余波入于流沙。"自大禹治理弱水之后，将这里变成了一片美丽的沃野。从此以后，这里便风景秀丽、人丁兴旺。有人的地方就有故事，自然，这里也不例外。

在山丹县城西，瞭高山下，弱水畔有一座庙名叫破肚子娘娘庙，为什么会称之为破肚子娘娘庙呢？它又是怎么来的呢？关于这座庙的来历，还有着一个古老而又凄凉美丽的传说。

那还是很久很久以前，在这片美丽的土地上有一个古老的村庄。这个村庄依山傍水，土地肥沃，林幽树茂,景色怡人。这个村庄里住着一户人家,姓祁。这户人家共有五口人,因为哥哥常年在外经商,很少回家。所以在这个家里一般只有父亲、母亲、嫂嫂和小姑娘芹芹,一家人勤劳俭朴,生活过得美满幸福……

这是一个繁星满天的夜晚,一弯浅浅的月牙挂在天际,无数星星在漆黑的夜幕下闪烁着银色的光芒。没有风,一切显得如此静谧和美丽……

"哎呦!哎呦!……"突然,一连串的呻吟声打破了这夜晚的宁静……

"芹芹,缸里没水了,你快去打点水来,你母亲的病又犯了!"屋中传来了芹芹父亲焦虑而又急促的声音。

"好,我马上就去!"芹芹说完,一个箭步窜到缸前回头喊道:"嫂嫂,快点!"

"来了!"顷刻间一人应声而到和芹芹抬起水桶就往河边跑……跑着,跑着,忽然,跑在前面的芹芹猛然站住,怔怔地望着不远处,道:"你看,那两座山在动。"

"你眼花了,山怎么能动,我们快点走。妈还在等我们呢!"嫂嫂不耐烦地说道。

"真的,嫂嫂你看。那两座山真的在动,马上就到一起了!"看嫂嫂不信,芹芹辩解道。

"胡说!山怎么能动? 肯定是你眼花了!"说完,嫂嫂抬起头向那两座山望去……

果然,在那无边的夜幕下,合黎山和瞭高山宛若两条黑色的巨龙彼此缓缓地移动……

"哎呀!天哪!"看到合黎山和瞭高山马上就要走到一起了,嫂嫂禁不住尖叫一声,回头看着芹芹吩咐道:"芹芹,你快告诉乡亲们赶紧跑,要是合黎山和瞭高山合到一起,把水路堵了,山丹就会变成湖海,全县的老百姓就要遭殃了。"说完,嫂嫂拿起抬水的杠子向瞭高山飞奔而去……

此刻的嫂嫂已顾不得多想,冲到瞭高山下,用杠子将山顶住。然而,那山力气巨大,嫂嫂的那点力气显得十分弱小。山继续向前移动,而嫂嫂却节节后退……

嫂嫂用尽全身力气将移动的大山死死顶住。由于用力过猛,突然,"啪"的一声,腹部爆裂,一股鲜血喷出,宛如漫天的血雨溅在合黎山和瞭高山上。两山戛然而止,瞬间石化,变成了两座巨大的石山,永远定格在那儿。

后来,当地人为了纪念舍身救人的嫂嫂,就在瞭高山脚下修建了破肚子娘娘庙,供后人瞻仰膜拜。塑像的形状是破肚子娘娘微斜卧,身边是胎包及一男婴,旁边目瞪口呆的是芹芹。

唐 华 整理

山丹古刹趣闻

>>>>>>

古寺院和老百姓的村舍多数比邻相依。"佛殿何必深山求,处处观音处处有",有些神像是人们崇奉的历史人物。在寺庙里不仅仅是晨钟暮鼓、诵经劝善和信徒的顶礼膜拜,同时是人类社会生活和中华民族的传统风俗。山丹过去遍布城乡的寺院,除极少数的楼台和近几年新建的寺宇外,大部分文物已荡然无存。但遗址犹存,青山依在,传奇故事广泛流传于民间。

关帝庙武士借刀杀仇

山丹县东十里堡关帝庙的石碑,是清贡生赵生楷在 1917 年撰书的。碑文称:"供同治八年(1869年)八月十六日,贼攻城破遇难众英烈之牌位。有武生赵允跃、赵允武兄弟带众数百与贼巷战,力尽捐躯,所从者皆死于非命。真可谓血流路辙,无一降贼者。"

"文生赵允密、陈作兴被贼拿获,严刑拷打至死。骂不绝口,无一屈贼者。更有节妇数人硬(宁)死不受贼辱。体现我仙堤村民硬(宁)为玉碎,不为瓦全,可歌可泣之民族气节。实为我仙堤后世之表率。"

十里堡老人说,那次在贼攻破城疯狂乱杀之际,身强体壮、力大无比的赵允跃来到庙里,趴在关老爷前磕了三个头求道:"请关圣显灵,把刀借给我杀贼。"随即从周仓手中拿过了大刀。赵允跃浑身是胆,冲入贼群中一顿乱砍,霎时贼寇纷纷倒地,死伤无数。但终因身单力尽,寡不敌众,被从山丹城南关烧杀赶来的贼寇杀害。但他拄着青龙偃月刀,挺胸直立,双目怒视。众贼见状不敢前进,只得撤离,据说新中国成立后,这口宝刀被收藏在山丹县博物馆。

接音寺的莘莘学子

1930 年,下孙家营农民举旗造反失败后,县长来了,民团来了,老百姓人心惶惶担心活不成了。民团把村上的人抓来乱拷乱打,又拉来几大车胡麻杆,说是要把农民盟过誓的接音寺和抓来的几十人一并烧掉。被杨县长①大声喝住:"不准烧人,也不许烧庙,留下办学校或者设义仓!"最后,没抓一人,没杀一人,县长令民团撤走了。他对被抓来的人只说了一句:"回家好好过日子去吧!"

据西街村年近古稀的袁多礼说,他母亲杲玉莲曾先后给杨、朱两县长的婴儿当过奶妈。他母亲常提起杨县长没官架子,是个好人。有空就向仆人问百姓生活、娃娃念书等情况。

---

①杨县长:即杨炳麟,山东人。民国 19 年(公元 1930 年)任国民党山丹县县长。

因当年官逼民反,孙家营农民造反,杀了贪官污吏,但此义举被当时统治阶级和黑暗势力诬蔑为"孙家营的土匪"。一时,使该村百姓抬不起头来。后经县上查实,被农民杀死的应朝林确实把催收来的510个银圆未向上交,据为己有。丁文忠说,当年夏天五闸庙唱戏时还贴出了布告"孙家营民杀官已平息,今后再不要把他们叫'土匪',令其安心务农"。

从1940年到1949年,接音寺和范家营的老爷庙、霍城的西大寺(当时的义举者均在这里血战过)等近30座寺院改办成学校。新中国成立后,这些学校培养出了不少人才。如在北京工作的邓守业和张掖工作的高视国,分别是参加过杀赃官活动的邓学禹之子、高亨国堂弟。他们就是从孙家营小学逐级考进大学的优秀生。这所学校的学生,在50年代参加工作的就有31人。"慈心一切平等,真如菩提自现",这些觉悟后的凡夫俗子,在社会主义建设中各自都做出了贡献。

马哈喇寺李致华长寿

民国后期马哈喇寺的代理住持李致华于2002年谢世,享年90岁。有人说他的长寿是大佛爷保佑的。事有蹊跷,他童年时,大哥暴病而死,二哥被熏死在地道内。他父亲怕再有个三长两短"断后",把他保在大佛爷下,但还是小病天天有,大病三六九。他父亲把他送到马哈喇寺当了和尚。

李致华12岁出家,在松柏长青、炎日凉爽、寒冬暖和、清静幽雅的南北园子里生活了七八十年。这怡人的风景和他乐善、严谨的性格是其长寿的主因。

如今,寺庙虽被水务所代替,但数百年前的官府对寺院的文告和历次布施礼簿等三十多件宗教文献和海螺至今保存完整。有一张清朝康熙三十九年（公元1700年）六月盖着"山丹卫"大印的文告称，范家营民众为不使古刹成荒丘，捐白银一百五十余两、粮食17.5石，进行修缮，云云。

嘉庆十二年（公元1807年）县府发保庙产执照和划定红山四至地界竖石标。道光六年（公元1826年），县府针对乡村地方势力勾结官员霸占浇水不受时限的三十多亩水地和红山旱地收租的行为，用骑缝式"红头文件"再次声明。

张侯福梦盗金牛寺

上西山沿有双凤山、二龙山、金牛山。据说双凤山是一对金牛从南山（祁连山）的支脉拉下来的。当时一对金光闪闪的金牛把双凤山拉到西山坡，牵引绳断了，两只凤凰落在了西山沿，这对金牛也停下了。后来，这里的人慢慢把它叫"双凤山""二龙山""金牛山"。在唐朝年间，有一位陕西上王村带过兵、打过仗的张姓人，因官场险恶便出家修道，西游到双凤山住下。他通过化缘募集，并在当地黎庶支持下，修了一座金牛庙。不久张道人死了，当地人用土坯给他堆了一个坐化塔。

甘州提督张侯福听人说张道人有不少金银埋在金牛庙里。一天夜里，他正躺在炕上谋划盗宝时，迷迷糊糊中做了一个梦。梦见他伸出肮脏的手去抱金光闪闪的元宝时被道人逮住，道人双目怒视道："你这个蛤蟆精，凭猴精钻营（张侯福原本木匠，在修皇宫时上爬下跳，十分灵便，皇帝说他像个猴儿。他便趴在地上死赖，从'金口玉言'中要了个西北侯），还不足心，竟来偷师傅，我看你活得不耐烦了，来人！"

张侯福惊醒，浑身大汗如勺泼。他思前想后，心中揣摸出个主意："唐王爷能认一千多年前的李耳为祖宗，我何不认张道为祖先呢？"第二天便带领仆役和娘子，坐轿上金牛庙拜师认祖。

烧香磕头后，安排仆役备料把庙扩大成寺，又把张道人的坐化塔搬进寺内建成了楼子，并招来一位游道住持香火。张侯福回到甘州着实把金牛寺的神威宣扬了一阵。后来每逢金牛寺举行庙会，甘州必来不少香客朝拜，从而人们又把金牛寺叫金灵寺了。

北斗宫七星闪光捉贼

北斗宫里供奉的北斗七星是贪狼、巨门、禄存、文曲、廉贞、武曲、破旱。传说，他们的母亲是古国王周御的妃子紫光夫人，尊号为北斗九真圣德天后。

日月星辰，各有作用。当人们看不见月亮的时候，星光的亮点就用上了。民间有"东方亮了启明星，十冬腊月看三星，三星后晌种田哩，瞅着北斗捉贼哩"的说法。

北斗捉贼的故事，发生在宋朝。有一位孝子对弟弟千叮咛万嘱咐侍奉好母亲，他出门当官去了。他不忘祖辈，省吃俭用地存了点钱。一日，叫心腹下官把钱送给母亲。不料在半路上钱被贼偷了。

夜里，这官员心中不安，在院里转悠时，抬头看见了闪烁着光芒的北斗星，他便祈祷七星能显灵捉贼，随后叫仆役明察暗访。

俗话说，做贼心虚。一天夜里，那贼正在窄夹道里左顾右盼地行走，胆寒中抬头看见面前7人眼里射出星光。贼双目流泪，急转弯向后就跑，但猛不防碰在了抓贼人的怀里。差役觉得他鬼鬼祟祟，十分可疑。带回衙里一审，吓得贼屎尿屁淌，把做过的一切坏事都道出来了。原来他是县府新招的勤杂工。在官员给送钱人托事时，隔墙有耳，这个勤杂工便潜入了路旁客店伺机窃走了钱。

贼逮住了，钱追回了，官员的孝心尽上了。北斗星显灵抓贼的事自然也就传开了。

乾隆恩赐山名

传说，新开坝的"赐儿山"是皇帝金口玉言赐下的。在崇祯皇帝时修起的庙，按照"唯天阴骘下民"——天默默安定下民意，叫"阴骘寺"。因山清水秀，加之"黑狐引水""破蹄骡子显灵"等传奇故事，庙内人流不断，香火旺盛。

一年，乾隆爷西征平定新疆叛乱时，路过这里。见庙内向送子观音求子者甚多，他就金口玉言定音叫"赐儿山"。

袁学儒　整理

人物故事

张侯福的传说

>>>>>>

巧木匠受封西北侯

传说张侯福是蛤蟆精变的。这人会木匠,艺高胆大,名声在外。某年皇帝要修金銮殿,向民间招用能工巧匠,张侯福被选中了。金銮殿快修好了,只差飞檐卧角没人敢造。

这时候,张侯福便自告奋勇地爬上去一人修造。他不搭梯架,轻捷如猴。碰巧,被皇上看见了,皇上随口给下官说:"这匠人真像个猴儿。"张侯福听见了,一个蹦子跳下来跑到皇帝跟前磕头道:"叩谢皇恩,万岁! 万万岁!"皇上问张谢之为何? 张答:"皇上不是刚封我为侯了吗?"皇帝听了一笑了之。帝无戏言,开口为旨,便默认道:"那好,看你这么机灵,就封你个侯吧。"遂命文臣打开封官图查看,正好西北缺一侯位,即封张侯福为西北侯,坐镇甘州,统辖西北。

金灵寺盗宝发了迹

张侯福自从做了西北侯(即甘州提督),官运亨通,野心勃勃。一次他到山丹巡查,听说西山金灵寺和尚修行积德,坐化而死,在坐化楼里埋了大量宝物。夜里,他来金灵寺亲自盗宝。他到寺内,见和尚们还没睡着,便和衣而卧,等待时机。刚睡下,那坐化和尚就给他托了个梦,说他就是张的师傅,让张不要轻举妄动,如有难处可送他一口砂锅。张醒后,吓了一身汗,再不敢盗宝了。为求师傅保佑,就把师傅的坐化楼搬进寺院里,重新修好,拜了三拜背上砂锅走了。原来这砂锅就是个宝物,做上一锅饭,有多少人都够吃,于是张侯福便大肆招兵买马,称雄河西一带。

一梦拜下干儿子

一日,张侯福来到霍城,夜里梦见衙门洞里卧着一只黑虎。第二天一早便差人去看,差人回报说,没有什么黑虎,只见一个要饭的娃子睡在门洞里避寒,现在还没有醒来。张侯福听了觉得好奇,叫来这娃子一看,脸膛黑如锅铁,满脸煞气。张侯福一看,认为这穷娃子一定来世不凡,就收他做了干儿子,取名王进宝,给他新买了衣服穿上。后来王进宝在张的门下长大,果然身手不凡,在一次次征战中英勇无比,为张侯福镇守河西立下了大功。后来人都叫他黑子王将军。传说他在山丹定羌庙当过把总,又当过西宁镇台。再后来,传说他因杀过鞑靼人,被皇上下了十二道金牌调进京去,他以为要治罪,就自己吊死在宫柱上。又传说他是被鞑靼人所杀。

断人手得来"亮光石"

有一次,张侯福的手下人禀报说,山丹某处有一个神通男娃,只要左手一伸,想要什么,就来什么。张听了,就差人找来这娃子一见,果然是真的。问他有何奥秘?娃子不说,张答应他,说出来就收他在府上做事,娃子便一五一十地说了。原来这娃子家里很穷,六月六那天,他躺在荒郊野外睡觉,梦见身边过来一伙道人,其中有一白胡子老人走在最前面,这时他觉得饥肠辘辘,就跪倒在老人面前磕头。老人问他磕头为啥，娃子说要拜他为师傅，希望把他带走混口饭吃。老人说："你小小年纪，不必拜了，要想过好生活，就把你左手伸过来。"娃子伸出左手，老人在他手心里划了个"取"字。醒来后知道是做了场梦，但他一看左手，手心里确实有一个"取"字。心想，"写上个'取'字能顶啥用？我现在要的是白面馒头"。说也巧，手里果然来了几个雪白的馒头。他吃饱后，又想："现在肚子饱了，脚上还没有鞋，咋走路呢？"果然左手里又是一双鞋，娃子高兴得穿上鞋跑回家去。从此，这娃子只要左手一伸，想要什么，就有什么，日子很快过好了。

张侯福听了这娃子的秘密，觉得将来必有大用，当真领了这娃子走了。走在路上，张又左思右想："他这只神手个人用起来容易，别人用起来总不太方便，其实，我只要这只手就行了。"想着想着，不觉来到一条河边，张侯福站下，让娃子把左手伸出来，看水中有没有影子。娃子不知是计，手刚一伸，张便一刀砍下，手掉进水里了。张赶紧让人进河去摸，手没摸到却摸出一块染着血的圆石头。张接过一看，这石头就像一面镜子，亮得很，能把对面的东西看个一清二楚。张得了这块亮光石就高兴地走了。后来，张侯福把这块亮光石宣称"照妖镜"，能照出天下邪恶之事。

私造皇宫遭查询

张侯福接连得宝，感到这是运极泰来，便在甘州城大兴土木，营造宫殿，欲坐西北王。大殿立木的时候，张侯福亲自督查，他随手一拃，金柱比皇宫太和殿柱子短了三寸三，便要拿木匠问罪。木匠诉道："这里的南北山中再没有比这更高的大树了。"张才罢休，只好将就立起。甘州大殿修成后，很快就被朝廷知道了，皇上立即派人以"私造皇城"罪下来捉拿张侯福，张吓得无言以对。这时，修了大殿的木匠出来作证,说这修的是寺院,不是宫殿,不信,量一量前后柱子就知道了。御差一量,果然比皇宫金柱短三寸三,确信不是宫殿,张侯福才免于一死。

点圣水发怒斩龙首

一日晨,张侯福点圣水洗脸,忽见水中有一龙爪欲抠他双眼,张忙拿起他的"照妖镜"查看,只见山丹北面龙首山蠢蠢欲动,他认为这里的鱼龙将要变化出大人物呢,他的西北王就做不成了。于是,他亲自带人去斩龙首山,在龙首山脖子里挖了七七四十九天,白天挖开,夜里原长住了,就是挖不开。一天夜里,张侯福睡下,梦里听见两个土地爷说话:"不怕铁锨挖,单怕大锯截。"第二天,张侯福叫人找来大锯锯龙首山脖子,果然锯断了。现在这段豁口还在,名叫"斩龙槽"。从此,张侯福认为他做西北王不顺利就着了这伙土龙的祸,他决心凭他的"照妖镜",把这伙土龙一一除尽斩绝。

斩断公龙腰 哭瞎母龙眼

张侯福斩大龙(龙首山)成功,便开始了大规模斩土龙、破风水的行动。

一日,下人禀报,霍城的马家坟院里雷电交加,有一只白狗在拉粪。张拿照妖镜一看,白狗不见了,只见两条土龙在交颈蠕动。张侯福立即派人斩挖,挖不开,就拿大锯锯,一锯就断了。传说,当时马家的先人临死时叮嘱后人,他死了不要给他穿裤子,可是,他死后,后人过意不去,光着身子咋上西天呢?就给他穿了条大裆裤子埋了。再说,张侯福斩断南面的土龙(即现在的折腰山),龙血直往下淌,传说如果淌进北面的母龙眼里(现在东山的小泉子),龙脉接上，公龙就原长住了。结果龙血淌下来，遍地尽是牛蹄窝窝，终于没流进母龙眼里，龙脉没接上，公龙带伤飞走了，母龙也把眼睛哭瞎了(小泉子水干了)。公龙飞走时，马家的先人忙骑龙欲走，结果大裆裤子被龙角挂住，没有骑上，马家断了龙脉，好运就破了。后来，流传着三句歌谣："锯断公龙腰，哭瞎母龙眼，大裆裤子挂住上不去天。"

这以后，张侯福就凭借一块照妖镜见好风水就破，连斩河西七十二条土龙，仅现在叫上名的就有"斩龙槽""折腰山""大小长洼""黑山岑"，还有南山"金羊岭"一支角、"卧牛河"卧牛三条腿，都是被张侯福斩掉的。

修道练剑命归天

张侯福斩了七十二条土龙，自以为除了邪恶，做西北王再没障碍了，便开始百日修道练剑，准备登基。练到最后一天，张剑突然向京城刺去。这时，皇上正在洗脸，刚一低头，一道白光擦头而过，一把利剑刺在金柱上。取下观看，剑柄上刻着"张侯福"的名字。皇上大怒道："这小人竟敢得志伤主！"立刻命武臣下河西捉拿。武臣赶到甘州府，让张侯福接旨，张以为皇上又赐福于他，伸手欲接，武臣手起剑落，张侯福的首级便滚进圣旨匣子里被带走了。张侯福当西北王的美梦到此结束。

陈希儒　整理

漫话按竺迩

>>>>>>

为成吉思汗和他的孙子忽必烈夺取政权、建立大元帝国立下赫赫战功的名将按竺迩,在蒙古汗国和元朝初期长期坐镇山丹,并留下了名垂史册的战绩。笔者根据《元史·按竺迩传》和旧《山丹县志》的有关记载,说说他的经历和故事。

按竺迩,蒙古汗国名将。金朝章宗明昌六年(公元 1195 年)出生在金国云中(今内蒙古托克托地区)一个蒙古族官宦家庭。他的父亲原来是金国主管畜牧的群牧使,后来他驱赶马群归附成吉思汗,成吉思汗仍让他做群牧使的官职,直到寿终。按竺迩青少年时代隶属于成吉思汗次子察合台部,常随察合台出猎,因善射受察合台器重。

按竺迩十九岁时,就跟随成吉思汗远征寻思

干、阿里麻里(今新疆霍城以西的地区)等国,冲锋陷阵,骁勇善战,因战功擢升千户。后来又随成吉思汗转战陇右,在攻占积石州(今属临夏)、河州(今临夏)、临洮、巩昌(今陇西)等地的战役中,屡建战功。夺取秦州(今天水市)后,他率部在那里驻防,坐镇陇右(今天水地区)。公元1228年,也就是南宋理宗(赵昀)绍定元年,按竺迩率部坐镇山丹(时称"删丹"),掌理河西军务。次年,窝阔台(元太宗)继位后,擢升按竺迩为元帅,仍坐镇山丹。其间,他亲率军民构筑城堡,布设障亭,加强防务,保境安民。还亲率部众从敦煌出玉门关沿线设置驿站,通西域。后来他率兵平定关陇,多有建树。

公元1260年,忽必烈(元世祖)继位,他的弟弟阿里不哥联合漠北、中亚诸王,和他争夺王位,战乱四起,忽必烈的统治面临危机。当时,陈兵陕西和陇右一带的宗王阿蓝答儿、浑都海乘机发难,发动兵变。忽必烈派遣宗王哈丹哈必赤、阿曷马率兵征讨。阿蓝答儿、浑都海兵败向西溃退,据守在山丹北境龙首山区,企图凭险据守,伺机东山再起。这时按竺迩已年迈卸职,由他的儿子彻理继任元帅,坐镇山丹。哈丹哈必赤、阿曷马率军抵达山丹,按竺迩说:"现在内乱迭起,波及关陇,还不是我们做臣子们高枕无忧的时候啊!我虽年迈,尚能领兵破贼。"于是他不顾年事已高,亲率大军从龙首山耀碑谷,就是现在名叫大口子的山谷进入龙首山腹地,行军至铁门关与叛军遭遇。当时大风骤起,黄沙蔽日,昏天黑地,按竺迩不顾天气恶化,身先士卒,英勇杀敌,战斗进行到黄昏时候,叛军被彻底击溃。按竺迩不顾身负多处创伤,力战生擒阿蓝答儿、浑都海。捷报传到京师,忽必烈颁诏嘉奖,赏赐给按竺迩及其部下很多铠甲、弓、箭。铁门关大捷,按竺迩为忽必烈平息了关陇地区的叛乱势力,为元帝国江山社稷的安定立下了汗马功劳。

世祖中统四年,也就是公元1263年,按竺迩于军中病逝,终年六十九岁。元仁宗延祐元年(公元 1314),朝廷发诏追赠按竺迩为推忠佐运功臣,上柱国,封秦国公,谥号"武宣"。

清代安徽桐城学者许士梁为官张掖时,曾亲临按竺迩败浑都海的古战场耀碑谷,触景生情,吟诗《耀碑谷》,歌颂按竺迩的功绩。诗云:"雍古师从斜谷迎,甘泉砂石震风声。朔方未定君臣位,关陇翻争兄弟兵。岂让发踪廉孟子,奚容安卧嗒宗卿。天开中统联南北,秦国勋碑耀此城。"

陈全仁　整理

理学名人周蕙

>>>>>>

　　明朝中叶，陇原大地出了一位理学造诣很深，名望远播而深受世人推崇的人物，他就是号称小泉先生的山丹籍人周蕙。

　　周蕙，字廷芳，号小泉，明朝山丹卫城小东门外。生卒年不详，大约生活于明中叶宣德至弘治年间。周蕙少年时代家境很贫寒，虽然求学心切却无力进校读书。十七八岁时就投身行伍，先后在临洮、兰州等地充当戍卒。驻防兰州时，偶尔听到有人讲儒家著作《大学》首章，很受启发，于是开始发奋读书，这时他已年逾二十。当时兰州学者、理学大师段坚常给读书人讲理学，周蕙常利用闲暇时间去听讲，他专心好学的精神是一般人比不上的。段坚很赞赏他的苦学精神，对他倍加器重，常给他解释义理,揭示要领。在段坚大师的精心指教下,他的学业日渐提高,理学造诣渐深。段坚常以周蕙好学的精神启迪诸生,同学的人也很敬重他,把他视为畏友,常请他解难释疑。

后来,周蕙随军调防秦州,就是现在的天水市。当时秦州所属的清水县教谕(主管一县文教的官吏)李果很有学问,他就拜李果为师。他殚力就学,笃信力行,学问渐深。在陇右学者中,不论是理学造诣,还是学问人品都被世人推崇,大家尊他为儒宗,名望远播关陇。当时坐镇陕西的总兵官恭顺侯吴瑾,仰慕他的名望,派人请他给自己的儿子当教师。他婉言谢绝,说:"我是军人,有军务在身,若有战事,召之即往,如果给人当老师,怎能随时应召呢!"

退伍后,他隐居秦州小泉,用小泉这个地名作为自己的名号,人称小泉先生。隐居后,他潜心钻研理学,造诣更深,名望更大。渭南学者李锦、薛敬之曾专程到秦州拜访他,切磋学问,聆听他的指教,受益很深。后来李、薛在陕西传播理学并自成体系,渊源均出于小泉先生。吴总兵亲送两个儿子到秦州,拜周蕙为老师,受益匪浅。其间,前往拜访和求学的名士学子很多,他们都很仰慕推崇周蕙的学识人品,甚至湖广一带的名士也有远道来访的。他和段坚交往很深,成为忘年之交。成化年间,段坚亲赴秦州拜访他,并留诗纪念。

当时,秦州地方的婚丧礼仪很陈陋。周蕙依据理学礼制重制婚丧礼仪,秦州人认为合于时宜,竞相采用,奉为规矩。

他品行高洁,不慕富贵,不阿权势。秦州知府多次亲往邀请,乡绅富豪也想请他捧场,他都拒请不往。巡按杜礼征亲去拜访,他给杜讲《太级》《先天》二图,终不离开讲席,无一点阿谀奉承的表情。

周蕙是个孝子,他的父亲出游江南日久不归,他思父心切,远道寻父,不幸船过扬子江时风浪大起,他不习水性,船沉落水而罹难。

噩耗传到秦州，秦州老百姓深为哀痛，特在小泉为他建祠纪念。

清朝光绪元年，也就是公元 1875 年，左宗棠率部西征新疆经山丹，派人寻访他的族裔，并亲书"周小泉故里碑"立于周蕙故里山丹城小东门外。

清代《山丹县志》和民国时期编纂的《甘肃历史名人》中都给周蕙写有传记，足见其不凡的一生。

陈全仁　整理

威远将军武振

>>>>>>

　　新中国诞生前,山丹县城西街街北有一处规模
宏大的宅院。临街是高大的牌坊式门庭,雕梁画栋,
气势宏伟。进入牌坊,宽敞的庭院内东西对称是两
排厢房,穿廊木格,古朴典雅;后面坐北望南是殿堂
式高大正堂,飞檐斗拱,结构严整,是整个庭院的主
体建筑物。这座庭院在周围所有的民宅中如鹤立鸡
群,在县城中算是数一数二的宅院,它就是明朝中
叶山丹籍名将武振将军的府第。旧时代,本地人称
这处宅院叫"武家庭房"。武氏后裔辈辈在这里居
住。新中国成立后,县人民政府修建占去其中一部
分,后来因城市建设,庭房渐被拆除,昔日的武家庭
房已不复存在。但年老的人却还能确指它的位置和
当时庭房的布局气派。

武振，字维扬，出生于明朝英宗朱祁镇天顺年间。他的父亲名叫武宁，做过明朝山丹卫指挥，敕封安远将军。将门出生的武振，青少年时代聪敏好学，文采出众。受家庭环境影响，他年轻时就喜好骑马射箭，钻研韬略。后投笔从戎，因功授游击之职。明孝宗弘治年间，武振擢任山丹卫守备都指挥，也就是当时山丹城的城防司令官。武振很有才干，治军有方，颇有名望，深得上司和老百姓的称赞。弘治十三年，也就是公元 1500 年，都御史刘璋坐镇甘肃时，武振深受器重，委派他重修山丹境内的白石崖水利工程。受命后，他亲率士卒民夫疏浚河道，淘泉开渠，筑堤设堰，使淤塞多年的白石崖水渠得以畅流而造福桑梓。于是，他的名望更加远播。

明中叶，武振率军在陕、甘、宁交界的三边地区作战。他屡涉行阵，身先士卒，战功卓著，朝廷擢升他为征西将军，下诏在他的故居建三边挂印坊，表彰他的功绩。不久，擢任甘肃总兵，成为甘肃镇最高军事长官，辖区包括河西和青海河湟等地。晚年，官至右军都督佥事，升为坐镇一方的正二品军政长官。当时，西域吐鲁番势力崛起，经常举兵进犯嘉峪关和关西安西、玉门、敦煌等地，武振不顾年迈，率部驻扎哈密、伊吾（今新疆巴里坤），迫使吐鲁番势力不敢轻易进犯明朝西北边境。武振坐镇哈密多年，名望威震西域。

武振很有才华，是一员儒将。他一生喜好读书，军务之余，手不释卷，常挥毫书画，咏诗著文。依据他在哈密的见闻，著成《哈密纪行录》一卷，载述了西域山川里道，风土人情。《甘镇志》中有他《哈密纪行录》的部分选段，是研究西域地理和维吾尔族风俗习惯的重要资料。

武振戎马一生，经历了明王朝天顺、成化、弘治、正德四朝，是一位难得的将才。

武振去世后，朝廷下诏追封他为威远将军，意为威名远播，表彰他一生的战功和名望。他生前和兵部尚书彭泽私交甚笃。他去世后,彭泽特为他府第屏门大书"威远"二字,并为他撰写匾额,颂扬他的功绩。

他的儿子武希旦,也是一员武官,曾任山丹卫守备都指挥。

武振一门三代都是武将,这在山丹历史上的名门望族中也是少有的。

陈全仁　整理

吴韶伯的传说

>>>>>>

吴宁寨，原来叫吴凝寨，其寨来历久远。明弘治
年间，"民究安宅，聚族而耕"。一个地方的村民合起
来筑一个寨堡，以为防守。那时候，吴家在当地是望
族，寨堡筑成后，就以吴家的主人吴宁作寨名。到了
清圣祖康熙年间，吴家的财气越来越旺。田连阡陌，
房屋满寨，牛羊倾山，为山丹首富。吴家有个憨娃，
做活勤快，为人老实。有一天，他赶着大车拉用来抹
煤的砟子，半夜里起了身，走到乌鸡娃滩上天还没
有亮。乌鸡娃滩在吴宁、高庙之间，一片荒滩，空旷
无人。滩上的大路旁有个破庄子，憨娃车到庄前，月
光下一条白狗扑来，憨娃拿棒去打，白狗回头钻了
墙缝。憨娃看得真切，追上去，用打狗棒掏挖钻了狗
的墙缝，觉得里面有东西挡住。憨娃搬去土块，里面

亮出了一个黑盖锅（大铁锅），掀起锅盖，是满满的一锅铁疙瘩。憨娃把铁疙瘩装了一车，车赶回家天还没有亮，就睡下了。天亮了，主人起来一看，车里全是白花花的元宝。自此吴家的财发得越大了，修房子置田地，寨子里修满了房子，寨外连到巴寨子全是吴家的房屋畜圈。

吴家用金子铸了两尊金人供在堂屋里，一个金柱（大柱子）旁边站一个，以显富贵。风往堆上刮，金人活了，金人给吴家干起了买卖。半夜里听见院子里人来人往，还有搬运东西的声音，人们起来看又没啥动静。到堂屋里去看，金人没有了。第二天早上再看，金人原样站在金柱旁边，只是多了很多银子。吴家贸易兴隆，财源不断，金银无数，堆金积玉。一天夜里主人在闲聊，男人说："金人夜里出去，白天回来，万一有一天不回来了咋办？女人接着说："金人给我们挣下的银子不少了，把他的脚趾头剁掉一个，他就不能走了"。主人的悄悄话被金人听见了，金人夜里再没出去过，伤心地哭了。从此主人发现金人天天在流泪，感到疑惑。金人又商量说，"主人对我们有了疑心了，还不如我们走吧，免得剁我们的脚趾头"。也是吴家的财运已衰，气数已尽。金人说走就走，一个问："走哪里去？"一个说："走周贡爷家"。一个问："哪里的周贡爷？""莲花台周贡爷"，一个又回答。莲花台在河摩东庄子下头，这里全住着周家人。一天夜里，两尊金人把金银全部装了几车走开了。吴宁寨不远处有个朱家庄，庄里的人听见有车马从田里过的声音，赶紧起来看，只见黄人黄马黄旗号，白人白马白旗号，一阵车队正从苗地里穿过，踏坏了庄稼。他喊了一声，车队继续往前走，走得更快了。这人上前挡住了最后一辆车，金人说，"卸下一匹马吧"。这家人不行，金人又说，"就把这辆车挡下吧"。这家人还是不行，金人说，"不行就走"。金人赶上车，吆喝着马走开了。这家人看是挡不住了,顺手拔了一个揪抓子,车队就走掉了。这家人进了庄门,顺手把揪抓子撩到房顶上,再没注意过。秋天打场呢,碡棋子坏掉了,想起房上的揪抓子拿下来用。上了房一看金光闪闪,是一个金揪抓子。才又想起那天晚上过了车的情景,后悔没有卸下一匹马。朱家用那个金揪抓子重新打了个大庄子,至今庄子还在。

吴家第二天发现金人不见了,黄金白银也不见了。后来生意渐渐萧条,庄稼连年没有收成,从此衰落了。

就在吴家金人走的那天晚上,莲花台周家的媳妇刚生下娃娃。在炕沿根下挖坑埋衣胞(胎盘),挖了几下,觉着全是酥土,再下挖,里面是一个大缸。揭开缸盖,全是黄金白银。从此周家发了财,那个娃娃聪明过人,苦读诗书,金榜题名,中了拔贡。周氏家谱上记着,康熙年间贡生周弼圣。是否与这个故事有联系,那就不知道了。

这个故事我小时候听父亲讲过。今年吴宁村退休教师肖世通又讲起了这个故事,以此记下来。吴氏后嗣吴天华家的家谱,族源上溯到元末明初。祖上发过财,金人的故事里面没有记载。

王祝寿　整理

左宗棠在山丹

>>>>>>>

　　左宗棠是晚清最著名的政治家和军事家之一，也是对经略大西北、收复新疆、确保中国领土完整做出卓越贡献的人物。1875 年，清政府在"海防"与"塞防"之争中偏重于塞防，左宗棠以钦差大臣和督办新疆全权军务的身份，踏上了西进新疆的征途。那一年，左宗棠已经 63 岁了。

　　左宗棠领任后，他并没有急于出兵，而是置办粮草去了。因为他清楚地知道，进兵新疆，粮草和军需的运送是一个异常严峻的问题。他对收复新疆制定的战略规划是"缓进速决"。左宗棠有过近十年的西北地区战争和生活经历。

　　左宗棠在兰州开办了军事器械制造局，把大本营从兰州搬到了酒泉。他左宗棠在进军新疆的路

177

上,看到沿途很是荒凉,是典型的不毛之地,便命令部队在西进途中沿途种植树木,并且颁布了非常严格甚至苛刻的军令,对损坏树木者予以重刑制裁。这也许是中国历史上保护树木最严厉的处罚条例了,但也正是这样的军令如山,才有了后来"新栽杨柳三千里,引得春风度玉关"的亮丽景色和我们今天看到"左公柳"的无限神采。

1875年夏天,左宗棠进发新疆途中,特意留宿山丹。

山丹是沿河西走廊去往新疆的必经之路,但山丹是个小县城,住宿条件、接待水平和人文胜绩等都远远低于武威和张掖,所以历史上的封疆大吏和朝廷要员,去往新疆,留在山丹的印迹并不是太多。大多数人途经此地,都是匆匆而过。而左宗棠西征,却特意留宿山丹,并且在山丹留下了墨宝。

左宗棠去的地方就是山丹小东门。

左公西征是抬着一口棺材进入新疆的,这是谁都知道的事情。左公为什么要特意留宿山丹呢?这事还得从很早以前说起。

明朝宣德年间(公元1426—1435年),一代理学宗师周蕙诞生了,周蕙诞生的地方就是山丹。周蕙少时家贫,无力求学,十七八岁的时候便投身为伍,去了兰州。一个偶然的机会,他成了段坚的学生。段坚是西北地区理学方面很有成就的一位学者,曾任山东莱州知府、河南南阳知府等职,因病卸任后,他在兰州东关创建书院,开馆授业。后来,周蕙在理学方面的造诣和成就,超过了他的恩师。周蕙的弟子就是薛敬之。薛敬之是关中学派最主要的一个人物。周蕙声名远播,于是,便有远在陕西、湖南、广州一带的学者,时常来甘肃秦州向周蕙求教。秦州就是天水。周蕙在秦州一个叫小泉的地方定居,自号小泉先生。湖南是左公的家乡。左公早年在湖南湘阴老家求学的时候,受周小泉先生理学学说的影响;

日后在陕期间接触并认同了小泉先生的理学学说。于是,左公进军新疆期间,顺道河西走廊,专程去山丹小东门,寻访了周小泉故里。

左宗棠在山丹寻访了周小泉先生的后族。周小泉先生的后族就是河西书画名人周家志、周家惠等。左公是一代名将,也是一位文化大家。周小泉是一代理学宗师,更是一代学人的楷模。据说有一年,巡按杜礼征视察甘肃,来到了秦州,慕名前去拜访小泉先生,小泉先生就给杜礼征讲解《太极》《先天》二图。在讲解期间,小泉先生自始至终没有涉及其他话题,而且丝毫没有阿谀奉承的表情。这件事在秦州广为流传。明朝的巡按,大致等同于其他时期的钦差大臣。这大概也是左公对周小泉先生的由衷敬佩和刻意寻访的缘故。小泉先生的理学学说对秦州移风易俗等方面做出了巨大的贡献。秦州人民为了纪念他,立小泉祠和六先生祠。六先生是对天水作出巨大贡献的六位贤隐的祠堂,周小泉荣列其中。

在寻访了周小泉故里之后,左宗棠欣然提笔写下了苍劲雄健的五个大字:"周小泉故里",并勒石为记。左公身为武将,却擅长书法,其书风沉着劲厚,笔力豪迈。左公在山丹刻意寻访周小泉故里,这是一位后世学者对前世师者的由衷敬意,也是一代军事大家与文化大家的真诚相拥,更是山丹大地文韵深厚、共襄盛举的又一次精彩呈现。

周 步 整理

王开国轶闻

>>>>>>

　　王开国,山丹县东沟王氏第五代祖先,生于清仁宗嘉庆八年(1803 年)。

　　开国幼时既受书香之熏陶,德馨之造化,聪颖过人,气度非凡。读书习文,饱览经史。弱冠后,体格健壮,爱习武功,更有胆识智谋,周济社会,打抱不平,乡里可敬,称开国王爷。有一年,来了一位龙钟童颜的道士,挨门化斋,寻访贤士。道士观览东沟村容,平峦岚岗,高低起伏,留恋不舍,正巧到开国之家,观其家风纯正,生活丰裕,亭阁清净,礼仪彬彬。他衷心爱慕,不愿远离,婉向开国请求,愿在此敬佛行道,功化终老。道士一身武功,法力无穷,故开国更为敬仰,将家堂后院设为法堂,植林木以秀风景,并开辟武场,每日聆听其口授身范,功力大增。后来衲体渐衰,双目失明,苦度功化,开国敬如父兄,早晚供敬素膳饮浆,扶送风火,尽善尽尊,故长老心感致孝,将系统武艺套路和致命救身之绝技全部传给开国后寿终。

有一年,高峰寺举行庙会,一江南武士摆下擂台,口出大言:"天下无敌。"当地习武者谁都不敢比试,众人推举开国爷来到会场。人山人海,众目睽睽,大家凝神捏汗地盯着开国,切望取胜,以煞其威风。开国爷在货摊上买了几尺白布,从容镇定地步入武场。江南武士正在趾高气扬地等待有人来此,开国爷进前开口:"你是何处人氏,来此谋生不该口出大言,欺凌地方。"此人指着开国爷说:"你是何人敢来训我?"便向开国爷动手。开国爷扯起白布,大步迎战,只使一招,武士便手钝器抛,招架不住,跪下求饶。顿时众人拍手高呼。武士面带土色逃之。从而开国爷之声威和武功技艺为人人所敬仰,氓民匪徒不敢来犯。

清文宗咸丰年间,河西大旱,庄稼无收。官府不顾民生,仍征收繁重的苛捐杂税,使老百姓苦不堪言。县官亲自到五三下人(指今三类地区,来意不明)催粮,开国王爷没办法,联络百姓交粮,扛的扛、背的背,成群结队而来。县官到位奇见上粮的人不少,很是高兴,还夸奖了差役,继续往上走。百姓们等县官走远了,倒掉口袋里的土,又返回。但是只能哄一时,终究要露馅。于是开国王爷会同巴寨子秀才崔仲莹、李家河湾李满堂上省城告状,反映民情。状纸是崔仲莹写的,盘费是李满堂出的。三人一路跋涉来到兰州。店主领路进了公堂,衙门威严。三人齐声高喊告状,知府问状告何人,又是何事。三人回话,"河西大旱,颗粒不收,百姓遭殃,县官树大根深,吸地万民之水"。知府看过状纸,嘱咐三人住下等候。两个月过去了,知府才又传唤他们三人,说他们所告属实,令免去河西百姓粮草。派官开仓放粮,救济百姓饥民。地方官员因隐瞒灾情,欺上瞒下,一律被免去官职。开国王爷三人回来的路上,遇着一起的官队,有张掖的,也有肃州的。这些人都是免了职的官员,扬言要找开国王爷算账。

开国爷英名永垂于世,在民间留下永不泯灭的口碑。民乐六坝文人编卷一部,将其事迹传颂于世。

王祝寿　整理

周秉谦的故事

>>>>>>

周秉谦是位奇村人，长着不胖不瘦的中等个头，圆脸盘，火爆脾气。他在山丹第一高小毕业后，回到位奇教书。四五年后，村里办起民团，他是团总，成了头星，领着二十多人操枪弄棒。那时候，他还是县上任命的范营区助理员，管些款项的事情。

1926年以后，周秉谦看到乡里春没种的，秋没收的，县府上不开仓放粮，苛捐杂税倒多得厉害了，他看不惯。官逼民反，他算计着联络上河东孙家营的蒋奎文、张兰福、高天强这三位头姓，把老百姓联合起来围县衙，开仓放粮。

那年十月十九，他在位奇城内曹家丢"八将"，一把丢下六条红四，个人就犯了病。旁边的人劝他说："没关系，红上有喜事嘛。"不出几天，孙家营去了办款委员殷局长,带着三四个衙役来收款子。老百姓没收成,大都交不起,办款的人就到人家屋里拷打着逼税。结果,孙家营的蒋奎文、张兰福、高天强合谋杀了殷局长。人杀掉了,再咋弄呢?四个头儿中周秉谦为大,三人就骑着马驮周秉谦来了。

周秉谦一去,很多人也就反开了。他们聚集人马,驻扎在范营、孙营,日夜操练,阵势大得很。队伍操演了一段时间,打上旗旗子,开往城里围攻县衙门,开仓放粮去了。过去时,把韩家庄子(横子沿上韩家富)也破掉了。为啥破它呢?韩家富原说和他们一搭里反呢,可他们把殷局长杀了反起来了,他又不反了。不但不反,他们的人从韩家庄前走过,被韩家富雇的枪手打死了。周秉谦一怒之下,领着队伍带过地把韩家庄子围掉破开了。那次可死伤了不少人,光土地道里的百十个人都被周秉谦的队伍点着柴草熏死了。

周秉谦的爹周玉兰是位仓佬,听说开仓放粮,吓得很,就禀报给了县老爷杨志恩,杨志恩立马领黑马队纠合上芦堡民团来杀反了的四个头姓。那天早上,天麻麻亮,只听得马蹄声、狗咬声、人叫声响成一片。人们扒上墙头一看,周秉谦的庄子被围得严严实实,墙上房上站满了兵。周秉谦不在,他们叫喊着让周玉兰出来回话。队伍把房顶揭掉,点着火,烧得周玉兰从屋里跳到院里,房上和墙上的兵们便用矛子枪一顿乱戳,老人头上身上被血染红了。兵们涌进去一看,老人已不能回话,就拖到大门上几刀砍了。又把周秉谦的家抄掉,牛马羊一律没收充公。

周秉谦的队伍开仓放粮没成。当队伍向张掖方向突围时,后面有县府追兵,前面又遇受命堵截的张掖筑路大队,他们的队伍就转向南往大黄山去了。队伍走到马哈喇寺(今寺沟水库),与杨志恩的黑马队相遇,血战了半天,周秉谦的队伍被打散了,四个头姓一个不见一个。周秉谦带领一些人跑到霍城申家沟,和反了的一营官兵汇合，阵势又大了。他日夜领兵操练，补充给养，准备再反。

不多久，周秉谦急得要打芦堡民团报仇，那个营长一再阻挡他。周秉谦等不及，串通了营长的传令兵，在一个晚上，领了几个人去杀营长。营长还没睡，哨兵也发现了他们。周秉谦一看不好，掉过头就跑。传令兵跟着跑了一阵子，心想："营长的人马那么多，我跟上周秉谦跑，迟早被营长收拾掉。不如我去追上他，下了他的枪，抓了他人去交给营长，还可立大功呢！"他想着就边喊边追起来。营长领的人马追过来，很快捉住周秉谦，用盒子枪打死了他，把头割下送给芦堡民团，挂在芦堡城门上示众。

周秉谦为了开仓放粮，救济百姓，豁出了年轻轻的生命。事隔几十年后的今天，人们对他还记忆犹新呢。

孙秀华　整理

何克的故事

>>>>>>

在山丹县城南湖公园旁,一座绿树掩映的陵园里长眠着两位国际友人:一位是中国人民的老朋友,新西兰国际友人路易·艾黎;另一位是英国青年乔治·艾温·何克。

乔治·艾温·何克于 1915 年出生在英国,从小受过良好的教育。1937 年,18 岁的他在牛津大学毕业后,随姑母游历美国、日本后来到中国。当时正值抗战时期,他目睹了日寇屠杀中国人民的暴行——在侵略者的屠刀下,城市沦陷,村庄被毁,人民流离失所,饿殍遍野。满目凄惨的景象,让年轻的何克悲愤交织。他决心留在中国,尽自己微薄之力,帮助这些苦难中的人民。他撰写了大量文章,深刻揭露日本侵略者的滔天罪行。

1942年,他接受了"工合之父"路易·艾黎的邀请,出任陕西双石铺培黎学校校长。从此,他全力投入了培黎教育工作,将学校的各项工作做得有声有色。1944年,由于局势的变化,培黎学校在陕西双石铺办不下去了,经艾黎的考察,决定把学校迁到甘肃山丹。

1944年隆冬,何克率领运输队和30名学生,顶风雪,迎严寒,途经天水、秦安、兰州,翻越4800多米的高山,长途跋涉1100多公里,历尽千辛万苦,于1945年3月的一天辗转来到山丹。

来到山丹时,已是傍晚时分。先到的艾黎已经察看了一些废弃的庙宇、寺院,决定把校址选在城隍庙旁的发塔寺内。艾黎和何克走进寺院,只见大殿的匾额横斜,字迹斑驳,几尊神像残缺不全,尘灰满屋,破败萧条。

见到此情此景,艾黎笑了笑说:"为了节省经费,只能这样了。"何克笑着说:"这已经很好了,我们不会在野外露营了。我们将在这里建一个全新的家……"

此时,天渐渐暗了下来。北风卷着漫天的黄沙扑面而来,一时间天地间混沌一片……

艾黎和何克连忙和同学们一块打扫卫生,卸下车上的货物……

第二天,天微微亮,河西走廊遒劲的寒风带着冬天特有的问候扑面袭来,冷彻骨髓。培黎学校的师生已经在寒风中开始修补这座破庙,把法塔寺改建成一所学校,一个属于培黎人自己的家。何克成为山丹培校的第一任校长。

学校开始建设了,没有经费来源。只能依靠自己筹措,从宝鸡带来的所有家当只不过是两辆马车,还有两辆卡车,两台机床和一些机械工具,有一台二百个锭子的纺织机及起重机、水轮机等其他一些零星设备。办学的基础是微薄的,但是何克并不感到失望,带着全校师生艰苦奋斗,努力创业。不久之后,毛纺厂、印染厂、化工厂等相继建立,学校开始初步走上了正轨。

艾黎和何克找到了一块石碑,镌刻"创造分析"四个大字做校训,立在校门口,让所有师生天天看见它,思考它的意义。又买来了一座木牌坊,把它竖立起来当作学校的大门。在牌坊的右边挂起一个大木牌:"中国工业合作协会山丹培黎工艺学校"。顿时,这个偏远贫穷落后的小县城,出现了非凡的生气。

洋人在山丹办了洋学堂。消息很快传开,老百姓三三两两跑来看新鲜。小孩子们更是围在校门口,像看戏一样,等待洋人出来。

学校终于走上正轨了,何克满怀信心地投入学校教育和建设,却不料命运之神悄然而至,无情地夺走了他年轻的生命。

1945 年,何克和同学们在一次打篮球时,不小心脚趾被碎玻璃片扎破。但是谁也没想到,就是这一个小小的伤口,却成为让何克致命的恶魔。当时,艾黎看他身体有点虚弱,劝他回英国休息一段时间,但何克却拒绝了,他说:"我从来没有考虑过有一天要重返英国"。之前,他用中文写了一首歌,在学生中传唱着:"我们在山丹获得新生,我们要坚持在这里,一直到生命的最后一天"。这首充满激情的歌曲竟成为何克与学生们永别的乐章。

当时缺医少药,致使病情不断恶化,最终感染为破伤风。当时学校没有治疗破伤风的药,艾黎一边给兰州、武威打电报请医求药,一边亲自照顾何克。还有两位同学范文海和樊强国一起日夜值班照料。但一切努力终因缺药而无效。1945 年 7 月 22 日,乔治·艾温·何克年轻的心脏停止了跳动。在弥留之际,他在纸上吃力地写下了遗嘱:"将我的一切变卖后交给学校,包括英国的财产。"然后,"啊!"了一声,便停止了呼吸。艾黎赶紧给他做人工呼吸,但已没用了。艾黎发疯一样向何克屁股拍了几下,带着痛苦的表情默默离开了小屋。年仅三十岁的何克就这样离开了艾黎和他的学生们,离开了他所钟爱的工合事业。

全校师生,无不为失去一位亲爱的战友和师长而痛苦不已。第二天,全校降半旗,停课三天,全体师生悲痛万分地安葬了何克。长长的人流从学校向山丹南门外的山丹河畔缓缓地移动,集中在花岗石砌成的刻有"何克之墓"的墓碑四周。许多当地老百姓也主动前来一起送别这位异国的好兄弟。

在何克的墓碑上,镌刻着艾黎亲自为何克选录的一位英国诗人的诗句:

彩色绚丽的生命啊!光辉而又温暖,

为了它,人们一直奋发向前。

他已逝去,从此不再奋战,

在战斗中逝者的生命,却更加光辉灿烂!

这诗概括了何克高尚的品质,寄托着艾黎对亲密战友的赞扬,凝聚了培黎人和山丹人民对逝者的无限哀思。

此后,艾黎把 7 月 22 日这一天定为培校纪念日。

唐　华　整理

艾黎的"沙漠医院"

>>>>>>

1945 年 7 月的一天。雨过天晴,阳光照耀着河西走廊中部的这个小镇。雨水刚刚洗净了山岚,龙首山下一望无际的戈壁滩上有了星星点点的绿意,带给人少有的生机和希望。空旷的大地让没有一丝云彩的天空显得更加幽蓝高远。

一位身材高大、面容刚毅的中年外国人,凝望着远处龙首山久久不语。土屋子里有两大两小四个孩子,他们看着面色凝重的养父,不敢大声说话,用眼神小心地交流着。他就是山丹培黎学校的创始人——路易·艾黎。

艾黎刚刚丧失了最亲密的挚友和助手——何克,他的心情无比沉痛。况且,学校又面临着种种困难,这一切让他十分焦虑。好在刚刚收到了远在千

山丹故事
SHANDANGUSHI

万里的母亲寄来的生日蛋糕和养老金,这对他来说是非常重要的鼓励和宽慰。母亲和挚友何克对他在中国发展工合事业无私的支持使他的心底充满感激。

艾黎努力从失去挚友的悲痛中挣脱出来。他拍拍最小的养子老四的小脑袋,严肃的面容有了一点笑意。母亲的支持更是一种无比的鼓励。他想,如果这里有座医院,何克就不会因破伤风轻易离去,无论有多大的困难,也要建一座医院。

他是一个实干家。以前,他为了学生健康成长,和校长何克常带学生去登焉支山、龙首山,徒步去长城和四坝滩,增强学生的体魄。他们还在学校设立了卫生组,他和何克亲自给学生熬中药。过去的一切历历在目,但只有三十岁的何克却因为缺医少药而永远离开了他,让他痛心不已。

虽然学校有一所简单的校办医院,但主要医生马奎斯是一位葡萄牙化验师,只能做一些简单的医务包扎、治疗轻微感冒咳嗽等一些小病。

由于药品缺乏,所以平时一般的感冒就是煮点冻梨加生姜和蜂蜜治疗,甚至土药方也要用,比如用土膏药来治疗扭伤。后来,从双石铺运来一些药品,治疗条件才有了改善。但有些药品几乎没有,何克之死就是没有盘尼西林。

当地的老百姓生活也很艰苦,得了病,没钱没药,土方不行只好扛着,遭受病菌的折磨,痛苦地生活着。何克的离去,再加上看到当地农民和老百姓的痛苦,让艾黎有了克服一切困难办一座医院的决心。

1947年10月1日是一个喜庆的日子。经过艰辛努力,艾黎终于建起了培黎校办医院。

医院的建立,不仅保障了全校师生的身体健康,也给当地的百姓带来了福音。门诊每天就诊人数多达七十多人,除本校师生和山丹老百姓外,连武威、张掖附近的老百姓也来看病就医。这个医院的医疗条件和水平,在当时的河西是独一无二的,像是沙漠中一个绿洲。新西兰海外救济总署还派来了出色的外科医生斯宾塞和他的夫人芭芭拉·斯宾塞夫人。他们夫妇带着足够一个手术室用的全套医疗手术器械来到了山丹。芭芭拉给医院起名"沙漠医院"。

"沙漠医院"能够在河西走廊戈壁滩上名扬塞外,离不了斯宾塞夫妇的无私奉献。

斯宾塞当时是新西兰北岛毛格雷医院的年轻外科医生。他是学校的优秀生。芭芭拉是具有丰富护理经验的护士。

在医院筹建中,斯宾塞带着学生们一起搬砖瓦,运木材,很快盖起一间采光好的手术室和一间 X 光室。手术室安装了陶瓷管道,用汽油发电机发电供手术室使用。手术室有腹腔镜、直肠镜等。透视室有一台五十毫安的 X 光机。还有一台一千五百倍的生物显微镜,还有牙科的脚踏牙钻等。他们甚至还建立了化验室,药房,综合诊断室,外科换药室,设置了二十张病床。宋庆龄从儿童福利会给医院调拨了磺胺等一批特效药,有青霉素,链霉素、血浆、抢救药品等等。一些药品是第二次世界大战的剩余物资。

斯宾塞医疗技术很高明,他成功地进行了许多难度大的手术。他不仅做妇科、外科手术,还做胆道、胆囊、胃肠、脾脏等手术。他带的学生在第三年已经可以独立开处方、做盲肠、剖腹产等手术了。他根据学生的水平和需要,亲自编写讲义,尽力做到浅显易懂,以开展教学活动。为了让学生直观掌握理解人体骨骼筋络系统,他还带领同学们在坟园中找出多年无主的老坟,挖出人体骨骼,经过消毒,再把零散的骨头一个一个连接起来作为标本使用。

不仅山丹人知道医院的洋大夫医术高明,外地人也慕名而来。内蒙古阿拉善右旗一位王爷的儿子患了眼病,快要失明了,他找到医院来治疗。虽没有做眼科手术所需的精密仪器,斯宾塞还是用精湛的医术治愈了他的眼病。手术时没有缝合线,只好用芭芭拉的头发当缝线,手术很顺利很成功。学生们也在这个实例中学到了难得的医疗技术。后来,王爷为了表示感谢之意,特意赶着七只羊前来感谢培校师生,并说这是"胜造七级浮屠"。

大西北快要解放时,运输组的民乐同学张玉英开车送一个军官去武威,被一辆国民党军车撞伤,伤势严重。回校抢救时,人已奄奄一息。在生死存亡的紧急关头,斯宾塞夫妇和医院的同学日夜展开抢救。当时需要输血,斯宾塞夫妇商量了一下,芭芭拉挽起袖子说:"血型 ——验——来不及了。O 型——抽吧,快! time 时间就是生命! "芭芭拉的 400cc 血液输入了这个中国青年的血管,一个年青的生命被救活了。看着这一情景,现场一片寂静,但同学们眼里全是对芭芭拉的敬佩之情。

斯宾塞还亲自给张玉英做了一个牵引架式的小夹板,自剪自缝,给张玉英做了一件特制的裤子,腿可以自由地放在牵引架上。他一边做,一边对学生说:"一个外科医生应当是一个能工巧匠,心细手巧。"

斯宾塞夫妇秉承艾黎校长的办学宗旨,不仅培养出一批合格的医务人员,还为学校探索培养医务人员创造了经验。当时,从全校各组挑选了一批培训对象。三年内就把他们培养成为一批技术过硬的医务人员。新中国成立后,这些人员在工矿企业及其他单位的医院中成为骨干力量,有的还担任着医院单位的领导职务。像刘保忠、杨德春等同学成为业务素质高的好医生。学校对当时家境贫困的一切求医者敞开大门,组成无偿服务的医疗小分队在山丹走村串巷,使许多病患者重获生命。

芭芭拉回国后,曾写过一本书,书名叫《沙漠中的医院》,生动记述了培黎学校的活动和医院的创办过程。这本书是芭芭拉留给学校最珍贵的礼物。

让我们永远记住历史，缅怀这些为世界和平事业、山丹人民解放事业和幸福生活无私奉献一生智慧和情感的爱的使者吧。

杨桂平　整理

艾黎和山丹娃

>>>>>>

　　路易·艾黎喜欢山丹的老百姓，更喜欢老百姓的娃蛋儿。他有一个习惯，一出校门，身上总装着洋糖。他骑一辆旧自行车在街上走过时，便会从各巷口涌来些娃蛋儿，跟在路易·艾黎的自行车后面，嬉笑打闹亲热得不得了。路易·艾黎总是跳下自行车，拍拍这个的屁股蛋儿，摸摸那个的头，把光屁股娃娃揽在怀里，拿出洋糖散给大家，还用学下的山丹话跟他们逗乐。他常望着娃蛋儿们笑，艾黎笑起来慈祥得很啊，娃蛋子们也欢喜地望着他笑。

　　夏天，路易·艾黎喜欢午饭后去南湖(城南小河)游泳。娃蛋子们都摸着了这条规律，每天吃过午饭，早早候在巷口。路易·艾黎的那辆旧自行车一出现，大家就欢喜地叫喊着迎上去，前呼后拥地随他来到河边，又随他扑通扑通下饺子似的跳入水中，游个痛快。有一回，一个娃蛋子不会水，站在河边上不敢跳，艾黎一巴掌把他推下水去。那娃子一落水，自然拼命划啦，他跟着跳进水中，用壮壮的胳膊托起娃子，教他咋样划水，划累了，原拖上河边来。

河边上是一片树林，林中地上长满绿茵茵的小草。艾黎从水里上来，在草地上铺开一条军毯，招呼娃蛋子们坐在他身边，从包里拿出罐头、糖果等招待他们，并用山丹话和娃子们交谈。他对那个不敢下水的娃子说："人要有勇气，有勇气才能有出息。"娃蛋们便点点头。有一个娃蛋儿问："啥叫个勇气呀？"艾黎说："勇气就是心里面的力量，有的人这么小（伸出小拇指头），有的人这样大（伸出拳头）。"他说着，站起身走到河边，"扑通"一声跳进河中。那群娃蛋子们一个个都学着他的样子跳了进去。不太会水的娃蛋子，有的吊在艾黎的脖子下，有的吊在艾黎的胳膊上，还有的吊在他脚上，他周围尽是圆圆的湿漉漉的小脑袋，游上来了游下去了，就像鸭妈妈领着一群鸭娃娃嬉闹在水面上。

孙秀华　整理

邹梦禅在山丹

>>>>>>

　　1958 年春天,山丹县位奇公社芦堡大队来了一户上海移民,主人已年过六旬,穿一件大棉袄,少言寡语。这位老人自此在大西北河西走廊的山丹县度过了他一生中的二十年。他就是驰名中国书坛的艺术大师邹梦禅。

　　那一年县上办《山丹简报》,很多人写了报头字,县委书记刘逢皓都不满意。当时邹梦禅的女儿在县广播站工作,大灶上吃饭时听到这件事,回家来给阿大(父亲)说了,梦禅先生用四种字体书写了《山丹简报》报头,刘逢皓看过后很满意。从此,也改变了他的一段命运。他先调到县印刷厂排版,家也随之搬到县城,后来又调到手联社钟表刻字社刻字,每月能领到三十六元钱的工资。

1966年，他被迁到位奇公社任家寨大队二队，至一九七九年，一住就是十四年。他与人交往少，不和人闲谈，但同社员关系处理得好。有一家的孩子过"百陆"请他一家去吃饭。吃的是长面，香极了，他的女儿至今还记着这顿饭。

那时候农民生活困难。他劳动不记工分，秋收分配180公斤口粮，儿子劳动记工分参加分配。不会做青稞面面条，做出的饭是粥，一锅面糊糊，也没有菜。大麦皮又硬又厚，泡软了搓掉皮煮着吃，得费很大的劲。起初还有从上海带来的味精干，调一点，饭也好吃。后来味精干吃光了就甜吃。幸好有女儿女婿在城里工作，能给一点粮票，兑换点面粉，总算没有挨过饿。夏天老人领个小娃子放牛，十几头牛，还有几头驴。他在山上采些沙葱当菜吃，说是山珍。在湖里挖上些锁阳泡茶喝，说可以补肾。总之，这位老人懂医学，懂天文地理，懂的很多。

邹梦禅先生在艰苦环境中生活，仍不忘对艺术的追求。他做了一个木方盘，把河滩里的沙子洗得净净的，没有一丝儿土，晒干装在盘子里，闲下来就写字。或用手指写，或用木棒子写，也用没头的毛笔杆子写，天天如此。他家除了有两床被子，一口饭锅，还有个木箱子，别无他物。箱子里装着毛笔、刻刀。他惜之如命，走到哪里带到哪里，除了写字就是刻字。他或用沙枣木或用砖头自制章坯，闲了就刻字，刻了磨，磨了刻。队里的人找他刻名章，用自制的章坯子刻，有求必应，不要报酬。现在任家寨村还有邹老先生刻下的名章。我见了三四枚，全是正楷字，隽秀美观，普通老百姓的章子竟是篆刻大师篆刻的，这也是山里人的福气。有人找他写字、写对联，或是写其他什么他从不推辞。人家做了新柜子、新箱子他主动上门刷漆，有时还用不同颜色的油漆写上字，如毛主席的诗《长征》现在还在。有时候还被公社、大队叫上写标语，前几年在位奇街的一道墙上还有他用笤帚疙瘩蘸红土水写的"军民团结如一人"的标语。

学校有位老师经常和他往来,关系很好。他说:"给你写个字帖,以后娃娃们练个字去吧。"这位老师也很细心,把邹梦禅先生写的楷书字帖一直珍藏到现在。这本字帖共四十六页,每页二十四个字,内容是毛泽东主席《沁园春·雪》《七律·人民解放军占领南京》等十五首诗词。帖末写"一九七二年元月二日书于山丹任家寨",已成珍品。

1947年夏,邹梦禅先生为我写了一幅中堂,刻了一枚印章,是我的心爱之物,非常珍贵。上海知识青年丁维国是县运输队汽车修理工人,媳妇是售票员,我们经常往来。经他介绍,我见到邹梦禅先生。当我提出刻章和写字的请求后,老人立即答应。几天后就把写好的字和刻成的章给了我。他写的字是杜甫的一首诗。印章是鸡血石坯,上刻大篆"王祝寿藏书"五字。我珍藏了三十多年,经常欣赏把玩。

邹梦禅先生是老一辈著名书法篆刻家。师从章太炎、马叙伦等名家,学识渊博,年轻时就取得很高成就。二十五岁受聘于上海中华书局任《辞海》编辑之一,《辞海》书名就是他题写的。时任职浙江图书馆员,坐拥书城,勤奋好学,天资聪颖,环境造就了一代艺术大师。他集诗书画印于一身,尤工金石,自成一家。

邹梦禅先生的书法篆刻作品永远留在了山丹,他的高尚人格也铭刻在山丹人民的记忆中。

王祝寿　整理

何家医生的传说

>>>>>>

霍城何家医生是山丹有名的中医世家，祖传已经有五六辈人了，在张掖、民乐、武威、永昌一带声望很大，上门求医者踏破门槛。

何家医生的家传有四要，即医方择要，地理五绝，针灸和魔法。但至今传给后人的只有医方择要，其他三要都没有传下来。为啥？听听何十三爷的故事你就知道了。

何十三爷是何家医生的创始人，道号叫清真子，名修生，字博学，人称博学先生。

何十三爷聪明好学，医术高明，上门求医者，不说啥病，一看便知，开几服方子吃了就好了。如遇上不愈者，他也一看就明白，不让花钱买药，好言相劝，打发病人回去了。听说民乐曾有个姓杨的病人来找何十三爷看病,何十三爷一见此人便知病入膏肓,就没给开药,赶快打发走了。结果这人刚走到西大河就死了。这是何十三爷行医看病的绝招——观相。

何十三爷为求功名,常在西安会考,走一个来回就是一年。他出门从不带银两盘缠,全靠行医度日。有一次,路上碰见个送葬的,一路走去,棺材里滴着血。他上前用指头点了点血迹,就把送葬的喊住了。问死者何人,说是个女人。又问怎么死的,说养娃娃死的。何十三爷说:"这女人还活着嘛,怎么就下葬?"送葬的人不信。何十三爷便挡住棺材说:"这人我给看,看活了不要分文,看不活不要怨我。"主人家同意了。棺材抬回家去,打开一看,人果然还有气。何十三爷给女人肚子上扎了一针,娃娃就生下来了,大人也活了。人们很奇怪,问他用的啥医术儿?他说:"这叫'小儿攮心',针位就扎在小儿虎口上。"又问他路上没见病人,咋知道人还活着。他说只用指头点了地上的血滴便知是活血。这下名声传开了,一针救活了两条人命,人们称他是河西"神医"。主人家感激得不行,硬要送给他银两做酬谢,他仍然分文不收,吃了顿饭就走了。据说,这事被兰州提督知道了,就赠给他"博学"的字名。

遗憾的是他的"神针"没有传下来。咋没有传下来?听先人说是因他扎死过一个人。有一次,一个害心口子疼的人来求他治病,他说明天吃饱了再来。第二天病人来了,问他吃饭了没?病人说吃了,何十三爷就给他扎了针,结果针还没捻出来,人就死了。原来,这病人说了白话,他来时根本没有吃饭。从此以后,何十三爷就再不给人扎针了。按他的说法,扎针这东西包了医生包不了病人,因此,没给后人传教。

何十三爷除了医术、邪法,还会阴阳八卦,是个天生的怪人。他看书不买书,能过目成诵,又擅于万法归综,编成过地理五绝;

他还昼看行云，夜观天象，曾亲手编绘过一部"星宿大全"。最后咋没有传下来，就不知道了。

何十三爷聪明一生，最后还是没有求下个功名。人问他为啥没考上举人，他说他是"阴功秀才命举人"，是命中注定没有功名的。

陈希儒　整理

乡村能人的故事

>>>>>>

抗日勇士周奇才

周奇才三岁丧父,母子相依为命,在族人和堂伯堂叔的帮助下长大成人,十四岁就去当兵吃粮。在国民党傅作义的部队,由于机智勤快,被提拔为班长、排长。抗战爆发后,多次参加打击日寇的战斗。老母病重每次去信催他回家探母都被拒绝,他回信说:"不把日本侵略者赶出中国,绝不回家。"1942年傅作义的部队在张家川与日本侵略者发生激战,周奇才带领全排战士,冲锋陷阵英勇杀敌,直到弹尽粮绝,与敌人肉搏时,壮烈牺牲。战斗结束后由国民党政府国防部颁发"三等功臣"证书及抚恤金若干。

周象贤义救红军

周象贤家住焉支山周家洼,生活比较宽裕。平时若有谁家生活拮据了,他总是毫不吝啬地接济,遇到保甲长欺压穷人的事,总是挺身而出,找保甲长论理,给穷人撑腰出气,有时甚至不惜拔刀相向,是一位好心的硬汉。

1936年11月西路红军打到河西走廊,一支红军部队的先遣队来到陈户寨子召集穷苦百姓宣传共产党的政策并给大家分发了盐巴。不料国民党山丹十四民团的探子向张掖的驻军报案。第二天下午大部队向陈户寨子涌来,红军队伍迅速向焉支山转移,在傅家圈与追赶到的敌军发生激烈的枪战。双方都有伤亡,红军队伍且打且退连夜向东迅速转移,两名红军战士不幸腿部负伤,赶不上转移的队伍,隐藏在灌木丛中,躲过了敌军的搜查。由于山高路险,加上敌军人人牵着马,追了一夜也没有找到红军的去向,只好灰溜溜地下山去了。第二天中午两名受伤的红军见敌军退去,相互搀扶着向周家洼走来,周象贤看到两名受伤的红军,就像见到了亲人一样,赶忙跑过去搀扶,因为他知道红军是为穷人打天下的人,是好人。周象贤将两名红军战士搀到自家窑洞,藏进地道。然后,周象贤以长辈身份召集周家洼的另三家住户下了死话,说:"谁要是走漏半点风声,谁就不是周家的后代。我非要了他的命不可。"要求人人保密,保护两名红军的性命,并决定每家轮流下山买药给红军疗伤。数日后,经他们精心照料和调养的两名红军的枪伤痊愈了,而且归队心切。于是他们把两名红军打扮成叫花子模样,给了一些钱和干粮、炒面,在一个夜黑风高的夜晚送红军战士下山去了。后来,听说两名红军找到了部队,在高台战役中壮烈牺牲了。

巧手周三才

周三才具有忠厚老实、吃苦耐劳的优良品格。他从小就学会了用本地野生的植物笈笈草编制各种生活用品的技术。一年四季不管严寒酷暑，还是风霜雨雪，走东家串西家给人们编制炕席、粮囤、大小筐，盛馍馍用的筐子、筐笼等。他编制的炕席花子小，平整光滑；粮囤厚充实耐用，人人喜爱；大小筐和筐子自不必说。他编的筐笼小巧玲珑、花样万千，深得妇女们的夸奖。每当秋收季节，烈日当空，酷热难耐的时候，周三才就用选好后处理过的麦秸没日没夜地编制大沿草帽，他编制的草帽不但能遮阳挡雨，而且美观大方，所以每编制一批，都供不应求地被抢购一空。

有一年正月陈户寨子闹社火，"跑马"节目需要的四匹战马就是他亲手编织、精心裱糊、着色绘制的。四匹战马威风凛凛，栩栩如生，观众无不拍手叫好。

褐匠爷周好才

旧社会，由于生产力不发达，穿衣的布料不但昂贵，而且稀缺，生活较好的人家只能买来甘州、凉州土布做衣服。一般人家只能靠自产的羊毛、牛毛捻线织成褐子做衣裤。

周好才是个心灵手巧的人，从十四五岁起就学会了织褐子的本领，一年四季不分春夏秋冬给周围人家织褐子，大大解决了人们的穿衣问题，人们称他为"巧褐匠"。他能织挑花、斜纹褐子，还能用白羊毛线和黑羊毛线织出各种花纹图案的花褐子。他织的褐子细腻、柔软、平滑、花纹样式多、美观大方，耐穿耐磨，冬穿保暖，夏穿凉快，最受人欢迎。上了年纪以后，人们见面都叫他"褐匠爷"。

神枪手周世俊

周世俊家住焉支山周家圈,焉支山上人烟稀少,时常有狼出没伤害牲畜与人。为了看家护院,周世俊从小就从父亲那儿学会了制造火药、制造散弹的方法,并练习装药、装弹、瞄准、射击。经过勤学苦练,到了十六七岁时,他已练成了迅速装药、装弹、举枪、瞄准、射击的硬功夫,真是枪枪不空,弹无虚发啊!众人称他"神枪手""忙三枪",所谓"忙三枪"是说他能在很短的时间内刷枪膛、填火药、装弹、射击连放三枪。有一年春天,一只右后腿瘸的独狼在老军大口子河吃掉了两个小孩,失去孩子的人家自然是悲痛欲绝,对那吃人的狼恨不能生吞活剥,但却无能为力。世俊得知后,带上干粮炒面,背着猎枪一个人在森林中寻找独狼的蛛丝马迹,危险、孤独、寒冷伴随着他,但他毫无怨言,他发誓要为民除害,吃点苦,受点磨难算不了什么。他翻过这道梁,爬过那道坡,风餐露宿,艰难地在焉支山中寻觅了三天,突然,有一天他正好看见一只狼在山洼里啃食一头小牛,他不能肯定这只狼是否就是吃掉两个小孩的那只狼,为了不打草惊蛇,他蹑手蹑足地靠近那只狼,二百米、一百米、八十米、六十米……在有效射程内,他扣动扳机,狼中弹了,但没致命,抛下美味呲牙咧嘴地向他扑来,他连忙刷枪堂、填火药、装弹、瞄准,就在恶狼离他六七米远的时候,他扣动扳机,只听"嘭"的一声,恶狼应声倒地。恶狼终于被打死了,检查狼的尸体,发现这只狼的右后腿受过伤,确实是曾经吃掉过两个小孩的那只狼。他为民除了害,脸上露出了憨厚的笑。他休息了一会儿,吃了点干粮。然后,他手脚麻利地剥下了狼皮,装填好弹药,背着狼皮和枪支回家了。

戏曲艺人周世福

周世福,生为长子的他,从能干活起就担起了种田养家的重担,由于家里穷,他没念过一天书,斗大的字不识一个。但他聪明,记忆力很强,小曲儿、戏文什么的只要听过一两遍,他都能熟记于心,戏中的角子他也能模仿得惟妙惟肖,在那一切都听天由命的年代,他的滑稽幽默着实给族人们带来了无限的乐趣。因为他对曲艺怀有极大的兴趣,就拜师学艺,经过几年的勤奋学习,他学会了吹、拉、弹、唱各种技艺,尤其擅长弹奏三弦,并且自弹自唱。农闲时,他弹着三弦唱着小曲儿,周围总是围着一大群男男女女、老老少少。农忙时,他也是一边干活一边唱着山歌,那悠长而又带着酸涩味的山歌,既缓释了族人们劳作的苦闷和劳累,又表达了生活的无奈和辛酸。

他自弹自唱的《八件衣》《升官图》《打南山》等小曲儿那更是乡亲们喜闻乐见的拿手好戏。

他不仅在地方上唱戏,还远走他乡走街串巷卖艺求生,受到了张掖、山丹、永昌、武威等地观众的好评。

援朝战士周世成

周世成从小给富户放牛放羊,扛长工,身体结实、聪明机灵,1952年参军入伍,次年赴朝参加抗美援朝战争,在部队里,刻苦锻炼,认真学习,因表现突出而多次受到表彰;他还加入中国共产党,任班长,一天夜里巡逻放哨,活捉一美军俘虏,经审讯,得知了敌军的偷袭计划,有把握地打了一次胜仗,荣立三等功。

周世华　整理

动物故事

火焰驹的传说

>>>>>>>

传说山丹马场的马四队出过火焰驹。

听人说,这驹子刚生下来皮包骨头,干瘦如柴,咋也不上膘。当时牧工们觉得这驹子活不成,但它没有死,一天天长大了,就是满身皮痂不长毛。这么个怪物,谁也没留意它。有一天晚上,一个牧工发现马群里有火光,走到跟前又不见了。他把这件事告诉其他牧人,大家都说他眼花了或是遇上鬼火了,谁都没在意。后来有一个山东牧工把这匹驹子盯上了。有一次,他赶着马群正在南山(祁连山)根里放牧,天阴拉了雾,对面啥也看不见。突然一声雷响,那匹马驹子也跟着嘶叫一声,嘴里喷出一股火光,连续几次,把周围的马都吓惊了。这山东人连续观察了几回,发现每当马群走进山根里,只要遇上雾天雷电,这驹子就要嘶叫喷火。他认定这大概就是古人传说的"火焰驹"。

不久,这个山东牧工突然提出不干了,要回家,他来马营滩放马已经四十多年了。临走时,他和场部结算最后一年的工钱,提出别的啥也不要,就要这匹瘦驹子,说要骑上回家。部家同意了,就把这匹瘦驹子给了他。他把驹子牵到羊生庙(现八个墩滩),拿出早已备好的中草药熬上,涂在马驹身上,很快脱了皮痂,火焰驹显身了,嘴里喷着火光,他一溜烟骑走了。这山东人走后,人们才知道他骑走的正是千年难遇的火焰驹。

听老人说,火焰驹是地上母马与天上火龙交配所生。因此,以后牧工们每遇上天气拉雾打雷时,肯把马群赶到山根里去,希望能遇上火龙,生出火焰驹。这只是传说。新中国成立后,听说军马三场的阎关英真遇见过火焰驹,他半夜听见马叫声,看见马群里喷火光,但没盯下是哪匹马。后来有一匹儿马死了,先说是病死的;后头说是火焰驹没机会脱痂显身被内火烧死了。

陈希儒　整理

老黄牛的传说

>>>>>>

先人传下来个说法，老黄牛原来在天上呢，是玉皇大帝手下的一位神，叫金牛神。

有一回，玉皇大帝派金牛神到人间传旨：人一天到晚三打扮，一吃饭。玉皇大帝问他记下了没有，他头甩上大声背了三遍，说："这么件小事有啥记不下的？"不过，金牛神一向做事马虎，玉皇大帝总不太放心，想再派一位神与他同去。金牛神不高兴，嫌玉皇大帝小看他，头耷拉着不出声。玉皇大帝便要他快去快回。

金牛神匆匆忙忙来到人间一转儿，传旨给人，一天三吃饭一打扮。从此，人们就一天吃三顿饭，洗一次脸，梳一次头。

金牛神回到天上，玉皇大帝问他咋传下了，他头甩上大声背了三遍:"一天三吃饭一打扮……"玉皇大帝着气地往金牛神嘴上踢给了一脚,说:"世上人一天吃一顿就得多少粮呢,你还要他们吃三顿?好,你就到世上种粮食给人吃去吧!"

金牛神被踢掉了门牙,贬到人间变成老黄牛,成年累月在地里给人种庄稼。

孙秀华　整理

姑姑等鸟儿的传说

>>>>>>

有一种鸟儿,全身麻色,头顶有一尖柱儿,叫唤起来像是在喊:"姑姑——等!"

相传,以前有姑嫂二人相处很和睦,两人都念经求佛,一心要得道成仙。哥哥出外时间长了,到嫂嫂坐月子时还没回来,贤良的小姑子便细心地侍奉嫂嫂和刚出生的小侄儿。小姑子每日里外清扫,缝补浆洗,一天几顿米汤熬好了给嫂嫂食用。嫂嫂喜欢吃干的,不爱喝汤,每回将干米捞净,剩下汤水,小姑子便将汤水喝了当饭。这样一月有余,嫂嫂黄皮寡瘦,小姑子却又白又胖。哥哥回来一见,心中很不高兴。嫂嫂哭着对哥说是每回的米汤不见米光是汤,小姑子听了也不言喘。第二天清早,她原将里里外外清扫干净,该缝的缝了,该洗的洗了,熬好了米汤给哥嫂端上便飘然升天了。嫂嫂见状,心里明白了,连忙身穿麻衣头戴孝帽,喊了声:"姑姑——等!"展开双袖飞起来追赶小姑子,她刚飞到半空便掉下来摔死了。

　　嫂嫂死后变成一只鸟儿,全身麻色,头顶有一根尖柱儿,这只鸟儿不停地叫唤"姑姑——等!姑姑——等!"

孙秀华　整理

猫　　恩

>>>>>>

从前,有一个时期人活不过六十岁。皇上嫌弃老
了的人,定下人最多活到六十,凡上了六十还不死,
就得自死。你不死,有人治你死。

有一年,一个老奶奶活到了六十的年限,就去了
一座山上,这山上有个崖叫"收命崖"。站在崖头上,
一眼望不见黑森森的底。那里面不知道收去了多少
老年人的命。老奶奶坐在崖头上哭,想她的儿子呀
孙子呀一家子人,还想她喂的鸡呀狗呀猫呀……
唉,一样儿也舍不下呀! 老奶奶思念这个牵挂那个,
眼泪滴里搭拉地往下流,撩起袄襟子擦呀擦,总也擦
不完。

老奶奶正伤心,听见脚底"喵呜、喵呜",老奶奶
一看,哎哟,她养的大花猫咋跟上来了呢! 它叫唤着

跳上老奶奶的膝头，用头蹭老奶奶的下巴，老奶奶那个凄惶啊，就搂紧了猫。那猫就说开话了："奶奶，你不要死！老奶奶吓了一跳，说："哟，你咋说话呀？"猫又说："奶奶，你不要死!"老奶奶说："皇上让死，我不敢不死啊!"猫跳到地下说："奶奶，你带我去见皇上吧。"老奶奶猜到这猫不凡，心想自己反正是要死的人，见见皇上有啥不行。就说："好，咱们就去见他这个皇上！"就这样，大花猫前面跑，老奶奶后边跟，两个人上京城去了。

到了京城，老奶奶把大花猫揣进怀里，用袄襟子遮了，就去见皇上了。

皇上看来了个老人，很不高兴。他问："你多少岁啦？"老奶奶答说："六十岁了。""咋还没死啊？"老奶奶就给跪下了，她说："皇上啊，我死了，没人给我儿看门了、做饭了、领孙娃、没人喂鸡儿、狗儿、猫儿了，没人……"皇上打断她的话说："人老了就是讨厌，说个话这么啰唆。"老奶奶接上说："哎，皇上，我这啰唆的老人死了，啰唆的事儿，就没人干了，我儿子种地回来再干啰唆，那就更啰唆了"。皇上早恼了，大喝起来："少啰唆吧！来呀，快把这老不死的抬到'收命崖'扔了！"这时，揣在老奶奶怀里的大花猫跳了出来，它"喵呜……"大叫一声，直朝皇上扑去。说来也怪，那皇上一见大花猫，就变成了一只老鼠赶紧溜，大花猫一口咬死了它。

原来，这皇上是只老鼠精投胎变来害人的，大花猫成了精专来降它。老鼠精一死，那个不合理的条律被废除了，老年人得以延年长寿，能活多大岁数了就活多大岁数。从古到到今，老年人大都喜欢猫，因为猫有恩啊！

周世华　整理

黄狗犁地

>>>>>>

　　有兄弟两人,老大奸猾,老二忠厚老实;老大娶
了媳妇,老二还是光棍。家里养着一头黄牛和一条黄
狗,种着几亩地。每天,老大使着牛在地里做活,老二
没使头, 就拉上黄狗去做活, 老大早早干罢回家去
了,老二紧干慢干天黑了。回到家,老大和媳妇吃罢
做的肉和揪片子,给老二做下的黑面疙瘩子。老大和
媳妇吃爆炒羊羔肉,给老二只剩下些骨头。这样时间
长了, 有一天黄狗对老二说起话来:"都是一样的干
活人,咋老大吃面你喝汤,老大吃肉你啃光骨头? 我
们和他分开过吧。"老二听黄狗这么说,心里很难过。
他对老大说:"哥,我们分开过吧,把黄狗分给我,再
的啥也不要。"老大一听很高兴,就此分家各过各了。

　　老二领上黄狗进了山,选背风的地方挖了个土

窑子住下来，又在土窑前面开出一片荒地。这一天，老二套上黄狗犁地呢，打一响鞭，狗跑一圈；打两响鞭，狗跑十圈，很快犁了一大片。一位贩大米的走过这里，说道："哒，我见过世上牛马犁地，驴犁地我也见过，可从没见过狗犁地。"老二说："我这狗不一般，打一鞭跑一天，打一榔头翻二十四个墙头。"这米贩子不信，说："你这家伙真能吹。"老二说："不信就试一下！""行，你若赢了，我这担大米不卖了，全给你。"一试呢，黄狗真翻过了二十四个墙头，赢下了米贩子的大米。背回土窑，老二每天吃的大米，黄狗也吃的大米。

第二天，老二又套上黄狗犁地着呢，走过来一位贩绸缎的人，他惊奇地说："哎呀，我见过牛马犁地，也见过驴犁地，就没见过个狗犁地。"老二说："你别小看我的狗，打它一鞭它跑一天，打它一榔头它翻二十四个墙头。"绸缎贩子说："眼见为实，你试一下，若你赢了，我这绸缎不卖了，都是你的。"结果，那黄狗又一气翻过了二十四个墙头，赢下了那人的绸缎。从此，老二在绸缎上睡着呢，黄狗也在绸缎上睡着呢。

说老大，他分家过了一段时间，心想老二死了吗活着呢，就到老二的土窑里看来了。一看，老二和黄狗吃着白花花的大米，铺着崭新的绸缎，就惊奇地问道："哎呀，你们打哪里弄来的这些东西啊？"老二老老实实地说了黄狗咋么咋么给他挣下的。老大听了说："兄弟你比我过得好啊，你把黄狗借给我挣些走。"老二就借给了。

老大把黄狗牵去，也套上犁地呢，过来了一个贩大米的，见了惊奇地说："哎呀，我见过牛马犁地，驴犁地也见过，就没见过个狗犁地。"老大就吹起来："我的狗不一般，打一鞭跑一天，打一榔头翻二十四个墙头。不信了你和我打赌？"米贩子说："行，我豁出这一车米看看这件稀罕事。"老大朝黄狗打了一榔头，狗不动弹，又打了一榔头狗还是不动弹，那米贩子就哈哈笑了起来。老大羞恼了,一顿榔头打下去,把狗打死了。

过了几天,老二来领他的黄狗。老大说道:"你那狗才哄人上当呢嘛,我把它打死了。"老二问:"你把我的狗打死在哪里了?""在地边上埋着呢。"老二跑到地边,拔了些芨芨草,编了个筐筐,把黄狗挖出来用筐背走了。

回到土窑,老二哭了一场,把黄狗埋在土窑旁,将筐筐挂在窑头上。以后,东来的雁一筐蛋,西来的雁一筐蛋,老二一天到晚吃也吃不完,剩下的还可以卖钱。老大来看老二,见他还过着好日子,就问他咋挣下的?老二老老实实地说:"我编了个筐挂在窑头上,东来的雁一筐蛋,西来的雁一筐蛋,我吃的有了,使的钱也有了。"老大说:"哎呀,把你的筐借给我也挣些走!"老二借给了他。

老大回去把筐挂在自家房头上,等呀等,东来的雁一筐屎,西来的雁一筐屎,老大气得取下筐扔到灶火里烧掉了。老二不放心看他的筐来了,老大说:"你那筐是哄人的,我刚才扔到灶火里烧掉了。"老二赶紧到灶火里扒,哪里有筐的影子!最后只扒出一颗烧熟的大豆,他吃到肚里就走了。

走哪里去呢?黄狗死了,筐筐没了,剩下他孤身一人,心里难过就胡乱走着,结果走到城里去了。他在街上走着走着,没防住放了一个屁,哎呀,那屁香得了不得!跟前的行人,都吸鼻子闻着呢。正巧,他身后走着两个衙役,拉上他就往县衙跑。衙役报告县老爷:"我们在街上遇着一个人,身上飘着一股奇香,可能有啥宝贝,便带他来此让老爷见见。"县老爷将老二传到堂上,问他:"你有啥宝贝?可让老爷见见?"老二说:"我的宝贝你看不见。"县老爷不信,老二就放给了一个屁,一下从大堂香至二堂,二堂香到三堂、四堂……县老爷一边闻一边问他:"哎呀,你这到底是啥宝贝?"老二说:"这是我的香香屁。"县老爷惊奇地说:"哎呀,这样的奇巧事我还没有经过,人还有这么香的屁呢。"这县老爷便将老二留在县衙,再啥事不做,每日专放香香屁。可老二不干,原回土窑种他的地去了。

消息传到老大耳朵里,他跑去找老二,说:"你真瓜实了,县老爷留你,有福不享,咋又回来下苦呢?"老二说:"我天生是下苦的人,不种地再没干的。"老大说:"那我可卖香香屁去呢!"说完就走了。老大回到屋里,让婆姨炒了一升大豆,他吃了一肚子,又喝了一些水就进城去了。他一边在街上走一边喊:"卖香香屁哎——"正巧,又被那两个衙役听见了,忙去禀告县老爷,县老爷说:"快快请来!"老大被请进县衙,鼓足劲大大地放了一个屁,一下从大堂臭到二堂,二堂臭到三堂、四堂……县老爷气得脸色大变,命衙役将他重打了四十大板赶出去了。

孙秀华　整理

周八公和鹿姑娘

>>>>>>>

有位周员外的儿子叫周八公。一天,他拿上吃头骑了匹好马,到山上游玩去了。

他来到第一架山上,只见满山菊花开得一片白。一只小鹿拴在树下,它挣不脱绳索可怜巴巴地哀叫着。周八公走过去,解开绳将小鹿放了,小鹿蹦儿跳儿地跑了。

他游到第二架山上。只见满山的牡丹花开得一片红。一大一小两只鹿在树下,一只小的在吃青草,一只大的拴住着呢,急得又跳又叫。他走过去,解开绳索将鹿放了,两只鹿便蹦儿跳儿一起跑了。周公兴致很高,继续往山里面走,走到天黑,找不着路了,山上没有人烟,他心里着急起来。忽然看见前面两只鹿,他就跟上它们走,走着走着,小鹿不见了,前面出现一座庄园。周八公上前叫门，一位美貌女子开了门。一问，原来这是鹿员外的庄子，这女子是员外的姑娘，叫鹿姑娘。鹿姑娘带周八公见过鹿员外，端上菜饭让他用，然后安顿他睡了。

第二天清早，鹿姑娘端了茶点请周八公食用，周八公见这姑娘比昨天更俊秀好看了，就忍不住接茶时挨了一下她的手，鹿姑娘一惊，茶溢出来烫着了手，便"哎哟"叫出声了。姑娘出了门正碰上鹿员外走过来，他问："你给客人送早茶怎么叫出了声？"鹿姑娘红着脸儿回答："我脚底下一绊。茶水溢出烫了我的手，不由得叫出了声。"鹿员外见姑娘那精心的打扮和娇羞的脸蛋儿，心里明白了个八九不离十，就进了周八公的屋向他提亲，周八公自然满口答应。当日，鹿员外就让他们两个叩拜成亲了。

过了些日子，到了年跟前，鹿员外和鹿姑娘送周八公回家。走到庄外，鹿员外说："今天是二十九，你回去后，初一初二初三不要出门，最好到年过罢了再回来。"说完朝前一指，前面闪出一条大路，朝后一指，鹿员外、鹿姑娘和庄子都没影了。周八公回到家，心像被摘走了，好歹蹲不住，想鹿姑娘想得心焦。刚到初三，他再也等不住，便骑马上山了。走到第一架山上，出来一条大蟒拦他，他拨马就往前逃，逃到第二架山上，又出来一条，两条大蟒前堵后截，把他分成两截各自揽回蟒洞里去了。初三晚上，周员外一家不见了儿子周八公，正着急地四处找呢，有位姑娘披麻戴孝一路哭上来了。周员外问："你是谁家的姑娘？哭的啥丧？"姑娘哭道："我是鹿姑娘。已与周八公结为夫妻。现在，郎君被山中大蟒分成两截揽回洞去了，请你们快去救他。"周员外心急如焚，说道："我儿已死，如何救他？""你给我一百个壮小伙，一百车干湿柳，郎君还能救活。"周员外立马备齐这些东西，紧催他们上了山。鹿姑娘领着人分头到两个蟒洞前，把干柴湿柳点着熏，两条大蟒熏死了。鹿姑娘将大蟒的肝花，二蟒的心和上它们的血，把周八公的两截尸身粘在一起。过了一会，周八公还阳醒过来，看见鹿姑娘说："你跟我一起回家，我俩做永久的夫妻吧。"鹿姑娘说："我不是真人身，你救下的两只鹿正是我和父亲，为报你的恩情，我们变成员外、鹿姑娘，并变出了那座庄园。要我成为你永久的妻子，就得要来皇上的御笔，在我身上画过才行。"周八公说："现在我已经好了。你等着，我这就去求皇上。"周八公从家里牵了匹马，到京城去了。

周八公见了皇上，对皇上讲述了他和鹿姑娘的婚姻，请求皇上将御笔赐他一用。皇上觉得这个婚姻虽奇巧却在情理，就赐给了一支。周八公带回御笔，找着鹿姑娘，在她身上画过，只见电光闪闪雷声大作，鹿姑娘身上脱了一层皮，成了真人。以后，他二人做了永久夫

孙秀华　整理

225

焉支山白狐的故事

>>>>>>

从前焉支山中有只白狐狸,经常窜入山下的村庄,潜入民居,偷吃当地老百姓的鸡,搅得山下的老百姓日日不得安宁。当地老百姓不堪忍受这只白狐的骚扰,于是请来猎手捕捉,但是过了很久都没有捉住。

一天,白狐狸偷了鸡正往洞府走,恰巧被猎手赶上,正欲举枪射击,不料迎面走来一个骑马的后生。这后生见一只白狐狸上气不接下气跑过来,一个拿枪的猎人紧随其后。他心里一动喊道:"白狐快上我的马!"白狐狸一听"噌"的一个箭步,跳上了后生的马背……

原来,这位后生是焉支山陈家庄陈员外的儿子,名曰陈生。陈生因患不婚症,年方三十不曾婚娶。邻居和朋友来帮着提亲,都被陈员外谢辞了。陈员外为儿子的病可谓操碎了心,但寻遍仙医名药都不曾有治。一天,陈员外对儿子说:"我做父亲的没能治好你的病,也没有能给你成家对不起你,我想让你带上银两,骑上马到外面云游山水,也好寻求高医给你治病,将来成个家生儿育女。"陈生便遵父命,带着银两骑着马离开了家。

行了几日,陈生走过一座村庄,刚巧赶上了猎手追赶白狐狸的那一幕。猎人赶来说道:"这位后生,白狐狸是我追赶的猎物,快快还给我吧。"陈生说:"我愿出银两买下它。"猎人便要一百两银子,陈生如数付给了他。等猎人走后,陈生将白狐狸放了。这只白狐狸回到家中,对老狐狸说:"母亲,今天遇到猎人紧紧追赶我,眼看就要被枪打着丢了性命,却被一个后生用一百两银钱买下我,等猎人走后他又放了我。"老狐狸听了说:"那你应该好好谢恩才是。"白狐狸说:"孩儿也是这样想的,世上还是好人多,想想自己作的孽,真是对不起人类,自己想改邪归正,可又不知该如何谢那后生?"老狐狸便和白狐狸将自己的洞府变成了一个庄子,老狐狸变作一位老婆婆在庄门口徘徊。不一会的工夫,天上下起了雨,从雨中走来一位骑马的后生,这后生正是陈生。他见了老婆婆,下马施礼问道:"请问老婆婆,我能在你家中避一避雨吗?"老婆婆点着头把陈生领进了家门,关切地说:"后生快换了干衣服,我给你准备些饭菜吃。"说着便呼唤道:"雯儿,快端茶来!"不一会儿,一位水灵俊秀的姑娘端来了热茶,她将茶放在陈生面前后,就把湿衣服抱去了。陈生见这家人很热情,心中甚是感动。

过了一会儿,老婆婆走来问:"这位后生,你一个人出门在外,不感觉到孤单吗?"陈生看到那位端庄美貌的姑娘,因为自己身体有病,不敢有非分之想,只是抿嘴笑了笑。老婆婆又问:"你今年多大了？有媳妇孩子吗？"陈生摇了摇头说："我身子有病呢，不能娶媳生子。"老婆婆沉思片刻说道："我还是给你说个媳妇，带回家去生儿育女吧。"陈生一听急忙说道："你，你不知道，我，我不能结婚。"老婆婆笑着说："傻孩子，草活一世留宿根，人活一世留子孙。人哪有不结婚的？你来我家避雨也是缘分。今晚，我就将雯儿许你为妻，你从也得从，不从也得从。"说着老婆婆便唤雯儿来，与陈生拜堂成了亲。夜晚，雯儿睡在陈生身旁，总用手去摸陈生，陈生躲避不及。雯儿问："郎君，你我已拜堂成亲，又何必躲着我呢？"陈生难为情地说："贤妻不知，我因为身体有病，所以才不能成亲。"雯儿一听明白了，便向老婆婆问计。老婆婆说："你我母女修炼千年，还怕这后生的病？你拿我的灵丹，让陈生含在口中，但是千万不能吞下。"说罢，将灵丹取出交给雯儿，雯儿依言将灵丹放在陈生口中。果然，陈生的病立即痊愈……

新婚蜜月，小两口卿卿我我，雯儿将手伸入陈生身子挠痒痒，陈生忍不住"咯咯"一笑，竟把口中的灵丹咽进了肚中。突然，老婆婆"呱呱"一阵惨叫，陈生和雯儿急忙来看。老婆婆奄奄一息地说："灵丹是我们的命根子，没有了灵丹，我就活不成了。雯儿，陈生救了你的命，我们要知恩图报。他是你的男人，你们是百年夫妻，你借了他的阳气，一定要好好活着，为他传宗接代吧。我不行了……"说着，老婆婆双眼一翻，咽气了……

"妈妈，我们离不开你啊……"就在雯儿哭得死去活来之际，一阵清风徐来，老婆婆忽然化作一具老狐狸躺在地上。陈生被吓得魂飞天外。雯儿起身扶住陈生，动情地说："郎君，我和妈妈本是盗了灵丹千年修成的狐狸精。今天你吞了灵丹，你的病也治好了，看来我痛改前非重新做人的缘分也尽了。你走吧，回家去吧，我随我的妈妈去了。"陈生立刻明白了，从惊愕中清醒过来，一把抱住雯儿说:"你们母女修行千年,弃恶从善良心天地可鉴,我怎能失去宽容心同情心,将一个知错改错的灵魂一棍子打死呢? 不,我决不能抛弃你,我要带着你回到家乡去。"

雯儿顿时悲喜交加,和陈生将老狐狸的遗体掩埋在了焉支山中,骑马回到了焉支山陈家庄。小两口回到家后,陈家上下自是一番喜悦忙碌。陈生和雯儿宽厚仁慈,扶弱济贫普行善事。不久,雯儿生下一双儿女,生活过得甜甜蜜蜜,焉支山的男女老少,提起陈生和雯儿,无不交口称赞。

林茂森　整理

丝绸路上驼铃的故事

>>>>>>

前面我们讲过古代丝绸路上的驼队，昔日的驼队是编为驼链出行的，驼链的前后骆驼脖项里各悬一枚驼铃，驼队凭借"咣当""咣当"的驼铃声前后照应，沿着我们脚下这条艰难漫长的黄沙驼道行进。那么，丝绸路上驼队的驼铃是哪里来的？这里有一个动人的传说。

县城东南40公里的峡口关隘，地势险要易守难攻。远在西汉初期，我国北方匈奴强大，每每进犯中原腹地，峡口关就是抵御北方少数民族的一道重要屏障。为了防范少数民族的进犯，历朝历代都有驻军守关。早在汉代时，峡口就已经筑有守军屯驻的堡寨和古城，明清两代的峡口仍为重要的设防地区。

古城的居民除驻军外，大都为历代随军家眷，他们皆为军户不事农耕，孩子生下来就由官府按月供给粮饷。城中居民除当兵外，部分人专做火药、大炮。丝绸之路畅通后不久，峡口城城内的街道两旁开设馆堂、店铺等共十家大店铺。为过往行人提供食宿，成为世世代代生活在峡口古城的先民们的主要职业，也是他们的主要经济来源，在人类历史发展的长河中，迎送过无数来去匆匆的商贾过客。

当年峡口古城居住的近 600 多户居民中，就有 40 多种姓氏，其中有一位红胡子老爹无姓无名，开个铁匠铺，打得一手好铁。人们就依他的行当，称他为"铁老爹"或"贴老爹"。丝绸路上峡口关，军卒商旅熙来攘往，车马驼队填街塞巷，红胡子老爹从小自口外（即西域）来峡口定居，以打铁为生，专给过路商旅钉马掌，久而久之铁老爹的美名就传遍了河西丝绸之路。

有一天，一个外地口音的客商路过此地。这位客商钉了马掌，又央求铁老爹为他雇几峰骆驼和一名青年，把他从内地购买的许多珍贵商品一路护送到西域的家乡去。西域远在天边，雇人赶骆驼去西域，人和骆驼的安全没有保障，谁愿意去那么遥远的地方！就是凭着老脸雇了人家去西域，如果遇到凶险，怎么向对方的家人交代？铁老爹为难了。然而，铁老爹毕竟是铁老爹，他要帮这位老乡护送货物去西域。主意已定，铁老爹转身出了门，一下子雇来几峰骆驼，又将儿子铁蛋叫过来，如此这般吩咐一番，便打发儿子护送客商上路。

客商做梦也没有想到铁老爹会打发儿子护送他，感激的好话说了两驼筐，又拿出很多珍贵礼品送给铁老爹。铁老爹坚决地说："老乡哥哥啊，俗话说'黄金万两易得，人间真情难寻'，我舍得儿子护送你去西域，不图你的金银财宝，图的是人间一片真情！我的这个铁蛋虽不满二十岁，但他自小跟我打铁，练就了一身功夫，你就当作你的儿子，带他上路吧！你们去了西域，我儿子如果回不来，你就给我捎个信来，如果你们回来了，我煮酒为你们庆贺。"说完，铁老爹谢绝了客商礼品，送儿子和客商上路。临行前，铁老爹拿出他亲手制作的两枚小铁桶似的驼铃，系在了前后两峰骆驼的鞍架上。一路上，驼铃悠悠，驼队首尾相互照应着，行进在古老的丝绸之路上，安全地到达了远在天边的西域。

一年以后，铁蛋赶着驼链回到了峡口关，铁蛋的身板也练得跟铁塔一般。铁老爹见儿子安全回来了，高兴得不得了，亲自煮了酒为儿子庆功。从此，铁老爹和铁蛋做出许许多多驼铃，每逢西域商旅的车马驼队路过峡口关，他们就赠送一个驼铃，系在骆驼的鞍架上。这无数小铁桶般的驼铃，寄托了铁老爹父子俩深深的西域情怀！

林茂森　整理

焉 支 神 鹿 的 传 说

>>>>>>

　　焉支山和祁连山是子母山、姊妹山。相传古时候祁连山有什么动物,焉支山就有什么动物。新中国成立前有人在东边的独峰和青羊口等地见过用长尾巴逮吃牛羊的金钱豹。新中国成立后的六十年代,拾号村王兴家在北山里拾到一头小鹿羔。我小时候在焉支山放牲口、拣拾干柴、牛粪或跟大人种青稞、豌豆时进黄草湖、地沟,再爬黄草岭、干柴岭、西瓜岭转到黑沟、苏家山背后的大地里,多次见过草鹿(当地人对草马、草驴的称谓)、梅花鹿、羚羊(当地人叫青羊)、黄羊、旱獭、獾猪、山鸡等野生动物。这里单说焉支人对梅花鹿的传说。梅花鹿因头上顶着美丽、豪壮、昂贵而又分八至十二不等小歧的双角,故当地人又叫美人鹿、八叉鹿。

鹿变美人

19 世纪 40 年代，我大嫂的继父牛维福（年纪大了以后当地人都人喜欢叫他"枪手爷"）讲过他举枪射击八叉鹿变美人的故事。他说："我多半辈子靠老天爷降雨漫过沟洼后抢种几亩山坡地和一杆土（火）枪打猎为生。天公不作美，不幸老伴早逝，我和幼子的生活更加艰难。"就在这时，我那守寡的姨母经人说合和牛枪手组成了新的家庭。

牛枪手乘着良辰吉日擦枪磨刀，填药装弹，背上枪和破烂的兽皮囊进山打猎。人逢喜事精神爽，口喊干板子乱弹①，不觉上了张家窑沟的南山梁上，看见一头梅花鹿在稀疏的松柳间吃青草。姨父喜上眉梢，乐从心起，以为是天赐猎物。他乐滋滋地想："穷枪手时来运转，有了这头梅花鹿，一个鸡蛋的寒酸家当见鬼去吧，我牛枪手便是一绺绺（过去下坝人对寺沟河的叫法）天爷底下的首富！这也可能是新婚妻子从下坝杨家大户中带来的福。"他刚在意念中想起了妻子，突然眼前一簇星光，眨眼定神一看是新婚妻子向他笑眯眯地走来。这时，他从以往听过的神话中好像明白了什么，双手软不奉拉地丢下枪，心灰意冷，十分懊丧地抬眼再看时，那梅花鹿向他摇了一下头，飞速地蹿进了密林。从此，见到真鹿变美女的姨父白日做了发财梦，弃枪专务几亩薄地，兼以拔茇茇、编筐筐、拧草绳的营生，蹒跚地走完了他风烛残年的人生路。

①干板子乱弹：山丹方言，意为在没有乐器的伴奏下，独自在山沟干巴巴地吼着秦腔段子。

三枪都甩耳

在土地改革时期，焉支山区土坡头村的高天当上了民兵，他肩上经常扛一杆"三八"式大盖枪。一日，他心里痒滋滋地想进山打个野兔子或者山鸡美味一下，于是瞒着民兵连长，一人进山了。当他过了跌老鸹河到东边的松林时，看见一头向青松叶吸食雨露珠的梅花鹿。他喜出望外地想，这可能是财神爷睁开了双眼，给翻身做主人的"穷鬼"送来的横财！正想入非非，流着馋涎，选地形举枪瞄准时，见那梅花鹿四腿一挺，足脚一蹬，站在离他不远的地方一动不动，好像是向他发出邀请——照着胸口来吧！

他趴在土坎下一连扣动三次扳机，每次拉枪栓撞针一响，那鹿甩一下头，直竖双耳，睁大眼怒视着他。这时，他想起了老枪手们"三枪不入，手下留情"之讳言，把枪扔在地上沉思中见鹿甩了一下尾巴走了。他气呼呼地举起枪照着山梁一扣扳机，叭的一声子弹呼啸飞出，连拉三次枪栓，无一虚晃。后来，村上人知道了这事，说他见到了神鹿，闭住了火门，子弹自然射不出去。此后，他连野兔子山鸡也不敢打了。

鹿救小孩

民国十几年的一天,陈文科的爷爷陈大富夹着草绳,带着斧子进山砍柴,见一只梅花鹿的头卡在柳枝中间。鹿已经奋拉下了脑袋,嘴里流着清水,双眼紧闭。他见状举起斧子几下砍断了柳枝,鹿跌倒在地上躺了片刻便站起来,浑身抖了几下,向他点了点头表示谢意,便一阵轻风似地蹿入了深山老林。他回到庄子上给人喧时,有一位和他同龄的人舞着双手,摇头晃脑绘声绘色地说:"到口的肥肉,几斧头砍下鹿头,不就什么财富和幸福都有了么!"

到1937年,陈文科8岁时上私学念书。一日,山洪暴发,过河的小桥被洪水冲垮了。不知山高水深的兴才子(陈文科小名)已经跌进洪水中。两岸站的人束手无策,捏着一把冷汗都喊他快出来。话音刚落,一个洪峰打倒了兴才子,紧接着好像有人把他推向对岸的一棵白杨树前,又见他紧紧地抱住了那棵摇摇欲倒的白杨树。这时,几个人立即跑回家中取来了十几根草绳,联结起来系在一个大汉腰里,众人拉着他趟到了白杨树前把兴才子抱了出来。小孩得救,担惊受怕的人们才松了一口气。有一位老人给陈文科招魂时说:"兴才子大难不死必有后福,是他爷爷救神鹿时积下的

阴德啊！"

　　细细品味这三则真人讲(后两则由陈文科讲述)的故事,蕴含了人们关爱生命、保护动物的寓意。

　　　　　　　　　　　　袁学儒　整理

救　鹿

>>>>>>

　　从前有一个小伙子一家,住在焉支山下的一个小山村,因家境贫寒,到了冬天,每天上山打柴,养家糊口。一天刚打完柴准备下山,忽然看见一条恶狼张着血口追捉一只小梅花鹿,眼看小鹿就要落入狼口,说时迟,那时快,小伙子翻身手提柴斧。飞快地追逐恶狼,一边跑一边大声呼喊。小伙子使出全身力气将斧头扔过去,当啷一声,恶狼吓得夹着尾巴逃到密林了。受惊的小鹿不顾一切地奔跑,不幸摔到崖下,摔坏了两条腿,在雪地里挣扎,嘴里不住地发出疼痛惊吓的声音,小伙子跳下岸去,抱起受伤的小鹿,爬上石崖,把小鹿抱回家。

　　回到家里用布带包好骨折的两条前腿,每天精心护理,买上接骨药内服外敷,经过一个多月的喂养,小鹿能站起来了。全家三口人把它当小孩子一样照顾,白天晚上都与它住在一起。一家人和小鹿亲密相处。转眼半年过去了,活泼可爱的小鹿伤好了,长高了,吃得肥肥胖胖,全身的毛像花朵一样漂亮。

一天小伙子和妻子商量,小鹿伤痊愈了,应该把她送到母鹿的怀抱,让它回到大自然去,妻子和小孩抱着小鹿的脖子舍不得让它走。一天他们在小鹿的脖子上系上一个小铃铛,把小鹿带到山上,一会儿过来一群梅花鹿,看到小鹿后都哞哞地呼叫着,小鹿看着自己的妈妈,回望救了自己的恩人,进退两难。一家三口抱着小鹿恋恋不舍,但还是用手推着小鹿上了山。小鹿终于走到了鹿群,回到了大自然……

过了几年,这个小山村不到百口人,染上了瘟疫,全村人少医缺药,医治无效,眼看就要死去。小伙子一家三口也避不过这场灾难,在这生死线上,人们只能听天由命。

一天清晨,这只带铜铃铛的梅花鹿带着两个小梅花鹿,嘴里衔着仙草,走进救命恩人之家,站在门前不住地呼叫。这个小伙子挣扎着打开柴门一看,原来是系铜铃的小鹿。小伙子喜出望外,抱着小鹿热泪盈眶,激动得说不出话来。梅花鹿衔着仙草,跑到院子井边的大水缸边,将仙草放到缸里,一会儿一缸清水变成金黄色的药水了,全家三口每人喝了一大碗,突然觉得满口清凉,四肢有力。小伙子明白了,这是小鹿来救我们的,并再三感谢铜铃鹿。他忽然想起受瘟疫的众村民。转身就往各家跑,奔走相告,将全村的男女老少传到他家,让大家共饮救命水,喝完药水后,没过三日,全村人恢复了健康,一场瘟疫被赶走了。从此这个小山村的人们和山上的梅花鹿亲如一家,他们的日子也一天天好起来了。

常久兴　整理

人和狗争粮

>>>>>>

三皇五帝以前,粮食多得很,有粗粮也有细粮。谁吃粗谁吃细呢?人和狗争持不下,就告到玉皇大帝那里。玉帝派了一位天神下凡调解。天神让人和狗赛跑,谁跑到前头谁吃细粮。

人一听和狗赛跑,知道不是狗的对手,就去土地庙里求土地爷帮忙。土地爷说:"我帮了你们,怎样谢我?"人说:"只要我们赢了,我们就村村给你修庙,月月给你上香。"土地爷答应了。

比赛开始,人用两条腿跑,狗用四条腿跑,狗一下子蹿出老远,把人甩在后面。眼看着狗快到终点了。狗使劲跑着呢,回头一看人落下老远,感到很高兴,心想:"这回细粮是吃定了,让那些两条腿的家伙们吃粗粮去吧!"就在狗回头看人的当儿,土地爷用拐杖一指,地上忽然长出一墩马莲,狗没防住一个跟头栽倒了,半天起不来。这时,人撵上来跑到头里去了。狗挣扎着再起来跑,三蹿两蹦又跑到人前头了,土地爷再用拐杖一指,地上忽然长出些芨芨草,又把狗绊倒了。就这样,土地爷的拐杖三指两指,给狗弄了好多障碍,狗最终输给了人。

神就判了人吃细粮狗吃粗粮。狗不服,神就又放宽了尺度,不管粗粮细粮,人吃锅上的狗吃锅底剩下的。狗没有办法,只好自认倒霉。所以,到现在人一直吃细粮,狗一直吃粗粮、剩饭和洗锅水。狗就把仇恨记在马莲墩、芨芨草、土坷垃身上。

所以狗一见马莲墩、芨芨草或墙角、树根什么的就撒尿泄愤。

郭　勇　整理

山丹水故事

山丹河的传说

>>>>>>

山丹河古称弱水，与黑河汇集后更是波涛汹涌,奔流直入居延海。据《山海经》记载:"昆仑之北有水,其力不能胜芥,故名弱水。"这里的昆仑山是祁连山,弱水就是山丹河。"弱水"的称谓流传至今,比如甘肃省现在的地图上还标有弱水河。山丹河其实是弱水源头的一支河流。

远古时代的山丹河叫作弱水。那时弱水河水波荡漾,两岸鸟语花香,游鱼粼粼。生活在两岸的人民衣食无忧,生活安详宁静。但好景不长,一个叫窫窳的怪兽来到了古弱水河畔,它看到这美如画境的地方就想霸占。自从来了这头虎面龙身,声如婴嚎的怪兽,它每日要食人为生,还天天兴风作浪,弱水两岸人民深受其害,永无宁日。这事被天神贰负知道了,派了大臣危带领天兵天将捉拿窦窳后杀了它,为弱水两岸人民除了一害,人人拍手称快。但天神却又听信谗言,让有名的医生巫彭、巫抵、巫阳等人救活了窦窳。窦窳本性难改,表面服输,暗地里却继续残害百姓。有一天,西王母的女儿罗婉游经弱水河畔,看到一条龙头虎身的怪兽凶残地食人,一问原来就是喜食人类的窦窳,就用法网将它擒拿,交给西王母发落,西王母罚它每年春天施雨给老百姓,因施雨很是辛苦,孽龙伺机逃脱了,并不时回来残害百姓,一来就搅得浑水横溢,水患无穷,民不聊生。

当时河西地区为西戎统治,弱水与黑河汇流后被合黎山所阻,形成了汪洋海域,再加上怪兽窦窳兴风作浪,弱水河畔的人民苦不堪言。大禹治水来到了弱水河畔,看到洪水泛滥,人民苦不聊生,就挖开合黎山,在沙漠里形成了居延海。①《尚书·禹贡》就是大禹治水功绩的总结。禹子承父业,治理洪水,劳心劳力,改堵为疏,三过家门而不入,终于治理了全国水患,开辟了农耕,安定了九州,人民过上了安居乐业的生活。

洪水虽然治理了,但窦窳的祸患还是让人们不得安生。传说大禹请后羿帮助除掉了窦窳。后羿因射日而得罪了天帝,和妻子嫦娥被贬到了人间。随着时间的流逝,后羿觉得对不起受他连累而谪居下凡的妻子。他听说昆仑山上的神仙西王母有一种神药,吃了这种神药,人就可以升天。于是,他跋山涉水,历经千辛万苦,到昆仑山向西王母讨神药。遗憾的是,西王母的神药只够一个人使用。后羿既舍不得抛下自己心爱的妻子自己一个人上天,也不愿妻子一个人上天而把自己留在人间。所以他把神药带回家后就

---

① 参见《尚书·禹贡》的记载:"导弱水,至于合黎,余波入流沙"。

悄悄藏了起来。

　　但是嫦娥却过不惯清苦的生活,乘后羿不在家的时候,她找到了神药,并独自服下了神药。顿时,嫦娥觉得身体越来越轻,缓缓向天上飘去,最后来到月亮上,住进了广寒宫。后羿发现妻子离开自己独自升天后十分伤心,但又绝对不能用神箭伤害她,只好跟她告别,独自一人留在了昆仑山下,正好看到大禹治水经过这里,英雄相惜,和大禹成了朋友。这时候,窫窳残害百姓,后羿就帮助大禹杀了窫窳这头猛兽,老百姓敬仰治理洪水和铲除猛兽的两位英雄,"洪水猛兽"这个成语就流传下来了。

　　自从除掉了窫窳,弱水两岸的人民生活安定,并推选大禹的后裔管理弱水流域,在《穆天子传》中,称这些后裔为河宗的子孙,他们形成了弱水流域的月氏部落。

　　后人为了纪念大禹曾立碑记载。世传大禹开始导弱水处,在山丹城西十里的山嘴北面(现祁家店水库),人们立"大禹导弱水"碑,以记其功。

杨桂平　整理

山丹水源的传说

>>>>>>

山丹民间有句老话,"若能找到狄青坟,富足山丹一县人"。

水是人类的生命之源。尤其对于干旱的地方来说它比清油还珍贵。人们对于水的渴望让这句话流传了下来,并留下了很多有关狄青的传奇故事。

狄青是宋朝名将,在和西夏对抗中立下了赫赫战功,官至枢密副使。传说狄青临敌作战时,披头散发、带铜面具,出入敌军中,西夏军均望风披靡,没人敢挡。

狄青西征时来了古城峡口,那时峡口称作联络城。峡口是古丝绸之路的要道,历来为兵家必争之地。狄青奉命要把联络城筑为生铁城,狄青没按皇帝的吩咐办,把城修筑成了砖头城。

狄青在峡口干了许多好事,峡口的老百姓能够安居乐业,生活也不那么苦了。因此,老百姓都很尊敬他。

狄青有两个儿子,老大叫狄龙,老二叫狄虎。有一年,狄青得了重病,自己觉得不久就要离开人世了,便把两个儿子叫到床前吩咐,自己死后,要用石棺材埋了,浑身不能挂一点儿布丝。过了几天,狄青死了。儿子按父亲的遗嘱,做好了石棺材,但觉得父亲一丝不挂心上过意不去,也怕别人笑话,就给穿了条裤衩。出葬的那天,众老百姓全都披麻戴孝为狄青送葬。可棺材咋也抬不动,大家拿来椽子粗的铁链子,赶了十八匹骡子、十八匹马来拉。拉到半路上的一股泉水旁,铁链子断了,送殡的道士说人顺天意,只好把狄青就地掩埋。据传这股泉水是山丹的水源头,狄青的坟刚好把这股泉水给压住了。以后,山丹的水越来越少,老百姓就编了句顺口溜:"若能找着狄青坟,富足山丹一县人。"

山丹没了水源,原来水草茂密的花草滩、马寨子滩、四坝滩以及东乐西屯一带的北山滩都成了荒漠。千百年来,人们为使荒滩变绿洲,一代一代竭力寻找水源,期盼狄青的故事不是传说,让后代能够开井找到水源,繁衍生息。

杨桂平　整理

县令分水的故事

>>>>>>

古老的弱水就是我们的山丹河水,《清史稿·地理志》记载:"山丹河即禹贡弱水,出县南祁连山麓,四源并导,汇于城南,东入张掖。"那时的古山丹河源头支流众多,各县所属水流,都是源头支流汇合而成,很难分清具体界限。下游居民用水,经常发生纠结。因水生怨甚至流血的事件很是严重。虽多有调解,但还是纠纷不断。"本是同根生,相煎何太急"。可是在攸关生存的问题上,亲情也显得苍白无力。

相传很早以前,古弱水河畔有一员外家,生有两个儿子,大儿子忠厚老实,却没主见,二儿子机灵能干,却贪玩粗心。两个儿子都长大成人娶了媳妇,大媳妇是平常人家的姑娘,二媳妇却是大户人家的女儿。员外爷治家有方,一家人勤俭持家,幸福和美,无忧无虑。

可是渐渐的员外爷老了,开始发愁由谁来主持家业。一天,老两口商议后就招来两个儿子、媳妇说,现在把家里的土地分为两处,由你二人各自耕种,谁的庄稼来年收成好谁就接替我当家。为了避免分配不公,就用抓阄分配。老大抓阄分到的土地贫瘠,但旁边有河水经过,浇水方便。老二抓阄分到的是黑土地,但大多时候是靠天吃饭,河水绕着走,没办法引水来浇灌。因是抓阄所得,两家也无话可说,大媳妇为人老实贤惠,想着凭借两口子辛勤劳作会终得丰收。二媳妇却爱贪占小便宜,想自家虽得到好的土地,因缺水浇地,收成能好过老大家嘛,就有点不满意不高兴了,因此天天埋怨老二手气不好。

分到了土地,两家人就各自忙活起来,春天犁地播种,哥哥看到弟弟缺耕牛,就送来了自己的耕牛让弟弟先耕地,自己和媳妇也来帮忙,作为回报,弟弟给哥哥家送来了耕地的新犁铧。两家人在春天和和气气播了种,就等秋天的好收成。

可是,怪事发生了,老二家的麦苗长得青油油的,都齐腿高了,老大地里的麦子还不见发芽,地里光秃秃的,就几根燕麦孤零零立在地里。按说两家的种子都是家里上好的种子,老大的地还浇水了呢。好在今年雨水充足,老二的地里也没有吃亏。可是,老大地里现在却啥动静也没有,员外爷老两口也不知道怎么回事,更急坏了老大两口子,想不明白为啥种子不发芽。

大媳妇让男人从地里刨出种子拿回家给自己的爹看,大媳妇爹爹是种庄稼的行家里手,一看刨出来的种子说,这是煮熟的种子,猴年马月都不发芽,再会种庄稼的人也种不出来。谁都百思不得其解,都是一样的种子,老二的怎么能出苗?员外奶突然想起,种子年年是从二媳妇娘家得来的,难道亲家做了手脚,又想起装种子的口袋是用一模一样的黑牛毛织成的，谁能看透口袋，分辨出来种子的好坏。没有证据也不好说什么，只有心里犯疑惑。

只有老二媳妇心里暗暗欢喜。原来，这二媳妇一听老员外说谁的庄稼种得好，就让谁当家业，心想，老二能干，这家本就老二当才对，可员外偏心，知道老大两口子勤劳，明摆着变着法子让老大当家嘛。心里又急又恨，就跑到娘家去讨主意，父亲不在，母亲一听，就娇惯女儿，说："你家年年的种子是我们供给，今年你专挑白牦牛绳子扎的口袋，定会让你当家。"取种子时，二媳妇还假心假意让老大媳妇先挑，可婆婆却让她先拿，正中下怀，自己早让长工李五把扎着白牦牛绳的口袋放在了最上边，所以就不漏痕迹地拿走了没有煮熟的种子。看着老大家的地里光秃秃的，她心里暗暗得意，表面上却假意安慰。

老大两口子虽然心里明白，因是善良老实之人，也不去追究弟媳的不是，想想让聪明能干的弟弟当家，自己还落得轻松。错了季节只能种豆，就重新犁地种了豌豆，豆子产量是比不过麦子的。

不想苗刚抽穗，天公却不作美，旱得要命。老大还有河水可解燃眉之急，老二绿油油的麦田眼看着要枯死，麦子要绝收，老二直埋怨是媳妇心肠不好遭老天爷惩罚，甚至要休了媳妇，二媳妇哭哭啼啼向员外爷承认了错误，求大哥大嫂原谅自己贪心。老大两口子本就心善，见弟媳已有悔改，就说情不让老二休了弟媳，媳妇爹妈也下话求情，老二才罢休。

天旱成这样，老二两口子整天为水的事愁眉苦脸，唉声叹气。情急之下，两人又跑到媳妇娘家讨主意，可被爹妈骂了回来，说他们自作自受。两人灰溜溜地返回家来，走到自家山地那里一个山洞旁边，看见一个衣衫褴褛的老人晕倒在洞口，不知是渴了还是饿了。老二赶紧给老人喝了自己壶里的水，老人慢慢苏醒过来，只喊肚子饿。可是这里离家老远,身上又没带吃的,怎么办呢?老二打算背着老人回家,叫媳妇做些吃的,让老人充饥。二媳妇见老二多事,只是埋怨,生气地一甩袖子要走,说自家地里都要绝收,来年要挨饿,哪有吃的救济别人。不想一甩却甩出一个烧山药来,原来二媳妇娘家妈虽然和员外一起嘴上骂着女儿,却很是心疼女儿,临走偷偷塞了几个烧熟的山药给女儿,二媳妇舍不得吃,藏在袖筒里想带回去给自家小儿吃,不想一甩袖子甩了出来。老二当即捡起烧熟的山药给老人吃了,老人立马精神了,说家就在不远处,起身就走了。二媳妇虽不愿意,但想到救人一命,胜造七级浮屠,也就不再埋怨,两人因耽误了时间天黑黑的才回到家。

因天旱,眼看着老二的麦子要绝收,员外奶急得天天上香念佛,求老天爷发慈悲,降一场大雨救急。老大两口子也急得心里上火,嘴上起泡。晚上老大媳妇还做了一个奇怪的梦,梦见一个黑狐狸嘴里衔着一个桃子,硬塞在了她怀里,自己一推辞就吓醒了。员外奶一听就问:"你是不是有喜了啊?"原来老大媳妇结婚以来一直不开怀,这也是员外奶的心病,为了得到孙子也天天烧香拜佛。老大媳妇羞答答地说,就是有喜了。员外老两口一听,真是又喜又愁,喜的是老大媳妇终于怀上孩子了,愁的老二的麦地要绝收。

一天,放羊的二牛对老大说,他天天看见一只黑狐狸在山里出没。老大听了想起媳妇做的梦,心里一动,就去山里找那只黑狐狸,果真就见了,于是就追啊追啊,一直追到山洼里黑狐狸突然不见了,到跟前一看,这里原来是自家的山地,叫生地洼山,山里藏着一个山洞,黑狐狸就钻进了这个洞,两人就扒了沟里的水往里灌,想把黑狐狸灌出来,可一直没有灌出来。老大就在洞口点了香,摆了祭品,嘴里念叨:"狐仙爷爷你显显灵降点雨水,救救庄稼吧!"

这时候,老二的麦子都快要被晒焦了。有一天,老大引来河水浇豆子地,水却流进黑狐狸钻过的洞,一直在洞口打转转,速度越来越慢。过了好久,一股水突然从山那边的一个洞口冒了出来,流进了老二的土地,那个洞口正好是老二两口子救了老人的地方。老二地里流进了清冽冽的水,晒蔫的麦苗有了水,喝得足足的,长得壮壮的,都活了过来,不愁秋天不丰收,老二两口子高兴极了。出水后,这只黑狐狸再没出现过。但这股水怎么突然流出的,谁也说不清楚。腊月里,老大媳妇也生了一个大胖小子。员外爷一家认为这都是黑狐狸所为,便每逢初一、十五摆上供品祭祀。老二知道黑狐狸引来的是老大的水,既惭愧又感激。两家人为了世代和睦,更不要忘记黑狐引水之功,便在深地洼山顶上建造一座庙祭祀,叫黑狐灵官庙,山两边老大老二的后代都来朝拜,祈求年年风调雨顺,心想事成。

此后,这股水沿西山而下,流经石头沟,一股至位奇新开灌溉田畴,一股过生地洼山流向民乐暖家岸,为当地农家之命脉。老大、老二就在各自的土地上生儿育女,两家人世代和和睦睦,子孙也愈来愈多。老大的地方就是霍城河西村,老二的这个地方就是民乐暖家岸,子孙也依此水屯田耕作,繁衍生息。

过了不久,后来的子孙忘了先祖和睦相处的荫德,一水分两坝,谁多谁少,常引起两地争端,时有人命事件发生。有一年,纠纷闹大了,两地人举报县衙断案。县令正巧是霍城人,可县令夫人娘家在暖家岸。一听这事难断,就愁得睡不着觉转磨磨,夫人看到了,一问得知县令为此事烦恼,便在枕边献策说,明天你断案时带上我,你看我一顿脚,就按当时情形断案就是,保你英名留世。县令一听大喜,第二天,一早便命差役备轿子,携夫人直奔霍城分水口而来。县令到此一看,这水一股向北,一股向西,向北分多了民乐人不依,向西分多了山丹人不依。两方人只等县令一句话,县令不言不语,在分水口上转磨磨,转了好久,并在黑狐灵官庙焚香祭祀,说是让先祖显灵,公断此事。说起先祖,两地人想起先祖的传说,本是一脉相承,何必这样计较,大多数人不再吵闹。

话说县令夫人不常出远门,更难得游山玩水,这次有幸随夫来到野外,满沟满岸的山花野草,惹得夫人一下轿就不顾一切地采玩起来。这时候,夫人拣好看的野花采摘了一大把,欲跳过沟再采,说也巧,夫人刚一跳沟,手中的三枝马莲花正好落入水中,一枝向西,二枝向北,漂流而下。夫人跺脚大喊:"我的花掉沟里了。"此刻,站在河水下游的县令大人忽然眼前一亮,大喝一声:"有了!大家听着,此水乃山丹二、民乐一,照此办理!"民乐人不服,挡住县令问由来,县令指着水沟里飘荡的马蓬花说:"这三枝花为何一枝朝西、两枝朝北?此乃先祖旨意也!"说毕便唤来夫人打轿回衙。

轿子在路上晃悠悠。县令笑对夫人说:"今日你帮吾之大忙也……"

此后,霍城西坝水分山丹二、民乐一,即成定论,一直沿用至今。

杨桂平　整理

三龙穿城的故事

>>>>>>

老辈人讲山丹城内过去有三股泉水穿城而过，分别叫作头坝泉、二坝泉、四坝泉。三股泉水分别由东南、正南、城北蜿蜒绕城而过，既保证了城内居民饮用，又为沿途树木生长创造了自然条件。有一位九十高龄的老人说，仅头坝泉到喇嘛缸泉等地段就有泉眼四百多个，可见过去山丹城水源还是十分丰富的。老百姓本着对水的敬畏，把汩汩流淌的三股泉水叫作"三龙穿城"，这成了山丹的地理名胜古迹，可惜三龙穿城的景象现在已消失了。八十年代末泉水几乎断流，九十年代城区自来水的改造让三龙穿城成了回忆。但是关于三龙穿城的故事还是流传下来了许多。

相传在远古的时候，山丹泉眼密布，人们依泉而居。充足的水源不仅有祁连山的冰川,还有焉支山的雪水,整个山丹大地是芳草满地,鸟语唧唧,生态环境优美,人民生活安乐闲逸。可是好景不长,来了一个九头妖怪,这个妖怪住在祁连山中,冬天蛰居,夏天出来时,电闪雷鸣,乌云压顶,暴雨倾注,瞬间大地变成一片汪洋大海,幸存者寥寥无几。人们为了生存纷纷远走他乡。只有一户人家不愿离开,最终他们一家搬到了焉支山脚下居住。家里只有老两口和一个女儿,女儿取名月亮,生得聪明伶俐,貌美如花,又是个勤劳善良的女孩子,老两口视如掌上明珠。一家人采药为生,远离俗世,生活还算安逸。

大禹治水经过山丹时,看到人烟稀少,满目荒凉。到焉支山下老两口家里询问后得知详情。大禹立即请来后羿帮助铲除九头妖怪。后羿是个年轻英俊的神箭手,箭法超群,百发百中。他曾被天帝召唤去,领受了驱赶太阳的使命。他看到九头妖怪祸害百姓,让百姓生活在火难中,心中十分不忍,便暗下决心射掉九头妖怪,帮助人们脱离苦海。

后羿为了除妖,便住在了焉支山下月亮姑娘家里,因为是冬天,要等到夏天妖怪才能出来。从冬到夏需要好长时间,后羿正好可以养精蓄锐。月亮姑娘的母亲责无旁贷地担起了照顾英雄后羿的饮食起居。这样,每天后羿都能见到月亮姑娘。英雄爱美人,后羿越看月亮姑娘越美,月亮姑娘对后羿也是心生爱恋。时间久了,月亮姑娘父母就请大禹做媒把月亮姑娘许给了后羿,准备除掉九头妖怪后就让两人成亲。

谷雨刚过,立夏在即。后羿让月亮妈妈准备五色豆子(赤豆、黄豆、黑豆、青豆、绿豆)做"五色饭",准备带上去除妖怪。要做好三天的饭一次带上,还要做好五色旗子(红、黄、蓝、白、绿)插在田野里,以防庄稼被损坏(山丹如今还留存着农历五月十三插五色青苗旗子的习俗）。月亮和她妈妈早早就按后羿的吩咐做了准备，万事俱备，只等九头妖怪出现。

有一天黄昏时分，狂风疾雨中九头妖怪出现了，后羿手提宝剑冲了出去，出门时，月亮姑娘千嘱咐万叮咛要后羿小心，却忘了自己给后羿做衣服时别在后羿衣襟上的一枚银针。后羿和九头妖一直打斗了三天三夜，杀得难解难分。月亮姑娘躲在门里看得真切：外面乌云翻滚，不见身影，只听得"霹雳咔擦"的声音闪响，九头妖怪的头像雨点一样落了下来，那九头妖发出了阵阵哀鸣。月亮姑娘心里暗暗欢喜，心想快快除去妖怪就好。没想到九头妖最后三颗头颅砍落后，竟能跳起来复原，看来这个妖怪杀不死了，月亮心里焦急起来。就在后羿刚砍落九头妖又长好的头颅时，衣襟上的银针落了下来恰巧钉在了这个妖怪头颅上，奇迹发生了，妖怪的头再也不能跳起来了。这时，月亮姑娘赶紧拿出自己屋里的其他两枚银针，钉在了其他两颗妖怪头上，帮助后羿杀死了九头妖怪。这时，月亮姑娘用来除妖的三枚银针变成了三股清洌的河水（焉支山的上河、下河、中河）顺着焉支山坡流到了山脚下的田地里，麦子瞬间长高了一截。

后来，后羿和月亮姑娘成亲了，并在焉支山下过着男耕女织的生活，一家人其乐融融。大禹把其他洪水也疏通到了这三条河流里，并一起归入弱水河，向西流向了居延海。从此，山丹再无水患，人民也安居乐业。这三股泉水被山丹人称作"三龙穿城"。

杨桂平　整理

周仲元巧护水源

>>>>>>

清朝末年,天气大旱,寺沟河断流。加之永昌、花寨、寺沟河等地偷伐盗木猖獗,焉支山水源林遭到严重破坏,多次发生盗木贼殴打护林人员事件,双方或有伤亡,但仍不能制止盗伐事件继续发生。

于是陈户、范营、新河三号众人公推贡生周仲元为代表,去凉州道台府告状。先生不负众望,挺身而出,写好状词,自备钱粮骡马,带几个身强力壮的族人,信心满满地到凉州道台府告状,经过几番周折,道台大人终于升堂判案了。衙役们的堂喝必不可少,胆小怕事的人一定尿裆,但听惊堂木"啪"地一响,道台大人大声喝问:"堂下跪着何人?"先生面不改色心不跳,站起身来,双手抱拳,声音洪亮地回答:"道台大人,本人甘州府山丹县陈户寨子贡生周仲元是也。"道台大人一听是同门中人，语气也就温和了，于是问："周先生，你状告何事？"先生答道："为焉支山盗伐林木的贼人而来。"道台大人又问道："焉支山林木被盗与你有何干系？"先生上前一步答道："大人，焉支山森林乃我陈户、范营、新河三号数万民众的水源林，冬能积雪，夏可生水，关系着万民的生息，一旦遭到破坏，河水断流，数万良田荒芜，百姓无法生存。"道台又问："焉支山森林有多大面积？"先生回答："焉支山有三十六道沟，七十二座梁，一百多条坡，沟沟有清泉，梁梁有森林，坡坡有灌木。"道台再问："焉支山的沟、梁、坡原有树木多少，偷伐了多少，现有多少棵，你知道吗？"先生上前一步反问道："请问道台大人，你的头，有前额、后脑勺和两鬓，各处原有头发多少根，经梳洗后又有多少根，是多了还是少了，难道大人您知道吗？"道台略加思考说："问得有理，周先生，本台这就差捕快与你同去，严惩盗木贼，你看如何？""谢谢大人，本人代表陈户、范营、新河三号民众谢谢大人。"先生双膝跪地真诚地向道台大人磕了三个响头，退出台府与捕快快马加鞭赶回家乡。

在捕快们的严厉打击下，盗木伐林的事态得到了遏制。为保焉支山的天然森林以护其水源，此后只许取枯柴，不许砍活柳，更不许伐松柏。之后三号众人在寺沟口马哈喇寺门前立碑定规，禁止任何人偷盗砍伐焉支山林木，这才保住了焉支山水源林。周仲元反问道台的佳话也广为流传。

杨桂平　整理

陪嫁水的传说

>>>>>>

山丹有两个山湾村,一个是刘家上山湾,一个叫彭家下山湾。以前两个村子之间有一座石头山,上山湾和下山湾的人们被这座石头山阻挡,人们的往来很不方便。石头山脚下是山丹河。那时候山丹河河水丰盈,奔流湍急,但山丹河到了石头山这个拐了弯流走了,彭家山湾的人就缺水干旱,常年吃的涝池水。

大约在清朝乾隆年间,上山湾有一个姓刘的财东,是上山湾的首富。生了一个女儿叫盼盼,相貌娇美,心灵手巧。下山湾有一户彭姓人家,育有一儿彭富,少年英俊,相貌堂堂。彭家也是家道殷实,两家门当户对,早早定了儿女亲家。

转眼到了女儿出嫁的年龄,彭家也早早上门商议娶亲之事。商议停当，就等吉日到来。可祸不单行，就在这时彭家被天火烧了个精光，一家大小就剩下外出学艺的儿子彭富。刘家一看彭家遭了横祸，家里烧得啥都没了，就想悔婚，把女儿另嫁他人。可是刘家女儿盼盼却是个有情有义的女子，死活要嫁给彭富。爹娘无奈，只得同意，只是不给女儿陪嫁，彭富用一只小毛驴就把盼盼驮回了家，搭了间茅草屋子居住。

结婚后，日子过得艰难，好在夫妻恩爱，盼盼贤惠能干，彭富吃苦耐劳，又学得石匠手艺，生活慢慢好了，重新修了新房，置办了家当。又过了几年，盼盼也当了娘，给彭富生了个儿子。自己生儿育女了才知道父母的辛苦，想起两三年没见过爹娘，常常偷着落泪。

有一天，盼盼说自己做了个梦，梦见母亲病了。彭富知道她想爹娘了，就安慰了盼盼几句，答应第二年让她回娘家看望爹娘，盼盼一听喜出望外，转而又长叹短嘘，路途艰难，家里农事又忙，哪有工夫去看爹娘，只当是丈夫安慰自己罢了。

彭富疼爱妻子，想到盼盼不顾爹娘反对，嫁给自己受尽了委屈和辛苦，就想一定要让盼盼去看看爹娘。可是盼盼去自己需陪着去，家里没人主事不行，咋能快去快回就好。在左右为难之际，他突然想到何不凿开石山开路。想到一个人能力有限，他就立即召集了和自己一起学艺的四方弟兄们，准备在石头山嘴上打通石壁，凿开石门，并许愿一斗石子一斗米。彭富把一年的收成全给了弟兄们，终于在第二年凿开了石门，这个石城门能走过一辆牛车，盼盼爹娘看到女儿一天时间就能回家来，还带了一个胖孙子，高兴得合不拢嘴，再也不怨恨女儿女婿，一家人高高兴兴吃了饭，送女婿一家人回去了。

道路通了，刘家老两口想见女儿一天时间就能见到，但女儿家还吃着涝池水,盼盼爹娘决定分给女儿女婿一股泉水,可咋把水引过去呢,老两口犯了难。彭富一听,说爹娘别愁,我自有办法。彭富又把弟兄们召集在一起,在石头山的半山腰开凿了一条水渠,把泉水引了过来。盼盼爹娘说女儿出嫁时没给陪嫁,这股水就当是嫁妆一样陪给盼盼吧。人们便称这股水为"陪嫁水"。

这就是"石城门"和"陪嫁水"的来历。

现在这个石城门和水渠仍保留着,石城门已经废弃,但水渠还起着灌溉刘家山湾乃至陈户乡大部分的农田的作用。这条水渠现在被称为高沟子。

杨桂平　整理

白银子变水的传说

>>>>>>

在山丹县城西十多里的祁家店水库北侧,有一个叫马家湖湾的地方,那儿水草茂密,环境优雅。这里曾是明万历年间右军都督金事、光禄大夫山丹人王允中的墓园,当地老百姓称之为"王家享堂"。王将军生前功劳大,死后享受御葬,王家享堂的名气也很大。

相传,王家享堂的穿堂用石砖砌成,十分壮观。里面长明灯日夜不灭,廊檐下堆着银子,银子上铸有:"添灯油得银子五十两"的字样。据说,有一条白狗,每天领一个人到里面添加灯油,这个人就会得到五十两银子。渐渐地,老百姓都传开了,说王家享堂的银子会识人,心善、家贫的人,就会周济;心怀不轨、贪心不足的人见到的银子就会变成石头。

有一年,马家湖湾出了个马财主,仗富欺贫,在乡野无恶不作,祸害百姓。家里的长工也是常常吃不饱,穿不暖。一天,他家的放养娃陈六娃因丢失了羊羔,被他打出家门。没爹没娘的陈六娃无家可归,就经常跑到王家享堂来寻些祭奠品垫垫肚子,在穿堂里避避风雨。一次,陈六娃竟然睡着了,朦朦胧胧中见一白狗在拉自己的衣袖,就跟着白狗走进了一个灯火通明的大殿,殿里一口水晶棺材闪闪发光,棺材四周都堆满了金银元宝,棺材前有一大供桌,桌子上点着长明灯,点灯的油快要燃尽了。桌旁有一大缸里面盛满了油,缸里边挂着一大马勺,陈六娃就舀了一大勺油逐一添进了灯里,这时白狗从棺材边叼来一锭五十两的银元宝,放在陈六娃脚下,示意他带走,陈六娃揣了银子在怀里,跟着白狗小心翼翼走出了穿堂,冷风一吹,打了个冷战,白狗不见了。只见漫天星斗如银,周围漆黑一片,赶紧用手摸摸怀里,硬硬的似乎是真银子。怕回去被东家马财主看到,就趁黑向焉支山奔去。

天刚麻麻亮的时候,陈六娃来到了焉支山。焉支山上一片寂静,山上只有散落的几户人家。焉支山是陈家驸马爷的封地,这些散落的住户是驸马爷的佃户和看山的家丁。陈六娃来到焉支峡万寿岭下,这里悬崖峭壁,山坡上松柏苍翠,林子里荆棘满地,他看到两棵并立在一起的松树,很奇特,像是一个根系分离开来长成的,似乎又不像,但两棵树长得参天茂密,直插云霄,似乎有着几百年的年轮。陈六娃摸出怀里的银子,银子在微弱的晨曦里泛着青幽幽的蓝光,惊得一只小松鼠踩下一只松塔来,正好落在两棵并立的松树底下,陈六娃就在落下松塔的地方挖个深坑把银子埋了。对松鼠说,松鼠爷爷你可把银子给我看好了,我把你当神敬着。

埋好了银子,太阳光已照进了树林里。陈六娃走出林子,又饿又累,就寻了些野果充饥,喝了些山泉水解渴,休息了一会。就在这时,过来了一位老人。这个老人无儿无女,住在焉支山里替驸马爷巡山护林,看到衣衫褴褛,瘦得皮包骨头的陈六娃,询问他怎么到了焉支山。陈六娃说了丢羊被东家赶出的事情,却把王家享堂和银元宝的事隐瞒了下来。老人见他孤身一人,身体单薄,人却机灵,就收留了他和自己做伴,白天陈六娃巡山,晚上老人巡山。

陈六娃有了安身之地,再也不愁露宿荒野,挨冻受饥。但他心里一直惦记王家享堂之事。有一天,他趁老人晚上巡山时,一溜烟跑到山下想再去一趟王家享堂。刚一下山,就看到山脚下有一发光地方,走近一看,竟是那只白狗拉着爬犁。陈六娃知道白狗在等自己,就赶紧上了爬犁,一道白光闪过,陈六娃已到王家享堂,跟着白狗进了大殿,添了灯油,拿了白狗给的五十两银子,就坐在了爬犁上眼睛一闭来到了焉支山上,还在那棵双岔松下埋了银子,天天如此。每次,陈六娃都不多拿一两银子。过了几年,老人去世了,陈六娃就接替老人担当起了巡山的职责。老人安葬在一个山洼里,每逢清明节气,陈六娃就给老人烧些纸钱,在坟头自言自语一番,给老人说说心事,也不觉得寂寞。

一天是中元节,陈六娃给老人烧过奠纸后,说着说着就睡着了。梦中老人对他说:"六娃啊你赶紧带着你的银子远走他乡去吧。"陈六娃一惊就醒了,想老人怎么知道银子的事儿呢,觉得蹊跷。可为啥要让他走呢,这深山老林里有吃有喝,又自在。陈六娃咋想都想不出来,再说自己走了谁和白狗去添灯油呢,想了想,先不走,过些日子再说吧。

话说这马家湖湾的马财主,财大气粗,可婆姨就是不见怀孕,眼见偌大个家业无人继承,很是着急上火,婆姨就信了佛,天天吃斋念佛,到处求佛问子。这天就近到大佛寺烧香敬佛之后,听人说起王家享堂晚上有白狗领着一个放羊娃添灯油的事,说得有鼻子有眼,还说那放羊娃就是陈六娃。婆姨回来一五一十对马财主说了,马财主听了没有吱声。

一天晚上,陈六娃在白狗带领下去添灯油,白狗却不给银子,坐在地上不走,并扯住陈六娃的衣袖也不让他走,陈六娃怕天亮让人看到,再说天亮还要巡山,就银子也不要了,扯了衣衫就走。这时,白狗叼来三个金元宝并开口说话了:"你我缘分尽了,拿着这些金元宝回去后,再不要来了,就在焉支山置办些田地过日子去吧。"没想到他俩的话被藏在外面的马财主听到了。原来马财主听了婆姨的话,留了个心眼,藏在王家享堂的胡草地里,看见白狗领着陈六娃添灯拿了元宝出来,并听到了白狗说的话。他偷偷跟着来到了焉支山脚下,看到白狗把陈六娃送到山脚下,一头钻入地下不见了。他就在白狗钻入的地方放了自己的一只鞋子,赶紧跟踪陈六娃来到了焉支山,又看见陈六娃把金光闪闪的元宝埋在了松树下。马财主把自己的另一只鞋放在了松树下面。心里暗暗欢喜,准备等到天黑陈六娃睡着之后,自己神不知鬼不觉挖了他的元宝,让这个穷光蛋梦里过好日子去吧。

马财主马不停蹄地回家套了骡车,拿了铁锨回到焉支山时,已经是第三天晚上了,幸好是十五,月亮又圆又亮。走到松树底下,一锨挖下去,就挖到了金元宝和银元宝,拉了整整一骡车,压得骡子腰都凹下去了。他又来到白狗钻入的地方,鞋子也还在,那地方似乎开着大朵的牡丹花,月光下甚是好看。马财主顾不得赏花,穿了鞋,鞋子里湿漉漉的粘脚,以为进了露水,也顾不得了,就挖起来。挖呀挖呀,却啥也不见,气恼地一屁股坐在了地下,觉得屁股底下湿漉漉的,像坐在了水沟里。正纳闷呢,忽然看见刚才挖开的地方一股泉水喷涌而出,瞬间变成滚滚洪流,浪花滔滔,吓得马财主起身就跑,无奈鞋子里黏糊糊,一走就跌跤。眼看着河水要淹了全身,马财主还是舍不得丢了元宝,骡子虽没被水淹没,但车上元宝压着也走不动,只在水里打转。一股大浪打来,打翻了骡车,车上元宝尽数被水流冲走,急得马财主顾此失彼,抓住了银元宝,又丢了金元宝,跌跌撞撞和骡车被大水冲出了焉支峡口。天亮了,水流钻入地下不见了,前面是宽阔的草滩。马财主一看自己还活着,怀里还紧紧抱着几个元宝,骡车却不见了,就把元宝放在地上去寻骡车,谁知元宝一落地全都变成了石头。马财主气急败坏,一脚把石头踢出去,把石元宝踢掉了一个角。

垂头丧气的马财主回到了马家湖湾,只见一片汪洋大海,怎么也找不到自己的庄子,连一个人影都没了。原来昨夜发了一场山水(洪水),大水把马家湖湾变成了真真的大湖,爹妈和婆姨都被水淹死了,长工们平时恨死了马财主一家人,也不去救他家人都跑了。马财主沦为乞丐,不几天就饿死了。

后来,陈六娃看到被水冲到草滩上变成石头的金元宝、银元宝心里很是可惜,就用手摸了摸。神奇的事情发生了,破损的石元宝都复原了,变成了真真的金元宝、银元宝。其他的石元宝陈六娃就任其散落在草滩上,也不去管它,急需时捡几个回家,也不多贪。陈六娃捡了几个金元宝,买地置房,娶了花寨子石姓人家的女儿为妻,还生了一对儿女,妻贤子孝。他也舍不得离开焉支山,就在焉支山里住了下来。

有一天,陈六娃的媳妇看到一个白狗钻入地下,就到跟前细看,却是从来没见过的一株草,就挖回家栽在了院子里,来年却开了花,红白紫三色相间,很是艳丽。从此焉支山和花寨子村子里的家家都种着这种花,把它叫作大丽花。山下花寨子的人听说陈六娃摸了石头变成了金元宝,就在每年四月四去钟山寺拜佛的路上顺手摸摸石元宝,虽然没有变成金元宝,可是回家都勤劳致富发

了家。谁也不会用脚踩，说是踩了石元宝就会破财。你现在到焉
支山游玩，快走出焉支峡口的时候，就会看到散落在草丛中的石
元宝，没人会用脚去踩，有人会特意用手去摸一摸，祈望带点财运
回家。

杨桂平　整理

百花池的传说

>>>>>>

山丹焉支山深处,有一座山峰,峰顶平坦凹陷,是一处宽阔的湿地。每到夏季峰顶鲜花烂漫,百草芬芳,似是一片花的海洋。到过此地者都被这花海吸引,流连忘返,人们称为百花池。据说,这个美景是一位将军的画儿变的。

从前,焉支山不仅风光秀丽,它的军事地理位置也让无数统治者倍加重视。不知是哪朝哪代,焉支山脚下,长期驻扎着一支朝廷的军队。有一位将军能文能武,兴趣广泛。不仅作战骁勇,还喜欢吟诗作画,游览风光。他刚来到焉支山,便被这里的秀丽景色给吸引住了。

有一天清晨,将军带了几个侍从去焉支山深处游览。一路上奇花异草,山雀欢跳,秀丽的景色把将军给迷住了。他爬到山顶,见有一池水,池水如镜,清澈见底。雪峰倒影,如影如幻。周围生长着多年的山花灌木,周边山丹花红艳艳,似是火焰一般。池中间长着一行行的茂密水草,就像青龙卧水。他深深地被这美景吸引了,称道:"不似仙境,胜似仙境。"这时,将军诗兴大发,画趣盎然,忙叫侍从伺候笔墨,随即作起画来。他画了一幅清池碧水,还题了一首诗:

> 清水池生天地,
>
> 绿树间开仙花。
>
> 焉支山上仙境,
>
> 映空几片飞霞。

吟诗作画完毕,随从侍官纷纷赞叹。突然一只花山雀飞进色盘,侍从怕弄坏画,想赶走它。可是,山雀却跳上画面,正好踏在了画中的清水池上,印了些五颜六色的爪印,将军非常可惜。但细细一看,山雀的爪印似是朵朵鲜花盛开在清水池中,将军大喜,随手提笔把山丹花也画在了画中的水池中央。就在这时,突来一阵清风把画刮进了池内,侍从急忙打捞,画已漂到池中间不见了。正在惋惜之时,奇迹出现了,山顶水池中盛开了五颜六色的鲜花,和将军的画儿一模一样,尤其那枝山丹花最为争艳,红彤彤着火一般。

将军高兴地说:"这是天意,这个清水池就叫百花池吧。"

至今,百花池中仍是百花争奇斗艳,芳香扑鼻,吸引无数游人前往欣赏。

杨桂平　整理

王龙宫引水

>>>>>>

　　霍城西山坝水是上下西山人的命根子，也是有名的"阎王沟"。

　　西山坝沟开凿于悬崖上，沿山而下，因沟高山低，又是沙土坝，二五不好就给拉掉了，害得西山人没办法。上游的老鸦嘴有个黄胶泥口子常被水冲垮，一冲坏就用黄胶泥裹，咋也堵不住。这事惊动了县太爷，有一次他亲自上来察看，一见那个势头，也给难住了。县太爷在沟沿上端详了一会儿，下令全村人将各自的席子，白毡全部拿来，一起往里丢，也没压住。老百姓干望着县太爷，县太爷愣了半天，便爬下给龙王爷磕头，老百姓也齐刷刷地跟着磕。叩拜完毕，县太爷整了整衣冠，从头上慢慢地摘下纱帽，高高举起，向水口子丢去。据说，皇帝赐封的官

帽能镇灾化邪。然而,只见乌纱帽在水中转了几个圈圈就没影了,
水还是没堵住。老百姓泄气了,县太爷也跌倒了。有民谣唱道:"乌
纱帽镇水不灵验,县太爷跌坐老鸦嘴。"

西山坝经常造害于民,人称"阎王沟"。县太爷算是体察民情,
判下别处上全数粮,西山坝上半数草。

后来,到清朝末年,西山上出了个王龙官,真名叫王月新,"龙
官"是别人给他送的尊号。这人聪明好学,足智多谋,在地方上很
有威望。有一年快浇水了,西坝沟口子越拉越大,王月新看着乡
亲们着急,就独自一人上了一趟老鸦嘴。下来后,他自告奋勇地
率众上山引水,众人不信,说是县官的纱帽都没有镇住,你王月新
有何能耐?王月新一句腔不开,只管率众上了山。来到老鸦嘴,
王月新先接起两根鞭杆子,探了探沟底,又丈了丈山梁,便率众动
手开挖老鸦嘴梁。众人不解,王告诉大家:"人往高处走,水往低
处流,这是天理,这里沟高山低,水沿壁而下,当然容易垮坝。龙
王不想从此过,我们何不绕道行?"众人一听豁然明白。他要给
"阎王沟"改改道呢!在王月新的率领下,西山人终于挖开陡峭的

老鸦嘴山梁,开了西山坝新渠。新渠修到河里磨,河里磨人不让过,又打了一场官司。最后,王月新申明大义,"喝的龙王水,都是一家人,答应新渠修成后,给河里磨一份苗水",才得罢休。西山坝新渠终于修成了,西山人民为颂扬王月新开沟引水之功,送给他一个尊号叫"王龙官"。从此西山坝水造福人民,"王龙官"的大名也世代传颂。

陈希儒　整理

东湖和西湖的传说

>>>>>>

现在的南湖生态植物示范园,原来是一双对称的月牙湖,东面的称为"东湖",西面的称为"西湖"。东湖和西湖湖面不大,湖水清澈可鉴,即使干旱年景,也一样湖水活活,清波粼粼。这东湖和西湖自古传为"东湖落月"和"西湖沉芥"的胜景,所以便留传下来不少美丽的传说。

相传,不知哪朝哪代,哪年哪月,紫禁城里发生了一桩祸及萧墙的内乱。天子宠幸的一位贵妃为避祸乱,扮作民女潜逃出城。不久以后,来到了峡口。贵妃在峡口住了一夜,旭日东升时启程,晚霞缭绕时进了山丹城。

这座古城是塞上重镇。扁鹊在这里行医施药,张骞在这里投宿歇鞍,霍去病在这里安营扎寨,隋炀帝在这里营建了皇家牧马营,唐玄奘在这里化斋诵经,狄青在这里数立军功……东来西去,南来北往,非此不能通行。大街上人声喧腾,车水马龙,旅游之士风尘仆仆,外商大贾熙熙攘攘……

贵妃不愿在闹市歇脚,踏着月色,出了西门,走进一个村寨,这里叫作祁家店。

祁家店是一个不大的村庄,三面环山,一水向西,杨柳青青,芳草萋萋。整个村庄都似乎酣酣入梦,唯有村东首的那间茅草屋里,溢出一缕黯淡的灯光。贵妃推开柴扉,只见屋里只有一口豁水缸,一口破砂锅,一盘土炕,炕当中坐着个双目失明的老奶奶,她手里拿着一串麻绳儿在编织麻鞋,窗前坐着个水灵俊秀的小姑娘,伴着如豆的灯光,裸露着柔嫩的脚肚子搓麻绳。听见门扇"咯吱"响,老奶奶问小姑娘:"芹芹,进来的是谁呀?"芹芹两眼盯着贵妃骨碌碌转,陌生人儿,该称呼她个啥呢?小姑娘无法回答奶奶的询问,支支吾吾地说:"是,是……"贵妃忙说:"我是逃难之人,我想在你们家借宿一夜。"老奶奶虽然看不见贵妃花容月貌的模样儿,但听得娇滴滴的语音儿犹如玉盘滚珠,莺鹂歌唱,她万般惊讶,忙说:"行,你若不嫌挤就住下吧!"

这是个苦命的人家。老奶奶的儿子戍边阵亡,只有她们奶奶孙女两人相依为命。

从此,贵妃便定居祁家店,栖身芹芹家。过着吃饭不饱、穿衣不暖的贫寒日子。贫则贫,心却悦。小小茅草屋里欢声笑语不断,充满了生气。

贵妃把老奶奶叫妈妈,芹芹把贵妃称嫂嫂。三人一心,亲密无间。村里人人夸奖,说她是人间世上少有的孝顺媳妇,模样儿标致,心眼儿好。

这年夏至过后,烈日炎炎,泉枯池涸,禾苗半焦。人畜饮水贵如油,贵妃心儿愁。

她为了拯救山丹人民,冒着烈日外出寻找泉源。走呵走,走遍了沟沟坎坎,寻遍了山山洼洼,脚儿上走起了燎泡,嗓儿里火冒烟升,舌干口燥,人憔悴,水难寻。旋风滴溜溜打转,黄尘千里,灰沙迷眼,田地龟裂,人畜倒毙。她,一无所获,空手而归,悲悲切切,痛不欲生。她想:"创造文字的仓颉为何偏要造出'爱莫能助'这几个字呢?千万人性命攸关的时候,我能以'爱莫能助'搪塞作答吗?"她进了山丹县城的东大门,见几只幸存的瘦狗爬伏阴凉处,伸出血红的舌头喘着气,来往的行人眼睛里布满了血丝儿,嘴唇上爆起一层白皮。贵妃眼眶发酸,"叭"一滴血泪掉地上。出了西门却见渴死的牛羊斜躺横卧,倒毙的路人腥臭难闻。满目凄凉,惨不忍睹。贵妃眼眶酸涩,"叭"的一声,又一滴血泪掉地上。

她,悲切切往前行,猛听得身后哗然作响,欢声如雷。惊回首,啊!波粼粼,水泛浪,这是怎么回事呀?原本是贵妃的两滴眼泪化作了东西两湖水,甘露甜水滋润了大地,救活了山丹人,贵妃成了人们心中的活菩萨。

光阴荏苒,日月如梭,千百年过去了,东湖里悬一轮皓月,三十日晚上也不消失,谓之"东湖落月";西湖里落入一束草芥,草便沉入湖底,谓之"西湖沉芥",实为天下罕见之奇景啊!

林茂森　整理

山丹乡村三十六转子水磨

>>>>>>

山丹乡村"三十六转子水磨",是在新中国成立前水磨分布较多的清泉、霍城等地。所谓"三十六转子",是个约数。当年,凭一技之长和苦力挣扎生存的穷苦人说:"有三十六转子水磨支撑,不怕饿死的。"在 20 世纪 60 年代的"社教运动"中有人忆苦思甜时还说:"我靠三十六转子水磨每天还能混饱肚子。"社教工作组认为那话是"卖弄穷无能"和"诉社会主义的苦",当即制止了那人的诉说。从此,这种"受穷光荣"的观念再也不那么吃香了。

这仅是山丹乡村"三十六转子水磨"的来由,实际上那时的水磨也不止三十六转子。山丹乡村水磨经过劳动人民不断创新、发展,也曾在山丹历史上闪烁过光辉,让人忆念。

水磨的发展,历史悠久,在三国时期的书籍上就有记载。那时候人们把利用水力舂米的工具叫"水碓"。据《三国志·魏志·张既传》载:"使治屋宅、作水碓。"又引《晋书》曰:"今人造作水轮,轮轴长可数尺,列贯横木,相交如滚抢之制。水激轮转,则轴间横木,间打所排碓梢,一起一落舂之,即连机碓也"。到清朝年间,人们利用丰富的水源修建水磨成了历史的必然。光绪二十三年(1897年)六月,下令各县推广水磨(《甘肃省志·大事记》)。近日,走访陈户范营村90高龄的李志华(原马哈喇寺代理住持的和尚)、83岁的肖玉虎和清泉南关村的靳宗贤(县政府退休职员)等老人。他们说,到民国初年,山丹约有五十多座水磨,如县城南门外的彭家磨、位奇暖泉的张家磨、霍城周庄的河里磨、陈户寺沟口的周家磨等都建于清朝末年。

陈户寺沟口的周家磨,原本赵姓人所建。这是寺沟三号(地名)人有史以来的第一座水磨。清光绪后期,政府派往范家营驻守马哈喇寺南独峰(当地人叫大墩山)烽火台的周墩军(真名不清)看到冒葫芦疙瘩下,绿树荫隆,土地肥沃。而上大墩山仅是一河之隔,为朝廷治制"夜不收墩军"之便,从赵姓人家买下了这块地。经过劈山展地、扩修庄舍建起高墩。修建了这个地方的第一座水磨,当地人就把这块地方叫做周家磨,这个称呼一直沿袭到现在。新中国成立前夕,虽有陈、李两家修了水磨,但没留下地名。到60年代,全县人民公社的生产队、军马场新修的水磨达120多家。

在漫长的岁月中,一些地方形成了以"磨"为缀的地名。时下,水磨虽然荡然无存,但其地名依旧,如霍城的河里磨、马营的磨湾村(有上、中、下三磨)、位奇的王家磨,都成为一种习惯的叫法。

山丹乡村水磨,经过了一个不断革新的时期,由开始的平轮转动发展到了立轮转动。立轮转动因水击力强,磨轮转速快,磨眼进粮多，加工量大，人们把它叫"大磨"。如李家桥的水磨就是立轮转动的大磨附带油坊的。

据说，山丹城内悬壶济世的彭玉麟在民国年间，根据"自鸣钟"发条转动原理研制了"旱大磨"。1936年，红军进驻山丹城后，东、西、南3个城门被敌军从外围封锁。这个用骡子拉的旱大磨一昼夜内能磨一百多斤面粉，和城内七八个小磨一起，为红军磨了几十天粮食。红军还给彭家留下了一个盖有"徐向前"名章的条子，嘱咐"保存好将来有用处"。

新中国成立前，山丹培黎学校的师生试制了一盘用电力转动的石磨。1958年，在农村开展农具改良运动时，清泉公社的一位青年还创出了"一驴拉八磨"的奇迹。山丹乡村水磨，既把劳动力从驴拉、人推小磨子或手摇"拉料磨"等加工粮食的体力劳动中解脱出来，又为贫穷人民提供了生活便利。

我小时候常见到以下几种人到水磨坊那里谋生。一是"饥荒年饿不死卖艺人"。上水磨拉二胡、弹三弦的兰生英、王余善等领上小姑娘，敲击响碗，唱着《小姑贤》《小放牛》《张连卖布》等小曲，转着水磨，串着村落。二是到水磨上踏笸儿笸面，出臭力挣上一点黑面、麸皮充饥的人们。有时磨主家让扫些飞溅的尘面，掏些磨轮上的"下脚料渣"，这些猪狗食对他们来说也算不错的果腹之物了。三是稍有能耐的人，弄上三五斤面粉，一半斤清油，做些糊饽、油糕、卷儿、油棒子(麻花)、油炸鬼等小吃，去水磨坊那里倒腾些粗食。当然，上水磨坊讨吃的人是多数，他们肩挂破烂褡裢、腋夹弯弯曲曲的打狗棍子，有的还领上很小的鼻屎筒娃子或扎毛丫头，用辛酸而甜甜的嘴"爷爷长、奶奶短"地讨着吃。

进入21世纪，在九百六十万平方公里的国土上富起来的人们，已实现了当年赫鲁晓夫"要使每个劳动者的碗里都有土豆烧牛肉"的梦想。如今山丹的人民群众已解决了温饱问题,开始全面建设小康社会。在科学技术快速发展的时代,那些个水碓、水磨也好,小磨、大磨也罢,已成为历史的过去。后人想看它的模样,只能在某些电影、电视剧里和地方志的图片上看它那古朴奇特的形状!

袁学儒　整理

四郎神泉的传说

>>>>>>

山丹焉支山扁子滩有一眼泉，人们把它叫作四郎神泉。这是杨家将征西时流传下来的故事。

传说杨家将血战金沙滩后，大郎被乱枪挑死，二郎血战殉国，三郎被战马踏死，五郎失踪。杨令公被辽军困死在两狼山中，七郎被潘仁美害死，潘仁美还下令以临阵脱逃罪捉拿四郎。想到杨家一门忠烈竟遭如此下场，四郎万念俱灰，奋力突出重围，策马向西而去。辽兵在后面紧追不舍。四郎到达焉支山下，只见山道崎岖，森林遮天蔽日，荒无人烟。前有高山阻隔，后有追兵紧逼，人困马乏，饥渴难耐。想起父亲、兄弟，死的死、亡的亡，肝肠寸断。不仅长叹一声，仰天大叫："天道不公，天道不公啊！"欲拔剑自刎。突然有一个熟悉的声音传来："天无绝人之路,路就在脚下,你何不先试试天道,再行了断也为时不晚。"四面望去,苍山莽莽,松林密密,并无人迹,想必是父亲的在天之灵为自己指点迷津。四郎想罢,举起大铁枪,向着脚下的土地,狠力戳了下去,一声巨响,枪到之处,山崩地裂,乱石横飞,一股清流喷涌而出。四郎喜出望外禁不住仰天叫道:"天不绝我杨家呀!"四郎和战马饱饮一顿,顿觉精神倍增,跨马挺枪,冲入敌阵。马如火龙,四蹄落下,人仰马翻;枪似闪电,寒光掠过,鬼哭狼嚎,四郎拼力杀出重围。虽然逃过了这一劫,但是辽兵又在前方一隘口设了绊马索,埋伏了刀斧手,就在四郎通过时被生擒活捉。

四郎被辽将献于萧太后,萧太后见这愣小子有一股刚毅之气,不但有一身好武艺,而且生得一表人才。萧太后越看越喜爱,有意想把杨四郎留下。四郎本无意归顺,但是四郎为报金沙滩血债,只好忍辱负重,隐瞒身份,将"杨"字一分为二,化名"木易"。萧太后大喜,把他招为驸马。

四郎在焉支山挑开的神泉四季长流不竭,水质甘洌清醇,冬温夏凉,解渴消暑,滋阴润肤,是天然佳酿。人们就把这眼清泉叫杨四郎泉。至今,焉支山民传唱着一曲山歌道:"人不公道天公道,不报是时候不到。奸臣成了粪土了,清泉是忠臣的写照。"

张兴荣　整理

幽默故事

山丹穗子拳退敌救红军

>>>>>>

　　山丹人喜欢喝酒,而且善于划拳喝酒。山丹人的穗子拳套路多,讲究复杂,外地客人很难适应,常常被划得大败,喝醉而归。传说,山丹穗子拳还救过红西路军高级将领陈昌浩呢。

　　据说,红西路军兵败高台之后,陈昌浩一路撤退到了山丹,躲在大黄山下一个小村子里养伤。不知是什么人走漏了消息,国民党一个团长带着数百部队把小村子团团围住,逼老百姓把红军交出来。

　　就在这危急时刻,老族长站了出来,他对敌团长说:"将军率众剿匪,为的是百姓安宁,本族民众非常感激,现在已是正午时分,想必部队已是人困马乏,不如到寒舍小歇,填饱肚子再抓红军不迟,如真有红军,肯定也已疲惫不堪,就算是逃也逃不远,将军吃饱肚子喂饱马,肯定会追上红军"。敌团长听了此言,将信将疑。怎奈此时士兵均已饥肠辘辘,听说有人管饭,纷纷劝起团长来。团长只得应了大伙,进了村子。在族长的安排下,一团人分别去了几个大户人家吃饭,族长和村上几位头领亲自陪团长和军官在族长家吃饭。

族长命人宰了一只羊,做了一大锅羊肉垫面卷,把团长和军官们吃得满嘴流油,舐嘴抹舌。见他们意犹未尽,族长让厨师把羊下水洗净切碎,用铁熬子炒好,拨拉成若干小堆,让团长和军官们吃,敌军吃得更加尽兴。

族长拿出烧酒敬酒。团长说有军务在身,不能喝酒。无论怎么劝,团长还是滴酒不沾。族长见敌团长不上当,心生一计,决定用激将法迫使敌团长就范。

族长说,按我们这里的规矩,敬客人必须划拳。鉴于团长不能喝酒,我和你划拳,让乡亲们替你喝。团长想,光划拳不喝酒,既给了族长面子,又不会误事,两全其美呀,于是,挽起袖子划了起来。

第一拳老族长故意输了"一"。族长说:"'一'在山丹拳中是一个老寿星的意思。老寿星在我们这里是岁数大的人喝的,今天我们万幸和团长在酒场相遇,这是我们地方上的荣幸,因此请团座无论如何喝了这一杯酒,祝团座父母长寿。"团长对父母十分孝敬,因此把寿星酒喝掉了,并声称再不能喝了。族长说,先划先划,划下再说。

第二拳,族长赢了"哥俩好"。族长说,"我赢团长的是大拇指,指的是哥俩好,可见我们缘分不浅,从此这里就是团长你的家了,随时欢迎你来歇脚。来,我和你共同碰上一杯"。团长想,一杯是喝,两杯也是喝,就喝吧。

第三拳,族长赢了团长一个"十"。族长说,"十"是好数字,十年好大运,团长前途无量,必须喝了此酒。而且,大家都跟着沾沾光,每人一杯,大家纷纷碰杯。

团长本来就爱划拳喝酒,今天吃了羊肉垫卷子和炒拨拉子,又见识了这么讲究礼法的拳,很高兴,索性脱了外衣和军靴,坐在炕中间划起拳来。见此,族长一使眼色,大伙把另外的军官团团围住,敬的敬,划的划,没多久就把所有人灌醉了。

族长安排敌军睡好后,派几个亲信用快马把陈昌浩等红军将士悄悄驮上了焉支山,在后寺的悬崖山洞里藏了起来。半夜,敌团长醒了。发现睡在族长家里,后悔不已,说"上当了,上当了"。族长假装不知,说"上灯,上灯"。令人点灯。团长瞪了一眼族长,穿上衣服,带上随从,骑着马走了。

自此,山丹穗子拳、羊肉垫卷子和炒拨拉子在国民党军队中出了名。到现在为止,山丹炒拨拉最忠实的食客,也还是以军人为主,本地人基本不吃。不过,穗子拳却不论招待外地人还是本地人都是必划的。

周多星　整理

茶与色的故事

>>>>>>

有一老秀才,好古文,常以之乎者也显示自己博学。秀才有一女,常听爹爹与人讲书,也略知一些词语。一日问爹:"您常给人讲,人有四关难过,即酒色财气也。'酒''财''气'我都理解,'色'是什么,女儿愚钝,请爹爹给孩儿解释。"老秀才一时不好作解,便以"色"即茶而搪塞。女儿信以为真,问:"好色之徒,就是喜欢喝茶的人吗?"秀才点头。女儿说:"明白了,爹爹整天口不离茶,就是好色之徒啊!"老秀才尴尬无语。后嘱咐女儿这话不可与人语。

后女子出嫁,也以能说会道常为人做媒。一次媒成,男女成婚之日,要当众谢媒。先是一双鞋,意指做媒乃跑破鞋的差事,后是敬酒,即婚事说成,新人要敬,男方女方家长要敬。这女子不胜酒量,急忙推辞道，"我不好酒，我不好酒"。可主家不行，说道："你磨破嘴皮，跑破鞋底，把事情说成了，不喝酒哪成？"女子见推辞不过，就说："我酒上不行，色上倒还可以，就敬色吧！"众人一听轰然笑倒。女子不知所然，言道："有什么好笑的，有其父必有其女，我爹爹就是好色之徒嘛！"众人笑死！

女子回去问父亲："我说不好酒，好色，众人为何发笑？"爹爹一听，哭笑不得！乃实告之，女子一听，说"爹爹误我"，说完羞死。

郭　勇　整理

里面还有绸裤子

>>>>>>

　　一富人不识字,为显富,穿了两条绸裤子,怕人不知,就请人写了一个"里面还有绸裤子"的纸条贴在腿上,在人多出显露。突然一阵风,将纸条吹走。富人追到一茅厕前,见上面贴一纸条,心想自己的条子原来被刮在这里了。就把纸条取下,贴在自己的腿上,仍去人多处炫耀。

　　一人看见,掏出东西,对着富人就撒尿。富人说此人侮辱他,便把那人告到县衙。县爷问那人为何在人家身上撒尿。那人说,他腿上贴着"公共茅厕",所以我就撒尿。老爷一看,果然不错,就判富人犯诬告罪并要他向撒尿者赔银五两,然后将他喝下堂去。

郭　勇　整理

马克思的大衣

>>>>>>

生产队开社员大会，先学习报纸文章，"批林批孔，反击右倾反案风"。学毕，要社员发言，进行"口诛笔伐"。谁批完谁回家，不发言者一不准回家，二要扣工分。社员为早回家，纷纷发言。一老农义愤填膺地说：林彪这个狗日的，就不是个东西，一天吃香的喝辣的，还不满足，还想去什么温都尔汗，去你就去，还把马克思的大衣给披走了，狗日的！

郭　勇　整理

没有上当

>>>>>>

　　一次与朋友出差去外地。在路边等车。突然手机响了。慌忙从衣内口袋中取出接听。同时将一沓钞票带出,掉在脚下。吾与朋友皆未发现。此时一少年过来指着钱对朋友说,叔叔,你们的钱掉了。朋友一看,以为是骗子引诱,说,不是我们的。少年迷惑而去,随后一人弯腰捡走。

　　电话接毕,朋友说,今天几乎上当。我问何故,朋友将所见告我。我一摸口袋,钱已不在矣。

郭　勇　整理

劝　酒

>>>>>>

　　有一人很会劝酒，什么样的人都经不住他劝而喝醉。另有一人特耐劝，无论咋劝都不肯喝酒。一日，两人相遇在一朋友家，经朋友介绍，二人相见恨晚，谈得非常投机。朋友煮了一只羊，大家吃得很开心。朋友又端上酒来，那人死活不喝。朋友求助会劝酒者。会劝酒的那人说："这有何难？"他说："吃肉不喝酒，枉在世上走。"请那人喝酒。那人说："吃肉不喝酒，能活九十九。"仍不喝。善劝酒者拿出杀手锏："吃肉不喝酒，不如喂了狗。"就先喝了一大碗，那人无奈，只好喝了一碗。

周多星　整理

知县的爸

>>>>>>

一家人吃完饭后，父亲说："饭后一袋烟，胜似当知县。"说完点上一支烟美美地吸起来。儿子不吸烟，端着茶杯说："饭后一杯茶，我是知县的爸。"老父亲连气带烟呛，好半天缓不过来。

周多星　整理

最后一瓶

>>>>>>

　　有个人虽然家境贫寒,但喜欢交往,因此常有三朋友四弟兄在他家吃喝,妻子很是反感,但碍于丈夫面子也不好说啥。

　　一天,这帮哥们又喝上了,他们从中午一直喝到了深夜,把家里的酒都喝干了。一看壶里没酒了,丈夫催要妻子去取酒。妻子说没酒了,丈夫说:"去买呀。"妻子说:"这都啥时候了,哪家商店开门啊。"丈夫无奈,搓起头来,妻子心一软,转身从板箱低里拿来一瓶酒,而且是一瓶名酒。妻子告诉大家,这瓶酒是她娘家兄弟从外地捎来的,她存了好几年了,准备求人办事时用。今天就贡献出来给大家喝。大家连连夸奖女主人贤惠大方。妻子说,要喝此酒,得先听她讲个故事。大家很感兴趣,说愿意洗耳恭听。

女主人讲,有个农妇进城打工,回家途中被一群饿狼跟踪。农妇边跑边从筐子里抓起在城里拾的空酒瓶打狼。她每扔出一只瓶子,狼们就向后退几步。她一跑,狼就追上前来。就这样,农妇且战且跑,把一筐瓶子都打完了,而狼还在后面跟着。她拿出最后一只瓶子对饿狼说:"你们走也只剩这一瓶了,不走也只剩这一瓶了,你们看着办吧。"讲到这里,女主人把酒放在桌上,去另一屋睡觉去了。

酒鬼们听她讲故事听得正有趣,她却只讲了一半就扔下听众走了。一个酒鬼朝另一屋喊道:"嫂子,那最后咋弄下了,那狼能听人说话吗?"还有一个弟兄问:"那农妇是不是被狼吃了呀?"一个脑子稍微清醒的酒鬼说:"悄悄地,别喊了,那人家编故事骂咱们呢。"大伙一想,可不是么,明明当当骂人呢,还没听出来。顿时羞愧不已。望着桌上那瓶好酒,咽着口水散了。

周多星　整理

一手吃

>>>>>>

　　山丹有句方言叫"一手吃",就是劝客人别客气,让他一次吃饱。一个外地客人来山丹作客,主人不停地劝说"不要作假,你一手吃,一手吃"。客人以为有什么讲究,就用一只手吃饭。吃完一碗,主人还说"你一手吃,一手吃。"客人疑惑到"我就一个手吃的呀!"

　　　　　　　　　　　　　郭　勇　整理

啥没啥

>>>>>>

一个山丹人,一个甘州人,一个民勤人,三人合伙做生意。一个冬天的晚上三人来到一家客店住宿。店里已住满了客人,只有一间小房,有一个只能睡一个人的小炕。三人为谁睡小炕争执不下。甘州人提议以各自家乡的风物为主吟诗,而且要有夸张,吟得好的睡热炕。

民勤人先吟:"民勤有个柳墩,离天还有九分。"

甘州人吟道:"甘州有个木塔寺,离天还有七八尺。"

山丹人吟道:"我们山丹啥没啥,这点热炕我睡下。"说完脱衣上炕。

郭　勇　整理

山丹的羊肉山丹的酒

>>>>>>

　　山丹的羊肉质鲜味美，营养丰富，特别是老军峡口村、位奇新开村和红寺湖三个地方的羊肉最为鲜美。常吃山丹羊肉并佐以山丹青稞酒，能解乏补气滋阴壮阳。

　　话说市上一位领导，平时生活很有规律。他的夫人在医院工作，对丈夫的饮食要求极为严格，尤其讨厌羊肉的膻味和酒味，绝不许丈夫吃羊肉、喝烧酒。丈夫唯夫人之命是从，从来不吃羊肉，不喝酒。

　　一日领导去山丹农村检查工作。夫人临行又有交代，到山丹不许吃羊肉，喝烧酒。

　　领导到山丹视察之后，午餐就是羊肉、烧酒。禁不住地方领导敬劝，饱食畅饮了一顿。回去夫人不依，要罚丈夫完成"家庭作业"。领导为讨好夫人，全力以赴,结果锐气大振,夫人呼天唤地般痛快淋漓。

事后夫人问其原因。领导说此山丹羊肉及烧酒之功也。夫人信之。

数日之后,夫人问:"最近怎么不去山丹下乡啊?"

周多星　整理

三儿子分肉

>>>>>>

　　一老人过年宰猪一头,欲分给三个儿子。

　　一日老人召集儿子儿媳讨论分肉的事情。老人说:"今天分肉不同往常,既要分肉,又要分得有情趣,也模仿有钱人家,作诗,作对,来个雅俗共赏怎么样?"儿子们为了让爹高兴,不管作上作不上,先都答应了。大儿子说:"爹,你就出题吧。"

　　老汉手捋胡须,半天想不出题目。老伴说:"就以你们爹的胡子为题吧。"大家听了,一致同意。老汉说,那就从老大开始。

　　老大略一思考,说:"爹的胡子两撇撇,我分猪的前半截。"

　　老二一听,也说:"爹的胡子一撮撮,我分猪的后半截。"

　　老三一听急了,爹只有上面两撇和下面一撮,全叫两个哥哥说了,猪也一个前半截一个后半截分了。憋得脸红脖子粗,半天说不出来。老大老二说,老三作不出来,这肉我们就一家一半分了吧。正要动手分肉。三媳妇急了,说:"爹的嘴里没牙,这个猪我全拿!"

　　老大老二一听说,不行,没有"胡子",叫离题,不能算。说着又要动手分肉。三媳妇急了,忙说:"爹有胡子没牙,这个猪我全拿。"说罢扛起全猪走了。

郭　勇　整理

万里长城长又长

>>>>>>

　　两家修房,为一堵墙的地方互不相让,准备要上法庭。一家给在外面的儿子写信让儿子写状上诉。儿子见信回书:"万里长城长又长,有谁见过秦始皇?两家为了一堵墙,让他一尺又何妨。"父母看后深受感动,告诉邻居,两家从此相互谦让,和好如初。

郭　勇　整理

本 事

>>>>>>

一财主对长工十分苛刻。年底结账时总给长工出许多难题,长工如果破解不了,就空手回家。一年老二空手回来了,把遭遇给家里人说了。老大说没关系,明年我去干,看他年底出啥难题。

第二年秋天活干完了,老大要求财主算工钱回家。还向财主讨要老二的工钱。财主说:"我有两件事情,你如果办好了就给你算账。"第一件:去时一只羊,来时一只羊,要买上人吃的、猪吃的、鸡吃的回来。老大听完去羊圈了赶了一只羊,到市场把羊毛剪了卖掉,买了一代西瓜回来。

财主一看,无话可说,就把工钱算了。说,"还有一件事情办好了,才能算你家老二的工钱"。说罢给了老大一个空瓶子说,"去给我打一瓶酒来"。老大说,"给钱"。财主说,"不拿钱能买来酒,才说明你有本事"。老大听了就提着空酒瓶打酒去了。一会儿又提着空酒瓶回来了。财主说:"你打的酒呢?"老大说:"你喝啊"。财主说:"空瓶子让我喝啥?"老大说:"能从空瓶子里喝出酒来才算你有本事啊!"财主一时说不出话来,只得把老二的工钱也算清了。

郭　勇　整理

尴尬的方言

>>>>>>

找不到的"也不哩吭(hang)"

听说，很久以前，有一位考古学家慕名千里迢迢来大西北考察。他考察了敦煌莫高窟，游览了古长城，参观了嘉峪关的每个城楼，细看了充满传奇色彩、富有诗意的一块砖，然后想到甘州看一看"离天还有三尺三"的木塔。他过了抚彝沙河，又来到甘州小河滩碰见了一位放羊老汉。他十分谦恭地向牧羊人躬身作揖道："大爷，您老辛苦了，听说你们甘州有个快够着天的古塔，请问老人家在哪里？"

放羊老人一听很吃惊地想："我的妈呀！快够着天？我可没见过。"于是不紧不慢地说："也不哩吭！"考古学家一听"也不哩吭"，就以为是木塔所在的地方，就把"也不哩吭"牢牢记在了心上。向牧羊老人点头致谢后上路去找"也不哩吭"。

　　考古学家从黑河口到五墩子，又到甘州城进西门，在大什字看了鼓楼，转到大佛寺朝拜天下第一卧佛后，又看了土塔。他逢人就问："也不哩吭在哪里？"有人回答："跌倒吭"。他想总算问到了，一定是在"跌倒吭"。就又问人"跌道吭"在哪里，被问人都在摇头。他转了几条街，还是没弄清"也不呢吭"和"跌道吭"在哪里。最后，他在一位慈祥、善良、乐于助人的老尼姑前才知道"也不呢杭""跌道吭"都是甘州方言"不知道"的意思。

难弄清的"那(nia)们"

　　大约是朱姓皇帝那个朝代的事了。有一年的"两雪"中间，在刺骨的寒风里一位瑟瑟颤抖而又风度翩翩的学者，为了治愈他妻子的手麻病，不顾路途遥远，从陇西一路跋山涉水前来焉支山采冬青花。他过了永昌县的水泉子进入了焉支山地界。这一带的人们只知道"大黄山"不知道焉支山。学者逢人便问，大都摇头不知。学者无奈，就指着北面的山和南面山，问山的名字，回答北面是"龙首山"，南面是"大黄山"。那学者忽然想起了史书上的一段话："焉支山盛产大黄，当地人叫大黄山。"

　　他断定"大黄山"就是焉支山。为了进一步确定他的推断，又问，为啥南面的山叫大黄山？回答都是一句话："不知道那们是咋叫下的。"他就把"那们"记在小本子上，慢慢查访"那们"是谁。

　　这位学者经过数天的细访，并交了几位朋友。一位朋友带领他进了流水沟，翻过椽子路，爬上分水岭，绕过光光头顶，看了百花池(小天池)，在剑门关西边的大岔里找到了寒冬腊月枝头开满小白花的冬青。他小心地采了一些花枝，还不满意，干脆在一个土石夹杂的小岸上，用破茬石头刨了一株冬青树，连根带冻土带回家栽培。

他回到家中,把冬青煎药熬膏,煎敷兼治,爱妻的手麻病逐渐好转。他为了弄清"那们",翻阅各种史料,从《吕氏春秋》到秦汉史书,再到唐宋演义,一有空就查,但就是没查到"那们"是谁。

自古都是人到事中迷。学者一日猛悟,寄书遥问山丹的一位朋友,方知"那们"是山丹人叫"人家"或"别人"的方言。

袁学儒　整理

铁拐李探家

> >>>>>>

　　八仙之一的铁拐李原来很穷,虽娶了贺员外的女儿做妻子,但日子仍然过得难场。大年三十晚上,铁拐李的妻子要养娃娃,屋里没有点灯的油。铁拐李不好意思向丈人家去借,就从墙上悄悄挖了个洞打算去偷丈人家的油。为探虚实,他先将油葫芦伸进墙去。其实,在他挖墙打洞时里面的人已经听见了,手拿大刀守在那里。待那葫芦头刚伸进去,里面的人以为是贼人,一刀下来砍掉了半截子葫芦。铁拐李无颜回家,心灰意冷,一横心,出家走了。

　　铁拐李出家修心三十年,终于修成。一日下山传道,路过自己的庄子,只见里面在热热闹闹办喜事,一打问,正是自己的儿子娶媳妇呢,便装成要饭的想混进去看看夫人和儿子。人们挡住他说:"你要饭也不看个时间,快远里去,别搅了少爷的喜事。"铁拐李说:"我不要米不要面,只想和老夫人见个面。"家人一听这话很不入耳,将他连推带搡,赶出庄门。

铁拐李没办法,只得出来在墙上题诗一首而去:

三十年前去偷油,

一刀剁掉葫芦头,

儿孙自有儿孙福,

谁给儿孙置马牛。

李夫人闻听人言,急忙出来,看见墙上题诗,忙对儿子说,"儿啊,那是你爹回来了,快去追回来"。可铁拐李已经走得无影无踪。

郭　勇　整理

瓜女婿中状元

>>>>>>

　　这年皇上开了科考,近邻有位书生准备去考状元,瓜女婿也想去考。亲戚邻居听到后觉得很可笑,纷纷议论说:"一个瓜子还想去考状元,真是瓜得实实的了!"可他的婆姨却不阻挡,她给人说:"考状元咱们不盼,让他去闯闯世面也好。"婆姨给男人收拾好行李,嘱咐道:"进了考场不要害怕。这是我给你捏的面人儿,带上它,你要害怕或忘了啥,在袖筒里摸一摸面人,就像我在你跟前一样。"瓜女婿带上婆姨的话和面人上路了。

　　瓜女婿和近邻的那位书生同路。他俩走着走着,瓜女婿见枯河里的泥卷起来了,便问书生:"兄弟,你看那是什么?"书生说:"那是日晒胶泥卷。"他们走到一片沙枣林旁,风刮得树叶直响,瓜女婿又问："兄弟，这咋讲？"书生说："风吹林叶片。"正走着，见前面有一座木楼，瓜女婿又问："那个咋讲？"书生说："高楼大册。"他们又碰见一位农人牵着马正在场上打麦子，瓜女婿问："兄弟，那个咋讲？"书生说："马拉八卦转。"后来，走到一个庄院旁，看到一群猪正在吃食，瓜女婿便问："兄弟，这怎么讲？"书生说："叫统统大吃。"就这样，一路上，瓜女婿见啥问啥，不知不觉走到了京城。

城门口人很多，都在围观皇榜，瓜女婿和书生也到了跟前，瓜女婿问："这是啥？"书生说："这是皇上贴出考状元的榜文。"瓜女婿上前一把把榜文撕了下来，说："兄弟，给我念念上面说的啥？"书生一看吓呆了，说了句："你犯下罪了！"便赶紧跑了。瓜女婿一边卷皇榜，一边嘟囔着："你不给我念，我拿上让我婆姨去念。"这时两个看榜文的差官过来，把瓜女婿带到了考官府。主考官问他："你是干什么的？"瓜女婿答："我是考状元的。"又问："你姓甚名谁？"瓜女婿心想："我咋忘了叫个啥？"便往袖筒里摸，一碰面人儿，他想起来了，婆姨来时教下着呢，名字就说"女婿"二字。瓜女婿回答说："名叫女婿。"考官先一愣，后来一想，说："你姓女名戌吗？"回答说："对！"主考官见他有胆揭皇榜，想必他才学过人，便有心先考考他。于是问道："你所读文章是哪一卷？"答："日晒胶泥卷。"主考官想："哪有这个卷？嗯，可能是旧的读完又读的新卷。"又问："你读了哪些册？"答："高楼大册。"考官听罢，点了点头。又问："你都阅读了那些篇？"答："风吹林叶片。"考官暗想："哎呀，这又是啥新学问？他读的书还真不少。"就接着问："你说啥出世最早？"瓜女婿答不上，赶快往袖筒里摸面人儿，他一急，一把把面人儿捏扁了，便脱口而出："面扁头出世最早。"主考官一听，心想："面扁头是个啥？嗯，他读的书多，我要是追问下去，使我闹出笑话来怎好？不如就认可面扁头出世最早。"考官说："女戌，你回去等消息吧。"

瓜女婿根本就没想等什么消息,在京城游逛了三天,给婆姨买了些东西,准备回家。一伙吹吹打打的差官,走到了旅店跟前。店小二急忙通禀,一见瓜女婿,扑通跪到:"给老爷贺喜,老爷已考中了首名状元!"正说着,差官们进来一齐跪地道:"请老爷更衣上轿。"

新状元奉皇旨浩浩荡荡吹吹打打夸官三天。第四天,差官给新状元说:"老爷,按规矩,明日你必须在府上大摆酒席,筵请文武官员,今天就得把请帖送出去。"状元说:"那你们去办吧!"差官说:"请帖必须是老爷亲手所写。"于是,文房四宝全给摆好了,这一下可把新状元给难住了。他让差官们先出去办其他事,他一人坐在桌旁,想开了婆姨。唉,我婆姨要是在跟前该多好!他无意中往桌上一瞅,哎,好玩,原来一只苍蝇爬到砚台里,又爬到纸贴上,那上面便出现了许多墨迹。新状元灵机一动,有了,他把苍蝇一抓,往墨里一蘸,放在纸贴上,再扣一个碗。一会儿纸贴上出现了各式各样的花纹,就这样请帖全"写"好了,便叫来差官,命他收拾好全部送出。差官拿过来一看,很好看,但一个字也认不得,又不敢问,就填上年月日,盖上印,拿去送掉了。文武官员接到新状元的请贴很高兴,打开一看,一个字也不认识。心想:"都说新科状元才学过人,这可能是一种特殊的梅花字。"他们互相见了面,怕丢底子,谁也不说请帖上的字是什么,都说新状元的请帖写得别致好看。以后给其他国家写文书经卷,都让新状元去写。新状元的梅花文字就传开了,据说后来金邦的文字就由这产生。

郭　勇　整理

高贡爷应考

>>>>>>

清仁宗嘉庆年间,霍(黑)城街上有个高贡爷,才学出众,出口成章。一目有疾,后来考取拔贡,人们称高贡爷,背地里又称瞎高贡。

有一年,高贡爷在甘州府应试,取秀才功名。主考官招见诸考生,相当于现在的面试。主考官见高贡爷人长得伶俐聪明,可惜一只眼睛瞎了。考官对高贡爷说:"我出个上联,你能对上下联,就让你参加应试,对不上,你就回去吧。"高很有礼貌地说:"请老师出题吧。"主考官说出了上联,"一目昏昏何夺万人之首",高稍加思索,随对出下联,"众星朗朗不如半月之光"。主考官惊喜,不仅对上,而且语出不凡,就让他参加应考,经三场考试,取得了秀才,后来中了拔贡。人称高贡。

霍城驻兵把总贾浩,同高贡爷常来往,关系很好,便也常常相互戏谑以取乐。一天,贾浩想欺负瞎高贡,就拿一截棍子,取了个眼,穿上绳子吊在树上,棍子被风吹得发出梆梆声,独眼高棍在风中碰撞,暗喻瞎高贡。高贡爷见了,知道是贾浩所为,心想:"还想欺负我呢,等着瞧。"高贡爷让人用纸糊了个喇叭,让几个孩子在街上吹。贾浩见了便问:"你们吹的这是什么?"孩子回答:"假号!""谁让你们吹的?""高贡"。贾浩哈哈大笑,这个高贡,还真是不一般啊! 于是二人更加亲密,成为好友。

王祝寿　郭　勇　整理

后　记

>>>>>>

　　山丹历史悠久，文化底蕴深厚；山丹人民热爱生活，勤劳聪慧。长期以来，留下了丰富的非物质文化遗产，山丹故事便是其中之一，它是山丹民间文学宝库中的一朵奇葩，神奇瑰丽，丰富多彩，妙趣横生，世代流传。但随着时代的变迁，生活方式的嬗变，多元文化的冲击，传播者的逝去，这种口传心授的民间文化已濒临消亡。为了让其传承下去，县文广新局决定让地方文化创研室的同志收集、整理、编纂山丹故事，历时两年多，终于得以完成。

　　我们今天收集整理山丹故事，就像在漫天灿烂的星空采撷最精彩的颗颗繁星，进而把它完整地保存下来，奉献给人民群众，让人们了解山丹的风土人情、人文民俗和民间文学，更好地继承和发扬山丹的民间文化。

山丹故事融进了生活哲理、是非善恶、民俗民风、传说掌故，是具有浓郁地域特色的文化瑰宝。在编辑过程中遵循民间故事口语化、地域化、民族化原则，尽量保持其原创性和鲜活性，对有些原始资料进行了改写和扩写，对部分内容作了适度修改。

山丹故事一书收录了传统故事、风物故事、人物故事、动物故事、山丹水故事、幽默故事等六个方面的内容。旨在展示山丹悠久的历史文化、多彩的民俗文化、独特的西部风情等丰富的非物质文化遗产，进一步传承和发扬本土历史文化传统，让外界了解山丹、认识山丹、热爱山丹。在此，谨向关心、支持《山丹故事》编辑出版工作的各级领导、有关单位和辛苦的编辑同仁表示衷心的感谢。

本书只是给读者提供了一个寻访山丹历史文化底蕴的一个窗口，有新见解的读者朋友们不妨提出您宝贵的建议，以您的新视角、新发现、新思维来修正、填补本书之缺憾。

编者

二〇一五年十月